【南通古近代诗词漫话】
SHI XIN CI YUN

诗心词韵

姜光

 苏州大学出版社
Soochow University Press

图书在版编目（CIP）数据

诗心词韵 / 姜光斗著. -- 苏州 ： 苏州大学出版社，2015.7
（江海文化丛书 / 姜光斗主编）
ISBN 978-7-5672-1282-4

Ⅰ. ①诗… Ⅱ. ①姜… Ⅲ. ①诗词研究-中国 Ⅳ. ①I207.2

中国版本图书馆CIP数据核字（2015）第100577号

书　　名	诗心词韵	
著　　者	姜光斗	
责任编辑	史创新	
出版发行	苏州大学出版社	
	（苏州市十梓街1号　215006）	
印　　刷	南通市崇川广源彩印厂	
开　　本	890×1240　1/32	
印　　张	12.5	
字　　数	314千	
版　　次	2015年7月第1版	
	2015年7月第1次印刷	
书　　号	ISBN 978-7-5672-1282-4	
定　　价	35.00元	

苏州大学版图书若有印装错误，本社负责调换
苏州大学出版社营销部　电话：0512-65225020
苏州大学出版社网址　http://www.sudapress.com

"江海文化丛书"编辑委员会

主　任：李　炎
委　员：李明勋　姜光斗　施景铃　沈启鹏
　　　　周建忠　徐仁祥　黄振平　顾　华
　　　　陈　亮　吴声和　陈冬梅　黄鹤群
　　　　尤世玮　王建明　陈鸿庆　沈玉成

主　　　编：姜光斗
执行副主编：尤世玮　沈玉成

"江海文化丛书"总序

李 炎

由南通市江海文化研究会编纂的"江海文化丛书"（以下简称"丛书"），从2007年启动，2010年开始分批出版，兀兀穷年，终有所获。思前想后，感慨良多。

我想，作为公开出版物，这套"丛书"面向的不仅是南通的读者，必然还会有国内其他地区甚至国外的读者。因此，简要地介绍南通市及江海文化的情况，显得十分必要，这样便于了解南通的市情及其江海文化形成的自然环境、社会条件和历史过程；同时，出版这套"丛书"的指导思想、选题原则和编写体例，一定也是广大读者所关心的，因此，介绍有关背景情况，将有助于阅读和使用这套"丛书"。

南通市位于江苏省中东部，濒江（长江）临海（黄海），三面环水，形同半岛；背靠苏北腹地，隔江与上海、苏州相望。南通以其独特的区位优势及人文特点，被列为我国最早对外开放的14个沿海港口城市之一。

南通市所处的这块冲积平原，是由于泥沙的沉积和潮汐的推动而由西北向东南逐步形成的，俗称江海平原，是一片古老而又年轻的土地。境内的海安县沙岗乡青墩新石器文化遗址告诉我们，距今5600年左右，就有先民在此生息繁衍；而境内启东市的成陆历史仅300多年，设县治不过80余年。在漫长的历史过程中，这里有沧海桑田的变化，有八方移民的杂处；有四季分明、雨水充沛的"天时"，有产盐、植棉的"地利"，更有一代代先民和谐共存、自强不息的"人和"。19世纪末20世纪初，这里成为我国实现早期现代化的重要城市。晚清状元张謇办实业、办教育、办慈善，以先进的理念规划、建设、经营城市，南通走出了一条与我国近代商埠城市和曾被列强所占据的城市迥然不同的发展道路，被誉为"中国近代第一城"。

南通于五代后周显德五年（958）筑城设州治，名通州。北宋时一度（1023—1033）改称崇州，又称崇川。辛亥革命后废州立县，称南通县。1949年2月，改县为市，市、县分治。1983年，南通地区与南通市合并，实行市管县新体制至今。目前，南通市下辖海安、如东二县，如皋、海门、启东三市，崇川、港闸、通州三区和国家级经济技术开发区；占地8 001平方公里，常住人口约770万，流动人口约100万。据国家权威部门统计，南通目前的总体实力在全国大中城市（不含台、港、澳地区）中排第26位，在全国地级市中排第8位。多年来，由于各级党委、政府的领导及全市人民的努力，南通获得了"全国文明城市"、"国家历史文化名城"、"全国综合治理先进城市"、"国家卫生城市"、"国家环保模范城市"、"国家园林城市"等称号，并有"纺织之乡"、"建筑之乡"、"教育之乡"、"体育之乡"、"长寿之乡"、"文博之乡"等美誉。

江海文化是南通市独具特色的地域文化，上下五千年，南北交融，东西结合，具有丰富的历史内涵和深邃的人文精神。同其他地域文化一样，江海文化的形成，不外乎两种主要因素，一是自然环境，二是社会结构。但她与其他地域文化不尽相同之处是：由于南通地区的成陆经过漫长的岁月和不同阶段，因此移民的构成呈现多元性和长期性；客观上又反映了文化来源的多样性以及相互交融的复杂性，因而使得江海文化成为一种动态的存在，是"变"与"不变"的复合体。"变"的表征是时间的流逝，"不变"的表征是空间的凝固；"变"是组成江海文化的各种文化"基因"融合后的发展，"不变"是原有文化"基因"的长期共存和特立独行。对这些特征，这些传统，需要全面认识，因势利导，也需要充分研究和择优继承，从而系统科学地架构起这一地域文化的体系。

正因为江海文化依存于独特的地理、自然环境，蕴含着自身的历史人文内涵，因而她总会通过一定的"载体"体现出来。按照联合国教科文组织的分类，"文化遗产"可分为四类：即自然遗产、文化遗产、自然与文化遗产、非物质文化遗产。而历史文化人物、历史文化事件、历史文化遗址、历史文化艺术等，又是这四类中常见的例证。譬如，我们说南通历代人文荟萃、名贤辈出，可以随口道出骆宾王、范仲淹、王安石、文天祥、郑板桥等历代名人在南通留下的不朽篇章和轶闻逸事；可以随即数出三国名臣吕岱，宋代大儒胡瑗，明代名医陈实功、文学大家冒襄、戏剧泰斗李渔、曲艺祖师柳敬亭，清代扬州八怪之一的李方膺等南通先贤的生平业绩；进入近代，大家对张謇、范伯子、白雅雨、韩紫石等一大批南通优秀儿女更是耳熟能详；至于说现当代的南通籍革命家、科学家、文学家、艺术家以及各行各业的优秀人才，也是不胜枚举。在他们身上，都承载着江海文化的优秀传统和人文精神。同样，对历史文化的其他类型也都是认识南通和江海文化的亮点与切入口。

本着"文化为现实服务，而我们的现实是一个长久的现实，因此不能急功近利"的原则，南通市江海文化研究会在成立之初，就将"丛书"的编纂作为自身的一项重要任务。

我们试图通过对江海文化的深入研究，将其中一部分能反映江海文化特征,反映其优秀传统及人文精神的内容和成果,系统整理、编纂出版"江海文化丛书"。这套"丛书"将为南通市政治、经济、社会全面和谐发展提供有力的文化支撑,为将南通建成文化大市和强市夯实基础,同时也为"让南通走向世界,让世界了解南通"做出贡献。

"丛书"的编纂正按照纵向和横向两个方向逐步展开。

纵向——即将不同时代南通江海文化发展史上的重要遗址(迹)、重大事件、重要团体、重要人物、重要成果经过精选,确定选题,每一种写一方面具体内容,编纂成册;

横向——即从江海文化中提取物质文化或非物质文化的精华,如"地理变迁"、"自然风貌"、"特色物产"、"历代移民"、"民俗风情"、"方言俚语"、"文物名胜"、"民居建筑"、"文学艺术"等,分门别类,进行归纳,每一种写一方面的内容,形成系列。

我们力求使这套"丛书"的体例结构基本统一,行文风格大体一致,每册字数基本相当,做到图文并茂,兼有史料性、学术性和可读性。先拿出一个框架设想,通过广泛征求意见,确定选题,再通过自我推荐或选题招标,明确作者和写作要求,不刻意强调总体同时完成,而是成熟一批出版一批,经过若干年努力,基本完成"丛书"的编纂出版计划。有条件时,还可不断补充新的选题。在此基础上,最终完成《南通江海文化通史》《南通江海文化学》等系列著作。

通过编纂"丛书",我有四点较深的体会:

一是有系统深入的研究基础。我们从这套"丛书",看到了每一单项内容研究的最新成果,作者都是具有学术素养的资料收集者和研究者;以学术成果支撑"丛书"的编纂,增强了它的科学性和可信度。

二是关键在广大会员的参与。选题的确定,不能光靠研究会领导,发动会员广泛参与、双向互动至关重要。这样不仅能体现选题的多样性,而且由于作者大多出自会员,他们最清楚自己的研究成果及写作能力,充分调动其积极性,可以提高作品的质量及成书的效率。

三是离不开各个方面的支持。这包括出版经费的筹措和出版机构的运作。由于事先我们主动向上级领导汇报,向有关部门宣传,使出版"丛书"的重要性及迫切性得到认可,基本经费得到保证;与此同时,"丛书"的出版得到苏州大学出版社的支持,出版社从领导到编辑,高度重视和大力配合;印刷单位全力以赴,不厌其烦。这大大提高了出版的质量,缩短了出版周期。在此,由衷地向他们表示谢意和敬意!

四是有利于提升研究会的水平。正如有的同志所说,编纂出版"丛书",虽然有难度,很辛苦,但我们这代人不去做,再过10年、20年,就更没有人去做,就更难做了。我们活在世上,总要做些虽然难但应该做的事,总要为后人留下些有益的精神财富。在这种精神的支撑下,我深信研究会定能不辱使命,把"丛书"的编纂以及其他各项工作做得更好。

研究会的同仁嘱我在"丛书"出版之际写几句话。有感而发,写了以上想法,作为序言。

2010年9月

(作者系南通市江海文化研究会会长,"江海文化丛书"编委会主任)

自 序

姜光斗

我国是诗词大国,诗词创作历史悠久,诗词作品汗牛充栋,诗话、词话也琳琅满目。关于诗话、词话的内容,前人曾有很多说法,现在摘几条有代表性的意见于下:

宋人许顗《彦周诗话》中说:"诗话者,辨句法,备古今,记盛德,录异事,正讹误也。"

清人锺廷瑛《全宋诗话序》中说:"诗话者,记本事,寓评品,赏名篇,标隽句;耆宿说法,时度金针,名流排调,亦征善谑;或有参考故实,辨正谬误:皆攻诗者所不废也。"

清人吴琇《龙性堂诗话序》中说:"诗话者,以局外身作局内说者也,故其立论平而取义精。"

今人郭绍虞《清诗话前言》中说:"诗话之体,顾名思义,应当是一种有关诗的理论的著作。"郭绍虞《中国文学批评史》又说:"欧阳修的《六一诗话》,首先开创了诗话的风气。以前论诗之作或重在品评,或重在格例,或重在作法,或重在本事,自欧阳修开诗话之体,于是兼收并蓄,为论诗开了方便法门。章学诚论诗话虽称为'以不能名家之学,入趋风好名之习,挟人尽可能之笔,著惟意所欲之言'(《文史通义》五),好似带些贬辞,实在也说出了它的作用。"

以上举的虽然都是指诗话，但词话大体也相同。归纳一下，诗话词话的内容大概包括理论批评、分析鉴赏、创作本事、写作经验、历史典故、纠谬订误、诙谐调谑以及标点断句等。

　　本人所写的这部书，大体也包括上面所说的内容，只是范围为南通古代近代，重点在诗心词韵，亦即诗词的意境、情趣与韵味。

目 录

南通历代诗人名篇

隋炀帝的《观海》……………………………………… 3
骆宾王葬在南通 ………………………………………… 5
初唐诗人宋务光咏大海之作 …………………………… 9
夏竦与王安石都有吟咏南通的诗 ……………………… 10
诙谐风趣的如皋籍词人王观 …………………………… 12
王觌赏花有清欢 ………………………………………… 16
澄心净虑乐趣多 ………………………………………… 17
敢与李白媲美的胡瑗 …………………………………… 18
一首别具风采的游览寺庙诗 …………………………… 21
崔敦礼的逸兴豪情 ……………………………………… 22
北宋名人赵抃的两首诗 ………………………………… 24
如皋孝子严希孟和史声的诗 …………………………… 25
元散曲大家张养浩吟咏通州的散曲 …………………… 27
宋末隐逸诗人高晞远 …………………………………… 28
宋末元初的长寿诗人钱仲鼎 …………………………… 29
民族英雄文天祥逃难时经过通州的诗 ………………… 31
柳应芳的《闻倭警诗》 ………………………………… 39

周伯琦吟咏通州如皋海安的诗 …………………… 41
博文修行的钱明相 ………………………………… 43
如皋诗人高深 ……………………………………… 45
情景交融、用字精致的冒鸾诗 …………………… 47
远见卓识的钱岊 …………………………………… 49
关心民生疾苦的如皋诗人马绅 …………………… 51
丁鹏治理黄河水患的诗 …………………………… 52
多姿多彩的孙应鳌诗 ……………………………… 54
范志易的《客中怀西园诗》 ……………………… 58
余西诗人曹大同 …………………………………… 59
文武全才的顾养谦 ………………………………… 61
东林党人范凤翼的诗词 …………………………… 63
丰富多彩的范国禄诗 ……………………………… 75
明代大戏剧家李渔的词 …………………………… 88
多产如皋诗人冒愈昌 ……………………………… 95
如皋著名词人许嗣隆 ……………………………… 98
白云居士石沆 ……………………………………… 107
吴少山同情贫困妇女的词 ………………………… 111
真挚感人的黄畇南词 ……………………………… 112
李方膺的题画诗 …………………………………… 113
《东皋诗存》与汪之珩的诗词 …………………… 117
通州杰出词人孙超 ………………………………… 124
张謇热爱家乡的诗 ………………………………… 133
张謇的悯农、悯盐工诗 …………………………… 136
张謇吟咏个人情怀的诗和咏物诗 ………………… 138
张謇关心呵护沈寿的诗歌 ………………………… 140

张謇与朝鲜诗人金沧江	146
海门著名画家丁有煜的诗	148
撰写《乾隆五山全志》的刘名芳	151
沙元炳与张謇的唱和	153
张謇挚友、海门著名诗人周家禄	158
范伯子诗歌的艺术特色	165
姚倚云与范伯子的夫妇唱和诗	171
王国维吟咏南通的三首诗	184

吟咏五山之作

铁骨铮铮官员吴及的咏狼山诗	189
姚辟别有寄托的《游狼山》诗	190
任伯雨的《狼山远眺诗》	191
一首风格浪漫的吟咏狼山之作	192
元代陈基的《狼山口观兵》	194
想象丰富、气势浩瀚的狼山送行诗	195
顾磐的咏狼山诗	196
窦承芳的七古佳作	198
屠隆的狼山题咏	200
明代著名小品文作家王思任的《狼五山诗》	202
卢纯臣、卢纯学兄弟关于五山的诗	203
张元芳吟咏五山名胜的诗	206
汤不疑的《游军山》诗	209
范凤翼的狼山诸景诗	210
余东探花崔桐的狼山诸景诗	213
曹大同有关狼山的诗	216

颇有政绩的州守林云程有关狼山的诗…………………… 217
狼山副总兵王扬德咏狼山军山之作………………… 220
袁宗道的《饮白云洞口》诗…………………………… 223
周伯琦关于狼山的诗…………………………………… 224
顾养谦的《和林震西登山腰官阁韵》………………… 226
汤有光游黄泥山和军山的诗…………………………… 227
执法严厉的邵旻有关狼山的诗………………………… 229
明末才子邵潜关于五山的诗…………………………… 231
冒襄的登狼山诗………………………………………… 235
柳应芳的《梦游白狼山》……………………………… 237
范国禄精彩的狼山诸咏………………………………… 239
刘名芳的狼山剑山之咏………………………………… 244
海门李心松的《登狼山诗》…………………………… 246
画家丁有煜的《狼山诗》……………………………… 247

水绘园里的高水平联唱

水绘园联唱的由来和价值……………………………… 251
水绘园里的修禊诗会…………………………………… 254
冒襄与王士禛的唱和…………………………………… 263
冒襄关怀陈维崧诸作…………………………………… 269
冒襄哀感顽艳、萧寥跌宕的词作……………………… 273
董小宛的三首词………………………………………… 276
陈维崧对水绘园的吟唱………………………………… 278
冒禾书的诗词…………………………………………… 284
冒丹书的诗词…………………………………………… 286

南通闺阁诗人

幽惋沁心、慧光饫目的陈洁 …………………………… 293
诗文清丽的袁九媱 …………………………………… 299
吴师韫的《闺中曲》与《钱塘弄潮词》 ……………… 301
姊妹诗人丛禧、丛祁志 ……………………………… 303
顾志的雁序体诗 ……………………………………… 306
姊妹诗人钱令晖、钱令娴 …………………………… 308
姊妹诗人王璐卿、王兆淑 …………………………… 310

如皋闺阁诗人

情景交融的吴夫人诗 ………………………………… 317
吟唱怀夫深情的范姝 ………………………………… 321
宫婉兰的咏花诗 ……………………………………… 324
贞静勤敏的冒德娟 …………………………………… 326
思亲情深的邓繁祯 …………………………………… 330
泪雨淋漓的范贞仪 …………………………………… 332
高氏三姐妹 …………………………………………… 339
酷肖唐人的范毓秀 …………………………………… 341
性格巧慧的石学仙 …………………………………… 343
避难如皋的周琼 ……………………………………… 345
劝夫看淡名利的徐应坤 ……………………………… 348
出家为尼的吴琪 ……………………………………… 351
教读为生的熊琏 ……………………………………… 352

《嘉靖海门县志》中的诗

王安石的《送海门沈尹监察湖南》 …………………… 357

杨万里的《扬子江》 …………………………………… 358
明代庶吉士黄干的《扬子江》 ………………………… 359
司马垔三首有关海门的诗 ……………………………… 360
朱冠的《海门道中》 …………………………………… 362
崔桐的《丙申岁归省感故里入江》 …………………… 363
史立模的《八月大风雨》 ……………………………… 365
海门知县吴宗元的诗 …………………………………… 366
明代海门编修崔崑的《观鱼骨桥有感》 ……………… 368
朱衣的《学舍春晚漫兴》 ……………………………… 369
欧阳皋的《谒文丞相祠》 ……………………………… 370
海门布衣王伦的《避役复业有感》 …………………… 371
明代海门举人潘孜的《观海》 ………………………… 372
崔润的《捍海堰》 ……………………………………… 373
明代海门举人张皋的《春日游江上得起字》 ………… 374
明代海门太学生崔岳的《闻渔歌》 …………………… 375
王瑛《七律一首》 ……………………………………… 376
姜辂《七律一首》 ……………………………………… 377
明代海门太学生盛俨的《放鹤田》 …………………… 378
明代海门举人李梁的《饮江寺梅下》 ………………… 379

后　记 …………………………………………………… 380

南通历代诗人名篇

隋炀帝的《观海》

南通除海安、如皋外，成陆较晚，直到五代十国时，方有行政区域的建制。但其文学，《万历通州狼五山志》和《乾隆南通州五山全志》都上溯到隋炀帝的咏海之作。

隋炀帝虽是一个荒淫暴虐的帝王，其《观海》诗却写得不错：

> 孟轲叙游圣，枚乘说愈疾。
> 遂听乃前闻，临深验兹日。
> 浮天迥无岸，含灵固非一。
> 委输百谷归，朝宗万川溢。
> 分空碧雾晴，连洲彩云密。
> 欣同夫子观，深愧玄虚笔。

此诗前两句，用孟子和枚乘的典故。所谓游圣，指《孟子·离娄上》所说："伯夷避纣，居北海之滨。""太公避纣，居东海之滨。"两句诗的意思是说：孟子讲到古代圣人时，说到了海；枚乘的《七发》，讲广陵涛汹涌澎湃的景观，居然治好了太子的病。接着写对于大海的了解，听人讲述远不如亲身体验。"浮天"四句写大海宽广无边，能容万物，纳百川。"分空碧雾晴，连洲彩云密"两句写海上美景。"欣同夫子观"中的"夫子"指孔子，《论语·公冶长》："道不行，乘桴浮于海。"

最后一句是说，愧于自己文笔拙劣，无法描绘大海的万千气象。总之，这首诗夹叙夹议，写得还是不错的。

骆宾王葬在南通

骆宾王

骆宾王（619—687）虽不是通州人，但他晚年随徐敬业在扬州讨伐武则天失败后，最后逃到了南通地区。他的墓在黄泥山，后来迁到狼山。《乾隆南通州五山全志》卷十记载："李纲，字尚庵，其先曹州人，本徐姓，祖勣，辅唐高祖，有开国功，封英公，赐姓命名。父敬业，袭爵。会武氏篡，起义兵于扬州。不克，一时眷属窜逃。纲偕幕府骆宾王匿邗江之白水荡。中宗复位，召入，以言事忤大臣，投劾归，栖息五山，子孙遂隶籍海门。""骆宾王，浙之义乌人。七岁能诗文，性至孝，集中三与上官启，皆不离捧檄负米语。至裴行俭辟为书记，则辞以母老，不堪远游。时海内文词称'四杰'，宾王其一也。仕至侍御史。会武后篡位，屡上疏讽谏，谪丞临海，遂拂衣去。徐敬业起义广陵，署为府属,传檄天下,斥武后罪状。后读但嬉笑,至'一抔之土未干,六尺之孤谁托',矍然曰:'谁为之?'或以宾王对,后曰:'如此才,使之不偶,宰相过也。'敬业兵败,子纲偕宾王匿邗之白水荡(原注:即今通州吕四场)。宾王遂流落通之海上,死焉。纲敛以衣冠,刻石瘗于通。盖通近广陵而僻也,将帅捕文不获,惧罪,求戮类者,函首以献。中宗复位,诏求宾王诗文,敕郗云卿集之,得数百篇,皆当时佚帙。至广陵一檄,词严义正,千古不能磨灭者。盖以武曌淫牝,秽乱唐室,一代英才杰士俯首臣伏,罔敢声其罪。宾王虽义兵不捷,亡命客死,千秋万世下读其檄,咸慕其义。噫!宾王未之死也!"

史书明确记载白水荡就是吕四盐场。当时的吕四还是一片荒滩,河港纵横,芦苇丛生,只有当地盐民和被流放的罪犯在那里晒盐,官军不可能到达那里。骆宾王在那里隐姓埋名,存活下来,因此他最终葬在南通,是完全可能的。

李敬业是唐太宗手下的名将、开国功臣英国公李勣的长孙,与唐之奇、杜求守、骆宾王等经过密谋,自称匡复府上将,领扬州大都督,向天下发布号令,历数武则天的罪状。不满十天,起义部队就发展到十多万人,声势浩大,威震天下。于是,李敬业立即让骆宾王起草《代李敬业传檄天下文》(即著名的《讨武曌檄》)。

这篇文告写得气势磅礴,正义凛然,力贯千钧。它撕下了武则天美丽的画皮,揭露了她的政治野心和政治阴谋。这篇文告,运用骈文的形式,整齐而又庄重。骆宾王激情似火,生动地抒写了天下人对武则天残暴统治的愤怒,也凝聚了骆宾王对于武则天的种种怨恨。所以,这篇文章千年以后仍然脍炙人口,绝不是偶然的!

骆宾王与王勃、杨炯、卢照邻获得"初唐四杰"的荣誉称号。他们的诗文作品,重视抒写个人的情怀,常常发出不平之鸣,体现了一种蓬勃向上的壮大气势。他们是"盛唐气象"的先导,是李白、杜甫等大诗人的开路先锋。杜甫就曾高度赞扬"王杨卢骆当时体","不废江河万古流"(杜甫《戏为六绝句》)!李白也曾称赞"骆宾王诗,格高指远"(《诗人玉屑》卷十二)。

骆宾王的《帝京篇》《畴昔篇》《艳情代郭氏赠卢照邻》《代女道士王灵妃赠道士李荣》等长篇巨制的创作,充分体现了其创作个性。这些作品,抒情与叙事间杂,典故与俗语并用,灵动活泼,富有民歌风味,且气势充畅,感情饱满,音节和谐,感染力很强,在唐诗发展史上具有突出的地位。

骆宾王的《在狱咏蝉》是一首极成功的五律,它寄托遥深,物我合一,达到了咏物诗的最高境界。

    西陆蝉声唱,南冠客思深。
    那堪玄鬓影,来对白头吟。
    露重飞难进,风多响易沉。
    无人信高洁,谁为表予心?

此诗原有一篇很长的序文,主要是表明如下三层意思:一,此诗是触景抒怀之作,运用的是托物比兴手法。二,歌颂秋蝉的品行高清,是自喻;描写秋蝉能顺时应变,看清世道,不易被骗,是自励。三,希望朋友们能理解他咏蝉的苦心,伸出援助之手,帮助他平反昭雪。

此诗首联开门见山地点明题目,意思是说,我在狱中听到秋蝉高唱,生出了浓重的思念之情,其中有向往自由、哀叹命运之情,也有怀念亲人之情。因为要抒发这些复杂的情怀,才有了"咏蝉"之作。

颔联由蝉说到自己:不能忍受黑鬓之蝉影,对着我这个白发飘萧的罪犯来吟唱。"不堪""来对",满腔凄苦喷涌而出。这一联句法流转而属对精工。

颈联上句表面是说蝉因露重而沾翅难飞,实质是说自己因罪名深重而难以进身;下句表面是说蝉因风大而鸣声低沉,实质是说自己因谗毁太多而含冤难白。处处在说蝉,又处处在借蝉自喻,简直分不清究竟是在咏蝉还是在咏己。这就是咏物诗的最高境界。

尾联明白点出借蝉喻己的用意,慨叹无人能为自己表明心迹,呼应首联"南冠客思深"的"深"字,更加倍显示出诗人心情的无比痛苦。

咏物诗既不能粘皮带骨,就物吟物,毫无寄托,也不能完全不顾所吟之物的特性,自说一套。骆宾王这首咏物诗,既能扣紧蝉的特性,又有深沉的寄托,堪称形神兼备的佳作。

同是咏蝉,骆宾王的"露重飞难进,风多响易沉",体现了患难者的个性;虞世南的"居高声自远,非是藉秋风",体现了清狂人的个性;李商隐的"本以高难饱,徒劳恨费声",体现了牢骚者的个性。具有个性的咏物诗,才是好诗。

由此可见,骆宾王不仅是初唐反对武则天残酷统治的闯将,也是初唐最杰出的诗人之一。他晚年逃匿到南通,他的侠骨最后埋葬在南通的土地上,是南通的幸运,因为他给南通的历史文化积淀涂上了浓重的一笔!

初唐诗人宋务光咏大海之作

宋务光,字子昂,一名烈,汾州西河人。初唐人,官至殿中右台御史。他有《海上作》:

旷哉潮汐池,大矣乾坤力。浩浩去无际,氾氾深不测。
崩腾翕众流,泱漭环中国。鳞介错殊品,氛霞饶诡色。
天波混莫分,岛树遥难识。汉主探灵怪,秦王恣游陟。
搜奇大壑东,竦望成山北。方术徒相误,蓬莱安可得。
吾君略仙道,至化孚淳默。惊浪接穷溟,飞航通绝域。
马韩底厥贡,龙伯修其职。粤我遘休明,匪躬期正直。
敢输鹰隼执,以间豺狼忒。海路行已殚,轺轩未皇息。
劳歌玄月暮,旅睇沧浪极。魏阙渺云端,驰心附归翼。

唐朝时南通地区还在大海中,称为胡逗洲。这是一首较早吟咏大海的诗。当然,诗中写到秦汉帝王寻求的蓬莱仙山,比较偏北。但此诗境界宏阔,气势磅礴,吟咏的是整个大海,当然也可包括南通东边的大海。

夏竦与王安石都有吟咏南通的诗

到了宋代,首先值得一提的是当过宋仁宗枢密副使、参知政事的夏竦(985—1051)。据宋王辟之《渑水燕谈录》卷七记载:"夏文庄公竦,初侍其父监通州狼山盐场,《渡口》(夏竦《文庄集》诗题为《狼山渡口有作》)诗曰:'渡口人稀黯翠烟,登临尤喜夕阳天。残云右倚维扬树,远水南回建业船。山引乱猿啼古寺,电驱甘雨过闲田。季鹰死后无归客,江上鲈鱼不值钱。'时年十七。后之题诗,无出

王安石

其右。"虽然诗中写到当时狼山周围的景色十分荒僻,但从第二句"登临尤喜夕阳天"来看,他还是喜欢狼山一带的景色的。这从中间两联可以得到证实。尾联用张翰之典,以"江上鲈鱼不值钱",为无人欣赏鲈鱼之美而感到惋惜,进一步强调这一带景物值得留恋。

同样当过参知政事的王安石,其感受与夏竦并不完全相

同,他在《狼山观海》诗中写道:

> 万里昆仑谁凿破,无边波浪拍天来。
> 晓寒云雾连穷屿,春暖鱼龙化蛰雷。
> 阆苑仙人何处觅,灵槎使者几时还。
> 遨游半在江湖里,始觉今朝眼界开。

他写出了狼山入海口波涛拍天的壮阔景象,气势磅礴,感情充沛,意象峥嵘,声情并茂。他的弟弟王安国(字平甫)有一次到通州,王安石曾写有《平甫如通州寄之》一诗:

> 北山摇落人峥嵘,想见扬帆出广陵。
> 平世自无忧国事,求田应不忤陈登。

诗中反用了许氾"求田问舍"的典故。《三国志·魏书·陈登传》载:"汉末许氾遭乱过下邳,见陈登,登轻视氾,自上大床卧,使氾卧下床。后氾以此事告刘备,备曰:'君求田问舍,言无所采,是元龙(陈登之字)所讳也,何缘当与君语?如小人,欲卧百尺楼上,卧君于地,何但上下床之间邪?'"典故原义是许氾只顾追求个人利益,所以陈登和刘备都看不起他。而王安石寄给弟弟的诗是说,当今天下太平,你不妨就在通州至广陵(今扬州)之处置办田地,安家落户。由此可见,王安石对当时的通州,印象很好。

王安石还写过《通州海门兴利记》,大力表彰在海门当官为民谋福的沈兴宗。王安石写这篇文章时三十四岁,当时他正在海门任县令,从文中不仅可以看出他对海门的水利事业非常关心,更能看出他具有强烈的当官应为民谋福利的观念。

诙谐风趣的如皋籍词人王观

王观

王观是北宋著名词人,字通叟,江苏如皋人。生卒年不详。宋仁宗嘉祐二年(1057)进士。元丰二年(1079)为大理寺丞,知江都县。宋神宗时官至翰林学士,曾奉诏写了一首《清平乐》,描写宫廷生活,有"黄金殿里,烛影双龙戏","折旋舞彻《伊州》,君思与整搔头"等句,宋英宗的皇后认为亵渎了宋神宗,因此被罢职,以后自号"逐客"。据《嘉庆如皋县志》卷十六载,王观"天姿英迈,洽闻强记,下笔累千百言不加点缀,而华藻灿然。至和、嘉祐间,与从弟觌从胡(瑗)先生学于上庠,声称藉甚。高邮秦少游两重之"。曾著《扬州赋》《芍药谱》,有词集《冠柳集》,已佚,今存词十六首,诗若干首。

王观的词,十分诙谐风趣,近于俚俗,时有奇想。先请看《卜算子·送鲍浩然之浙东》:

水是眼波横，山是眉峰聚。欲问行人去那边？眉眼盈盈处。

才始送春归，又送君归去。若到江南赶上春，千万和春住。

这是一首送别词，但与一般离别时写友情和离别之情的诗词大不相同。友人鲍浩然是浙东（宋代"两浙东路"的简称，今浙江省衢江、富春江、钱塘江以东地区）人，他要回家乡去探望亲人。这类事情本来很平常，而王观却运用了不落俗套的神奇构思：友人的妻妾一定日夜在盼望着丈夫回家，由此联想到她们在想念亲人时的眉眼，再联系到"眉如远山"（《西京杂记》："文君姣好，眉色如望远山。时人效画远山眉。"）"眼如秋水"（李贺《唐儿歌》："一双瞳人剪秋水。"）等形容美女的习惯用语，又将友人将回家时在归途中所历经的山山水水拟人化，于是便得出了"水是眼波横，山是眉峰聚"两句。意思是说，你在归时，路上的一山一水，都对你特别有感情：清澈明亮的江水，好像是你日夜想念的亲人饱含深情的眼波；层层叠叠的山峦，仿佛是你日夜想念的亲人紧锁着的眉峰。这样，鲍浩然在归途中怀念亲人的感情之深就不言而喻了。接着问：你要到哪儿去呢？回答是"眉眼盈盈处"（《古诗十九首》："盈盈楼上女。"盈盈，美好貌）。这有两层意思：一层是指江南的山水，清丽明秀，有如女子的秀眉和媚眼；另外一层是你将要回到有着盈盈眉眼的那个美人的去处。既写了江南山水，也写了他要见到的亲人，语带双关，天衣无缝。

下片写道，刚送走春天，又要送您回去，难免有点儿忧伤。但这淡淡的忧伤立即被下文奇特的妙语一冲而净了："若到江南赶上春，千万和春住。"意思是说，江南的春色更美，你这次是一定能够赶上的。赶上了春，那就不要辜负这大好春光，一定要同它住在一起。这个"春"，不仅是指春天季节的温和舒适，更是指与家人团聚时的其乐融融。一语双关，韵味无穷，新而不俗，雅而不谑。真是别出心裁，令人叹为观止！

再请看《庆清朝慢·踏青》，是写春游的：

调雨为酥，催冰做水，东君分付春还。何人便将轻暖，点破残寒？结伴踏青去好，平头鞋子小双鸾。烟郊外，望中秀色，如有无间。　　晴则个，阴则个，饐饤得天气，有许多般。须教镂花拨柳，争要先看。不道吴绫绣袜，香泥斜沁几行斑。东风巧，尽收翠绿，吹在眉山。

写春游，不写风和日丽、宠柳娇花的春景，却从初春时节人们不大注意的自然景物的变化写起："调雨为酥，催冰做水，东君分付春还"，雨变成酥，冰化为水，正是这些细微的变化，昭示着严寒的渐敛，春天的到来。写春雨，杜甫诗有"随风潜入夜，润物细无声"的名句，韩愈诗有"天街小雨润如酥"的名句，春雨如酥，坚冰化水，正是早春的特色。而词人又说这是"东君分付"的，从而突出春神主宰大自然运行的本领，完全避开了写春景的俗套。接着一问，"何人便将轻暖，点破残寒？"不正是东君吗？词人这一问，并不嫌啰嗦，而是为了赞美春神，也就是赞美春天的到来。"结伴踏青去好，平头鞋子小双鸾。"趁着轻暖的天气，姑娘们结伴而行，到野外去踏青，她们都穿着平头的有鸾鸟图案的绣花鞋。为什么不写姑娘们的服饰，而只写她们的绣花鞋呢？这正是词人别具匠心的地方，他是为下片所写做伏笔。"烟郊外，望中秀色，如有无间。"写踏青的姑娘们在野外所看到的迷迷蒙蒙的春色。

下片开头"晴则个，阴则个，饐饤得天气，有许多般"数句，运用俗语，生动地描绘出初春天气一会儿晴，一会儿阴，真是变化多端。天气的阴晴不定，使得踏青的姑娘们的情绪起了变化，她们要赶快去览胜："须教镂花拨柳，争要先看。""镂""拨"两字用得很工，仿佛可以听到、看到姑娘们清脆的笑声和轻盈活泼的身姿。她们只顾忘情地欢笑，"不道吴绫绣袜，香泥斜沁几行斑"，不小心，一脚踏进污泥里，泥浆溅污了她们的绣鞋和罗袜。这一突发的"事故"，使她们笑容顿敛，双眉紧锁："东风巧，尽收翠绿，吹在眉山。"真正是"天外奇想"，踏青姑娘们的蛾眉，本来是淡淡的，但突然间，这世上的翠绿仿佛全被灵巧的东风吹到她们的眉梢上去了。词人用幽默、风趣的夸张手法，写出了她们的尴尬。这一小小的喜剧情节，在上片已暗暗地作了安排。

这首词没有从正面来写踏青姑娘春游的欢乐，而是通过泥污罗袜的尴尬细节透发出春游的欢乐。王观这种诙谐风趣的风格，真令人刮目相看啊！

王观还有《九日狼山诗》，也颇有特色：

山盘水转小桥通，殿角峥嵘倚乱峰。
世上自闻真法力，岩前无复白狼踪。
蜃喷海气昏危塔，龙戏江声杂暮钟。
为爱赞公房外月，解鞍求宿愿从容。

首联写狼山脚下有一条溪流盘绕着，上面有小桥相通。而广教寺殿角峥嵘，甚为壮观。颔联以闻真法力与无白狼踪相对仗，不仅对偶工整，还巧妙地颂扬了佛法的无边与白狼传说的无稽。颈联以海气衬高塔，以暮钟托涛声，境界优美，韵味悠然。尾联以求宿寺中来抒写诗人渴求赏月的心情，既增强了诗的韵味，也收束得极自然。

王观抒写对家乡感情的诗也别具风采，例如《九日石庄阻雨》：

佳节不易至，故园何未归？
对雨坐长叹，心中如有违。
登高望川陆，重阴蔽云霏。
晚禾易生耳，豆落将为萁。
农工既莫惜，孰云佳菊开。
掇英泛美酒，已负邻翁期。

写得平实而感情深挚，抒发了对故乡与农民的一片深情。

王觌赏花有清欢

王觌"望日与诸公会于大慈,闻海云山茶合江梅花开,遂相邀同赏。虽无歌舞,实有清欢,因成一首"《野寺》:

　　野寺山茶昨夜开,江亭初报一枝梅。
　　旋邀座上逍遥客,同醉花前潋滟杯。
　　秀色霜浓方润泽,暗香风静更徘徊。
　　仙姿莫遣常情妒,不带东山伎女来。

王觌字明叟,王观从弟。嘉祐四年(1059)登进士第,升任右正言,进司谏,迁御史中丞,封文水县开国男,终龙图阁学士,安置临江军。

诗写欣赏山茶与江梅的愉悦心情,虽无歌舞伎乐,却有清欢。此诗颈联"秀色霜浓方润泽,暗香风静更徘徊"最为出色。因霜浓而使花的色彩更鲜艳润泽,因风静而使花的香味更浓郁幽雅。这是多么真切的体味!

澄心净虑乐趣多

丁天锡,宋代如皋人,生卒年月与生平事迹不详。他有一首《澄心轩》诗留传下来:

高馆含秋溪水平,白云一榻临空清。
云影天光入怀抱,玉楼银阙无人行。
滔滔活水源头落,却笑奔流争万壑。
雪照梅檐坐月明,露泻荷盘见鱼跃。
长安车马多富儿,汗流浃背尘满衣。
谁识君心有真乐,沙头白鸟犹忘机。

此诗写澄心净虑、淡泊名利的乐趣。开头四句,写澄心轩环境清幽,能享受"天光云影"等自然美景。接着两句,以水为喻,批判争名夺利之可恶。源头活水,本来何等自在,却去万壑中争流,著一"笑"字,表明了诗人的矛头所指。接着四句,用两相对照的手法,写出淡泊的悠闲自在和趋利的窘急辛劳:坐在屋檐下观赏明月和雪中梅花,在池塘边欣赏荷叶翻露和叶底鱼跃,何等自在,何等享受;而大都市中那些乘着豪华车马的富人们,为了追逐名利,弄得汗流浃背,灰尘满衣,这又何等难堪!最后以沙滩上忘机的白鸟来比喻澄心净虑的乐趣,水到渠成地绾结了全诗。

敢与李白媲美的胡瑗

胡瑗

胡瑗（993—1059），字翼之，人称安定先生。祖籍为今甘肃省镇原县（西汉时期的安定郡），出生于如皋县宁海乡胡家庄。胡瑗从小就能刻苦攻读，七岁出手成文，十三岁通读五经。青年时期，与孙复、石介隐居于泰山南麓栖真观潜心苦读，有时彻夜不眠。景祐元年（1034），苏州知州范仲淹创立苏州州学，延请胡瑗担任教授（即州学之长），让其子范纯祐拜胡瑗为师。在胡瑗的主持下，苏州州学为宋王朝培育了许多经邦济世的杰出人才。

胡瑗是著名的教育家，他留下来的诗并不多，文学史上也没有他的名字。但有一次，他写了一首诗，竟敢与李白媲美。请看《石壁（并序）》：

  余尝览李翰林《题泾川汪伦别业》二章，其词俊逸，欲属和之。今十月自新安历旌德，而仙尉曾公望同游石壁，盖胜境也。奇峰对耸，清溪中流，路出半峰，佳秀可爱。传闻新建汪公所居不远，掩映溪岫，率类于此。且欲寻访，迫暮不获。因思旌川即泾川接境也，而幽胜过之。汪公亦伦之别派也，而儒雅胜之。岂可使讽咏不及于古乎？辄成一首，题于汪公屋壁。虽不及藻饰佳境，比肩英流，庶俾谪仙之诗，不独专美矣。

　　李白好溪山，浩荡旌川游。题诗汪氏壁，声动桃花洲。
　　英辞逸无继，尔来三百秋。汪公亦蕃衍，宗支冠南州。
　　其间新建居，林泉最清幽。竹声满道院，山光入书楼。
　　仙气既飘飘，儒风亦悠悠。子孙多俊异，词行咸精修。
　　我来至石壁，赏之不能休。酣味碧溪水，苦饮黄金瓯。
　　因羡汪君居，复思汪君投。遇景清兴发，浩与天云浮。
　　斐章异绣缎，洒翰非银钩。庶与谪仙诗，千古同风流。

　　根据诗序，胡瑗有一次与友人一起游览旌川，山水极美，因旌川与泾川接境，故而想起了李白那首脍炙人口的名篇，于是也乘兴写了一首，题在壁上，欲与李白媲美。

　　李白的《过汪氏别业二首》如下：
　　游山谁可游？子明与浮丘。叠岭碍河汉，连峰横斗牛。
　　汪生面北阜，池馆清且幽。我来感意气，捶炰列珍羞。
　　扫石待归月，开池涨寒流。酒酣益爽气，为乐不知秋。

　　畴昔未识君，知君好贤才。随山起馆宇，凿石营池台。
　　星火五月中，景风从南来。数枝石榴发，一丈荷花开。
　　恨不当此时，相过醉金罍。我行值木落，月苦清猿哀。
　　永夜达五更，吴歈送琼杯。酒酣欲起舞，四座歌相催。
　　日出远海明，轩车且裴回。更游龙潭去，枕石拂莓苔。

　　这两首诗既写出了李白对汪伦的深厚感情（正如他在《别汪伦》中所写的："桃花潭水深千尺，不及汪伦送我情。"），又对汪氏别业优美的环境作了逼真的描写。

　　当然，严格地讲，胡瑗的诗是比不上李白的。但诗中那种徜徉山水的情趣,珍爱友人的情感,美妙的意境,悠长的韵味,也确实令人回味无穷。

一首别具风采的游览寺庙诗

胡志宁,如皋人,胡瑗的儿子,庆历进士,当过永州知州。他的《游广福寺》,别具风采:

兰若幽深与世违,酒阑重觅未斜晖。
篮舆绕入花边路,布衲趋迎竹下扉。
清籁敲风和梵奏,独槐笼榻涨烟霏。
吟栏倚遍诗成处,不觉金莲映月辉。

首联写广福寺地处偏僻,环境幽深,平时游人很少。当诗人到来时,太阳还未下山。颔联写进入寺庙的道路两边开满鲜花,用"花边路"三字,既精练,又绘景如画。而这时寺中的僧人已在竹林丛中的门口迎候。著"竹下扉"三字,不仅偶对精工,而且更烘托出"兰若幽深"。颈联写清风敲竹声应和着佛寺独有的音乐声,显得格外美妙;寺院内一株大槐树烟雾缭绕,笼罩着树下一张卧榻。尾联归结到倚栏吟诗,不知不觉间,明月已朗照着整座寺庙。诗到此也戛然而止,令人回味无穷。

崔敦礼的逸兴豪情

崔敦礼，《全宋词》存词七首。词前小传说："敦礼，河北人。字仲由，本通州静海人，居溧阳。与弟敦诗同登绍兴三十年（1160）进士。历江宁尉、平江府教授、江东安抚司干官、诸王宫大小学教授。淳熙八年（1181）卒，官至宣教郎。有《宫教集》。"

且看他的《水调歌头·垂虹桥亭》：

倚棹太湖畔，踏月上垂虹。银涛万顷无际，渺渺欲浮空。为问瀛洲何在，我欲骑鲸归去，挥手谢尘笼。未得世缘了，佳处且从容。　　饮湖光，披晓月，抹春风。平生豪气安用，江海兴无穷。身在冰壶千里，独倚朱栏一啸，惊起睡中龙。此乐岂多得，归去莫匆匆。

此词上片开头四句写词人登上垂虹桥亭，向四面瞭望，只见湖水茫茫，银涛万顷，于是浮想联翩。接下去三句，便写自己想骑着鲸鱼去仙岛瀛洲。上片最后两句，又立即挽回，由于尘缘未了，还不能骑鲸归去，且安心下来欣赏欣赏这太湖优美的风光吧。过片连用三个三字短句，抒写对湖光山色的享受。"湖光"用"饮"，"晓月"用"披"，"春风"用"抹"，不仅用字十分精确，还充分显示了词人享受湖光山色的悠然心境。紧接着两句，便明确地说出了这种心境。"身在"三句更展开丰富的想象：身处千里冰壶一样的太湖中，倚靠在朱栏上长啸一声，定会惊醒湖中酣睡的龙王吧？通过这一想象，便进一步将悠然的兴会写足。结句自然归结：此乐无穷，又何必匆匆归去呢？此词写词人厌倦官场生活，欲挂冠归隐的心情，但充满豪情，并无萧飒凄凉的意味。

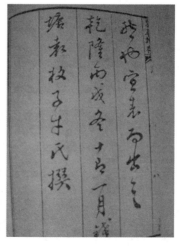

北宋名人赵抃的两首诗

赵抃（1008—1084），衢州（今浙江衢县）人，《嘉庆如皋县志》卷十五《名宦传》记载："仁宗时，令如皋，崇学校，董师儒，不立异政以拂民情，因俗施教，惟以惠利为本。"还曾当过海陵（今江苏泰州市）知县，到过狼山，所以有《观音岩》诗：

　　　　石龙一滴水涓涓，大士岩溪峭壁间。
　　　　我道音闻无不是，何须更入宝陀山。

此诗写佛法无边，到处都有，何必要到宝陀山去寻找，就在狼山观音岩也能求得佛法。《观海》诗大概也是同时所写：

　　　　巨海澄澜波自平，停车冉冉看潮生。
　　　　岂同八月吴江会，共骇潮头万鼓鸣。

此诗结句为警句，以"万鼓鸣"来形容大海波涛汹涌澎湃的声势，极为传神。

如皋孝子严希孟和史声的诗

严希孟，宋代如皋沿海乡人。《嘉庆如皋县志》载：嗜学能文。父文式，早卒。对母亲尽孝。元祐三年（1088），母病，精心侍候，母病愈。六年后，母亲去世，居丧三年，没有笑过一次，是如皋有名的孝子。他有《连珠池诗》：

    小桥通南浦，夹道桑榆绿。
    水绕若边珠，风传芰荷馥。

这首小诗写小桥如画，桑榆夹岸，溪水涟漪，荷花飘香，令人心旷神怡。

史声，宋代如皋沿海乡人。《嘉庆如皋县志》载：元祐间以进士登显官。早年家境贫寒，母亲去世后，带着经书边砍柴边读书，以此供养父亲。自己吃糠，常挨饿。在授官赴任途中，听到父亲去世的消息，赤脚奔走了四天，到家时哭得昏死过去。他也是如皋有名的孝子。他有《送别严希孟》诗：

    岁暮送行舟，寒烟古渡头。
    渚禽冲客起，野水带冰流。
    经史探深趣，江山属壮游。
    莫将和氏璧，轻向暗中投。

首联以"寒烟古渡头"的背景烘托二人分手时心中的伤感。颔联写眼前景：水鸟惊起，水带冰流，进一步渲染了离别的伤感。颈联赞扬严希孟研读经史,深有情趣,并希望他利用赴任的机会,好好体会一下江山的美景。尾联希望他明察秋毫,切勿明珠暗投。全诗写得情景交融,耐人寻味。

《唐贤三昧集》书影

元散曲大家张养浩吟咏通州的散曲

张养浩的《双调折桂令·通州巡舟》写道：
　　呼童解缆开船，见绿树青天，两岸回旋。
　　欹枕篷窗，觉风波只在头边。
　　桂棹举摇开翠烟，竹弹斜界破平川。
　　老子狂颠，高咏诗篇，
　　行过沙头，惊的些白鸟翩翩。

此曲写诗人乘舟巡行通州江面时所见到的美景，以及他在舟中高歌吟诗时的逍遥神态。结尾以景语结情，颇有韵味。

宋末隐逸诗人高晞远

高晞远，字照庵。通州（今江苏南通）人。咸淳、德祐间通判平江府，城溃，家亦散亡，孑然一身，浮游江湖。后馆于石浦卫参政泾家。晞远资秉秀朗，学问赅博，尤精邵雍之学，尝手裁竹为管，以定五音六律，进退疏数细微弗差。宋亡，隐居不仕。他的《心远堂》诗，充分表现了其隐逸心情：

种竹期十年，栽橘盈千头。虽云多远虑，无乃为身谋。
高人绝尘累，俟德居此丘。泰宇无畦畛，虚空有天游。
仁义尚蘧庐，道德成安流。结茅依翠微，极目际平畴。
白云度寥廓，黄鹄下沧洲。百世此周览，我志尚可求。
只应柴桑翁，真趣共悠悠。

此诗开头以种竹、栽橘作比兴，说明在改朝换代的末世，为了保全自己实在不容易。接着用六句诗说明在这种特殊的环境下只有坚守仁义道德才能安全。"结茅"以下四句，具体描绘隐居环境的优美和亲近大自然的悠闲。最后四句以能体会到陶渊明归隐乐趣而自慰。全诗层次井然，结构严谨。

宋末元初的长寿诗人钱仲鼎

钱仲鼎,一作重鼎,字德钧,通州人,徙居苏州,宋末领乡荐。入元,客翰林陆行直家,后卜居淞江之南、汾湖之东陆别墅旁,赵孟𫖯为作《水村图》,一时歌咏者甚众。《姑苏志》说他:"读书广博,尤潜心六艺。宋末发乡解,元不复仕进。攻为古文词,与赵孟𫖯、虞集、龚开辈交。性不喜饮,惟善劝人读书,授徒于家,多时俊。年逾九十,灯下书细字,夜分乃寐,行十余里不杖。"他的《水村歌》:"舟摇摇兮,风袅袅兮。波鳞鳞兮,鸥翩翩兮。扣舷渔歌兮,孰知其他兮。"有浓郁的楚骚风味。再看他的《题赵鸥波〈高士图〉》:

在昔洛阳,雪深丈余。士也高卧,来令尹车。

今年吴淞,雪复何如。积素一色,鸥鹭有无。

之子江皋,修亭是居。有琴有书,有酒有鱼。

赏静独眺,聊以自娱。挹兹清风,凛凛起予。

此景此图,再卷再舒。

这首题画诗,简直可以与刘禹锡的《陋室铭》媲美啊!再看他的《题〈静春堂集〉》:

开门雪卧远,咏史风情留。诗有三百篇,令子手所哀。

汝翁秀儒林,殖学媲前修。六经穷窔奥,万象工雕锼。

广矣雅音正,恀矣骚情幽。照耀明月珠,珍重珊瑚钩。

一读令人喜，再读令人愁。李杜骨已朽，江湖名同流。
　　忆昔托未契，东城得追游。平时少契阔，暇日多唱酬。
　　栎材自揣劣，藻思谁与俦。老我岁冉冉，霜鬓风飙飙。
　　索居破茅屋，寒拥敝貂裘。夜来清梦飞，故绕松江头。
　　梦中不识路，修亭渺悠悠。粲然见梅花，落月香影浮。
　　性情阅千古，感发交未休。神交赴冥冥，知我双白鸥。

　　这是一首题友人诗集的诗，共分三层。前十六句为第一层，是对友人诗集的评论，说他的诗像《诗经》一样雅正，有《离骚》一样的幽情，从而将其比为明月珠与珊瑚钩，并痛惜他的逝世。中间六句为第二层，回忆从前一同游览唱酬的情景，用"栎材自揣劣"表示自谦，用"藻思谁与俦"赞颂友人。后十四句为第三层，写自己年老潦倒不堪，但在梦中与友人游览却欢快至极："粲然见梅花，落月香影浮。性情阅千古，感发交未休。"由此可见，诗人与这位友人的感情是多么深挚啊！

民族英雄文天祥逃难时经过通州的诗

文天祥（1236—1282），字履善，又字宋瑞，自号文山。庐陵（今江西吉安市）人。他是宋末的民族英雄、政治家和爱国诗人。德祐元年（1275）十月，文天祥被调回京城，保卫临安。第二年正月十九日，被任命为右丞相。二十日，以右丞相兼枢密使的身份，冒着生命危险，与元军统帅伯颜谈判。由于投降派作祟，被元军扣押，被驱北行。二月二十九日，文天祥与部下杜浒等十二人，从镇江逃脱，经过九死一生，由扬州经过通州，回到南方，继续抗元。祥兴二年（1279）二月六日，崖山被元军攻破，宋朝灭亡，文天祥被俘，被元朝统治者囚禁了三年，虽百般威胁利诱，却始终坚贞不屈。元世祖至元十九年（1282）十二月初九，文天祥在燕京柴市壮烈牺牲。临刑前，他且行且歌，作绝笔诗自赞，系于衣带之间，其词曰："孔曰成仁，孟曰取义，惟其义尽，所以仁至。读圣贤书，所学何事？而今而后，庶几无愧。"这就是文天祥的绝笔诗，或叫《衣带赞》。他的著名诗句"臣心一片磁针石，不指南方不肯休"和"人生自古谁无死，留取丹心照汗青"，都表达了他的赤胆忠心。

现在将他经过通州时所写的诗，摘录于后。

《发海陵》：

自海陵来向海安，分明如渡鬼门关。
　　若将九折回车看，倦鸟何年可得还。
　　原序写道："自二月十一日海陵登舟，连日候伴，问占苦不如意。会通州六交自维扬回，有弓箭可仗，遂以孤舟于二十一日早径发，十里惊传马在塘湾，亟回，晚乃解缆，前途吉凶，未可知也。"海陵即今江苏泰州。从泰州到海安，距离很近，而诗人将这段路程比喻成"如渡鬼门关"，由此可见当时形势的险恶以及心惊胆战的处境。

《闻马》：
　　过海安来奈若何，舟人去后马临河。
　　若非神物扶忠直，世上未应侥幸多。
　　原序写道："二十一夜宿白蒲下十里，忽五更，通州下文字，驰舟而过，报吾舟云：'马来来！'于是速张帆去，慌迫不可言。二十三日，幸达城西门锁外。越一日，闻吾舟过海安未远，即有马至县。使吾舟迟发一时，顷已为囚虏矣，危哉！"由于诗人胸怀中正气凛然，才会有"神物扶忠直"的想象！

《如皋》：
　　雄狐假虎之林皋，河水腥风接海涛。
　　行客不知身世险，一窗春梦送轻舠。
　　原序写道："如皋隶有泰州朱省二者，受北命为宰，率其民诘道路，予不知而过之。既有闻，为之惊叹。"朱省二真是狐假虎威，文天祥等又逃过了一劫！

《闻谍》：
　　北来追骑满江滨，那更元戎按剑嗔。
　　不是神明扶正直，淮头何处可安身。
　　原序写道："予既不为制钺所容，行至通州，得谍者云：'镇江府走了文相公，许浦一路有马来捉。'闻之悚然，为赋此。"元朝追捕马骑，布满江滨，文天祥等危险至极，仍然坚信"神明扶正直"，终于逃脱了元兵的追捕。

《哭金路分应》：

金应以笔札往来吾门二十年，性烈而知义，不为下流。去年，从予勤王，补两武资，今春时授承信郎、东南第六正将、赣州驻扎。及予使北，转三官，授江南西路兵马都监、赣州驻扎。予之北行也，人情莫不观望，僚从皆散，虽亲仆亦逃去。惟应上下相随，更历险难，奔波数千里，以为当然。盖委身以从，死生休戚，俱为一人者。至通州，住十余日矣，闰月五日忽伏枕，命医三四，热病增剧，至十一日午气绝，予哭之痛。其殓也，以随身衣服，其棺如常。翌日葬西门雪窖边，棺之上排七小钉，又以一小板片覆于七钉之上以为记。不敢求备者，边城无主，恐贻身后之祸。异时遇便，取其骨归葬庐陵，而后死者之目可闭也，伤哉！伤哉！为赋二诗，焚其墓前。

> 我为吾君役，而从乃主行。
> 险夷宁异趣，休戚与同情。
> 遇贼能无死，寻医剧不生。
> 通州一丘土，相望泪如倾。

> 明朝吾渡海，汝魄在它乡。
> 六七年华短，三千客路长。
> 招魂情黯黯，归骨事茫茫。
> 有子应年长，平生不汝忘。

诗题中的"路分"是官名，是指路一级的地方武官。因为当时金应的官衔是"江南西路兵马都监、赣州驻扎"。这篇诗序与这两首诗，表达了文天祥对这位部下无比崇敬与痛惜的心情。此诗感情真挚、饱满，尤其读到"通州一丘土，相望泪如倾""明朝吾渡海，汝魄在它乡。六七年华短，三千客路长。招魂情黯黯，归骨事茫茫"几句时，真要泪如泉涌！

《泛海怀通州》（原题为"怀杨通州"，不通，据《乾隆南通州五山志》改）：

江波无奈暮云阴,一片朝宗只此心。
今日海头觅船去,始知百炼是精金。

唤渡江沙眼欲枯,羁臣中道落崎岖。
乘船不管千金购,渔父真成大丈夫。

范叔西来变姓名,绨袍曾感故人情。
而今未识春风面,倾盖江湖话一生。

仲连义不帝西秦,拔宅逃来住海滨。
我亦东寻烟雾去,扶桑影里看金轮。

这组诗各有所指。第一首以"百炼是精金"的贴切比喻,抒写了抗元的坚强意志。第二首感谢渔父的救援。第三首感谢通州素昧平生的朋友对他们的倾心接待。第四首表明要学鲁仲连义不帝秦的精神,与敌人抗争到底。

《海船》:

海船与江船不同,自狄难以来,从淮入浙者必由海而通,为孔道也,由是海船发尽。适三月间,方有台州三姜船(运生姜的船)至,已为曹大监镇所雇。通州有下文字自定回,张少保恰予之以一船,亦是三月方到岸,而予适来,杨守遂以此舟送予,与曹大监俱南。向使有姜船而无张少保一舟,予不能行;有张少保而无姜船,予又无伴。不我先后,适有邂逅,殆神施鬼设而至也。

海上多时断去舟,公来容易渡南州。
子胥江上逢渔父,莫是神明遣汝否?

这首诗感谢张少保送给文天祥的这条救命船,好比伍子胥在江上逃命时遇到渔父一样。

《发通州》:

予万死一生,得至通州,幸有海船以济。闰月十七日发城下,十八日宿石港,同行有曹大监镇两舟,徐新班广寿一舟,舟中之人有识予者。

> 孤舟渐渐脱长淮,星斗当空月照怀。
> 今夜分明栖海角,未应便道是天涯。

> 白骨丛中过一春,东将入海避风尘。
> 姓名变尽形容改,犹有天涯相识人。

> 淮水淮山阻且长,孤臣性命寄何乡。
> 只从海上寻归路,便是当年不死方。

这组诗抒写了文天祥乘船离开通州时的复杂心情。第一首写他栖身于天涯海角的感慨,既有逃脱虎口的庆幸,更多的是对前途未卜的忧虑。第二首慨叹他从死里逃生,变更姓名,改变形貌,在天涯海角居然还有人认识他。第三首庆幸他从海上找到回南方继续抗元之路,好比秦始皇、汉武帝当年找到长生不老的药方一样。

《石港》:

> 王阳真畏道,季路渐知津。
> 山鸟唤醒客,海风吹黑人。
> 乾坤万里梦,烟雨一年春。
> 起看扶桑晓,红黄六六鳞。

此诗首联用了两个典故。王阳畏道,见《汉书·王尊传》:"王阳为益州刺史,行至邛崃九折阪,不欲以父母之遗体而犯此险阻,遂归。及尊为刺史,至其阪,问吏曰:'此非王阳所畏道邪?'吏对曰:'是。'尊叱其驭曰:'驱之!王阳为孝子,王尊为忠臣。'"后以"王尊叱羊肠"为不避艰险,愿为国家效力边疆之典。季路知津,见《论语·微子篇》:"长沮、桀溺耦而耕,孔子过之,使子路问津焉。长沮曰:'夫执舆者为谁?'子路曰:'为孔丘。'曰:'是鲁孔丘与?'曰:

'是也。'曰：'是知津矣。'""知津"，认识渡口，认识路途。这一联意思是说，他们这次为了忠于国事而逃难，开始时担心道路上难走，后来逐渐认识了道路。颔联以两个比喻说明这次逃难使他们得到了锻炼。颈联写他们经历了一个春季，行了很远的路。尾联也用了两个典故。扶桑，传说中的神树，为日出之处。六六鳞，鲤鱼别称。鲤鱼脊中有鳞一道，每片鳞上有黑点，大小皆三十六鳞。这一联是说，他们在海上看到日出时天边像红黄色的鲤鱼鳞片一样美丽的景象，象征着他们已看到了抗元斗争的美好前途。

《卖鱼湾》：

卖鱼湾去石港十五里许，是日曹大监胶舟，候潮方能退。

风起千湾浪，潮生万顷沙。
春红堆蟹子，晚白结盐花。
故国何时讯，扁舟到处家。
狼山青两点，极目是天涯。

这首五律写得很精彩。首联以风起潮生时海上壮阔的景象开篇。颔联以红白的鲜明色彩写出卖鱼湾盛产蟹子和食盐。颈联写他们虽然以扁舟为家，在海上漂泊，但他们希望早日恢复祖国美丽的山河。尾联写他们极目远望天涯，看到青青的狼山，心中感慨万千。

《即事》：

宿卖鱼湾，海潮至，渔人随潮而上，买鱼者邀而即之，鱼（价）甚平。

飘蓬一叶落天涯，潮溅青纱日未斜。
好事官人无勾当，呼童上岸买青虾。

这是一幅出色的渔港图，这是紧张过后的舒闲。

《北海口》：

淮海本东海，地于东中，云南洋北洋，北洋入山东，南洋入江南。人趋江南而经北洋者，以扬子江中渚沙为北所用，故经道于此复转而南,盖缭绕数千里云。

沧海人间别一天,只容渔父钓苍烟。
而今蜃起楼台处,亦有北来蕃汉船。

看到了渔父钓苍烟,看到了海上蜃楼,看到了北来的船只,同样反映了诗人紧张过后的舒闲。

《出海》:

二十一夜,宿宋家林泰州界;二十二日,出海洋,极目皆水,水外惟天,大哉观乎!

一团荡漾水晶盘,四畔青天作护阑。
著我扁舟了无碍,分明便今混沦看。

水天一色玉空明,便似乘槎上太清。
我爱东坡南海句,兹游奇绝冠平生。

这两首诗抒写了文天祥看到海上浩瀚优美景色时的感受。第二首中"东坡南海句",指苏轼《次前韵寄子由》中的"胡为适南海,复驾垂天雄。下视九万里,浩浩皆积风"。看到这种奇丽的景色,诗人有"乘槎上太清"的幻觉,所以他说"兹游奇绝冠平生"。

《渔舟》:

二十八日,乘风行入通州海门界,午抛泊避潮,忽有十八舟,上风冉冉而来,疑为暴客,四船戒严。未几,交语而退。是役也,非应对足以御侮,即为鱼矣,危哉!殆哉!

一阵飞帆破碧烟,儿郎惊饵理弓弦。
舟中自信娄师德,海上谁知鲁仲连。
初谓悠扬真贼舰,后闻欸乃是渔船。
人生漂泊多磨折,何日山林清昼眠?

文天祥的船正驶出通州海门境界时,突然遇到十八艘渔船,开始以为是海盗船,船上的人紧张之极,后来才松了一口气。所以诗人在尾联说"人生漂泊多磨折,何日山林清昼眠?"

《扬子江》：

自通州至扬子江口，两潮可到，为避诸沙，及许浦，顾诸从行者，故绕去出北海，然后渡扬子江。

几日随风北海游，回从扬子大江头。

臣心一片磁针石，不指南方不肯休。

南宋最后两个帝王，宋端宗赵昰和帝昺都在南方，抗元复国的希望在南方，所以文天祥将自己比成指南针，永远向着南方！

文天祥

《使风》：

渺渺茫茫远愈微，乘风日夜趁东归。

半醒半困模糊处，一似醉中骑马飞。

这首诗逼真地写出海船趁着风力快速飘行时的感觉，醉中骑马的比喻，极其贴切。

《苏州洋》：

一叶漂摇扬子江，白云尽处是苏洋。

便如伍子当年苦，只少行头宝剑装。

此诗又一次以伍子胥过江作比，可见诗人苍茫悲凉的心境。

《过扬子江心》：

大海中一条，自扬子江直上淡者是，此乃长江尽处，横约百二十里，吾身乘风过之，一时即咸水。

渺渺乘风出海门，一行淡水带潮浑。

长江尽处还如此，何日眠山看发源。

从长江与海分界的白带，联想到要去眠山观看长江的源头，既自然，又浪漫。

柳应芳的《闻倭警诗》

邵潜《州乘资》卷四载："柳应芳，字陈父，爽朗善谈谑。少游学南都，都人士急之，遂家焉。为诗煅炼三唐，不轻下笔。书拟二王，而亦几于乱真。繇是名日籍甚，自留后列卿以及缙绅学士，争愿交欢先生，得先生片言只字，不啻悬黎结绿（悬黎、结绿都美玉）也。吏部郎王某，廉而贫，顾有中伤之者。时先生馆于徽贾郑氏所，闻而冤之，遂丐郑千金，为之营解，王赖以亡（无）恙，人益多先生高谊。所著《柳陈父集》，行于世。世所未行者。以无子佚不传。"

他的《闻倭警诗》是这样写的：

> 东倭海外播烽烟，回首扶桑蜃气连。
> 白羽插书传幕府，黄金刻印拜楼船。
> 朝廷欲问来王日，父老曾经入寇年。
> 辛苦折冲胡少保，永陵一郡至今怜。

明代倭寇之乱，通州颇受其害，因而此地成了抗倭前线，常常拉响警报。首联即扣题写听到倭寇入侵的警报。"回首扶桑蜃气连"起烘托作用，意思是说，倭警跟海市蜃楼的出现一样频繁，一样出其不意。颔联写传书拜将，朝廷忙碌起来。此联对偶颇为工整。颈联"来王"是借用，本指古代诸侯定期朝觐天子，意指人们记得的并非日本的来朝觐见,父老们记得的是它屡屡的侵犯啊。尾联赞扬武将英勇抗敌,一州的人民都怀念他们。此联用了"折冲"一词,它有多种含义:(一)使敌人的战车后撤,即制敌取胜。冲,冲车,战车的一种。(二)交涉;谈判。(三)武官名。北魏有折冲将军,唐有折冲都尉,全国各州有折冲府。"折冲之臣"指忠勇之臣。"折冲御侮"来源于《诗经·大雅·绵》:"……予曰有御侮。"《毛传》:"武臣折冲曰御侮。"后用以指抗击敌人。"胡少保"是泛指。

周伯琦吟咏通州如皋海安的诗

周伯琦,《列朝诗集·甲集前编第十》:"伯琦字伯温,鄱阳人。元末,历官浙西肃政廉访使,招谕张士诚,拜江浙行省参知政事,进左丞,分治于苏。至正二十四年,除江南诸道行御史台侍御史。后三年,浙西平,引归鄱阳。洪武二年,卒于家。伯温为士诚所羁,留平江十余年,坚卧不出。吴亡,伯温与陈敬初俱获免。"

《通州》:

渡江潮始平,入港涛已落。泊舟狼山下,远望通州郭。
前行二舍余,四野何漠漠。近郭三五家,惨澹带藜藿。
到州日停午,余暑秋更虐。市井复喧嚣,民风杂南朔。
地虽江海裔,俗有鱼盐乐。如何墟里间,生事复萧索。
原隰废不治,城邑靳可托。良由兵兴久,羽檄日交错。
水陆飞刍粟,舟车互联络。生者负戈矛,死者弃沟壑。
虽有老弱存,不足躬钱镈。我军实王师,耕战宜并作。
惟仁能养民,惟善能去恶。上官非不明,下吏或罔觉。
每观理乱原,愧乏匡济略。抚事一兴慨,悲风动寥廓。

作为一名官员,他看到通州地区,由于战争的缘故,"近郭三五家,惨澹带藜藿""生者负戈矛,死者弃沟壑",不由发出感叹,提出"我军实王师,耕战宜并作。惟仁能养民,惟善能去恶"的主张,实属难得。

《如皋县》:
晓行过如皋,草露凄已白。井邑无人烟,原野有秋色。
缊褐两三人,牢落徒四壁。似讶官军至,拱立衢路伊。
伊昔淮海陬,土俗勤稼穑。潟卤尽桑麻,间阎皆货殖。
及兹值兵燹,道路纷荆棘。十室九逃亡,一顾三叹息。
王师重拯乱,主将加隐恻。戒吏剪蒿莱,分曹理盐策。
眷眷恤疮痍,迟迟历阡陌。上天合助顺,九土期载辟。
白首忝戎行,临风增感激。

到了如皋,看到了"及兹值兵燹,道路纷荆棘。十室九逃亡"的惨象,更加感伤,"一顾三叹息""临风增感激",真是一位有良心的官员啊!

《海安》:
淮海水为利,转运有常程。积渠如积金,守防如守城。
近闻渠堤坏,水决剧建瓴。我军赖神速,戮力障颓倾。
旧防幸已复,新修亦宜兴。古人重举众,日费千金并。
克敌务给粮,足边资力耕。矧兹淮甸间,沃野富吴荆。
草莱日加辟,馈饷岁弥增。勿使土遗物,坐令储侍赢。
东南力可舒,根本计非轻。欲弘中兴业,斯事力当行。
陋儒无良算,触物有深情。冉冉趋畏涂,戚戚慎宵征。

堤岸损坏,洪水如猛兽,建瓴(即建屋)的速度远远跟不上,他为自己是个陋儒而无良算深感愧疚,于是,"冉冉趋畏涂,戚戚慎宵征",活画出诗人的自我形象。

博文修行的钱明相

《列朝诗集·丁集第十三之下》：

明相字希哲，通州人。博文修行，为诸生祭酒。而深于诗律，秾厚停稳，其言蔼如也。与先宫保为缟紵之交，每偕顾公子懋贤及其徒李生元遇，逾狼五山，渡江过访，相留判年，犹未忍归去。谦益幼侍侧，见其长身耸肩，仪观修整，与先宫保酌酒论交，陶陶永夕先。宫保尝指扇头诗命谦益曰："钱伯，淮海之诗人也，汝其识之。"先生殁，无子，先宫保哭之，过时而悲。去今五十余年矣。戊子秋，金陵客舍阅广陵诗，得先生诗一卷，灯下展读，涕泪渍纸，遂手录而存之，庶几柳子厚石表先友之意，亦以见吾先宫保之知诗不妄为许可也。

《村居二首》之一：

闲倚绳床看落晖，疏林烟霭暮霏微。
云边丘陇牛羊下，水外蒹葭雁鹜飞。
白草乱填村舍路，清霜浓缀野人扉。
无端短鬓垂垂老，暂得幽栖愿莫归。

此诗前六句写傍晚之景：太阳将要下山，树林被一层薄薄的烟霭笼罩着，牛羊被从丘陇间赶回家，雁群将归宿于蒹葭丛中，枯草铺满村舍旁的小路，严霜将凝结在农家的柴门上。这一幅傍晚村庄图，幽闲静谧，正是诗人理想的隐居之地。尾联是说，自己垂垂老矣，希望在这里一直隐居下去。

《村居二首》之二：

    一村茅屋锁寒烟，瘠卤原非负郭田。
    乱后蔬飧聊卒岁，秋来禾黍幸逢年。
    疏灯梦落苍松晓，短褐霜寒白雁前。
    屈指交游吾独老，不堪贫病卧江天。

上一首虽写到环境的静幽，但物质生活并不优裕。原来这里是一片盐碱地，最简陋的素餐也只是聊以卒岁，幸亏这年秋季禾黍的收成还算不错。梦刚醒来天已拂晓，今年提前下霜，却仍穿着短袖衣衫。屈指算算朋辈中我最老，再也经受不住贫病交加独卧江天了。这两首诗写出了诗人矛盾的心理：从独善其身的角度讲，他想长期隐居于乡村；从贫病交加的角度讲，他又忍受不了独卧江村之苦。真是进退两难啊！

《闻角》：

    嘹亮城头角吹长，五更声落戍楼霜。
    铜符昼戟新开府，白草黄榆旧战场。
    万马风生朝凛冽，九旗星闪夜辉煌。
    元知纪律中原胜，未许骄夷敢跳梁。

听到号角之声而振作斗志，诗写得雄健有力，能鼓舞士气。

如皋诗人高深

高深字赞两，号龙渊，江苏如皋人。著有《绿雪山房稿》《楚江吟》。

《薄幸·滕王阁怀古》：

滕王何在。悄不见、歌容舞态。有阁外、西山几点，槛外长江一带。只共他、年少王郎，凭阑感叹无聊赖。却客底逢欢，尊前得句，序出风流佳概。　　又怎奈、嬉游处，人散后、韶华易改。如今但、暮雨朝云来去，落霞孤鹜长千载。此情谁解。叹萍踪，我亦漂流、未了江山债。霜髭尽短，赢得愁心似海。

此词上片平平，只是就当时十四岁少年王勃写《滕王阁序》一事点缀一番。下片从阁长在，人早亡，联系到诗人自己到处漂泊，满腔愁绪。歇拍两句，"霜髭尽短，赢得愁心似海"是一篇之警策。

《忆秦娥·秋望》：

天如拭，楚江波色连秋色。连秋色，愁怀并与，洞庭无极。　　碧山云敛眉痕集，丹枫霜点宴脂湿。宴脂湿，离人乡泪，被风吹入。

波色连秋色，秋色连愁怀，洞庭湖的无边秋色，便是愁怀。这一构思极巧妙，也极自然。离人皱眉像碧山云敛，离人乡泪像枫叶红湿，这两个比喻也极好。通篇用喻，不愧高手！

《贺新郎·登岳阳楼谒吕真人像》：

系缆依江郭。访岳阳、层楼独上，望穷寥廓。犹有仙翁遗像在，共说当年跨鹤。尝买酒、垆边清酌。三醉此中人不识，但伴狂、啸咏风前落。瞻拜处，尚依约。　　繁华信比秋云薄。总被那、情牵意惹，利缠名缚。争奈黄粱犹未熟，一枕邯郸梦恶。又谁似、先生先觉。尘网何时能摆脱，叹衰年、正自伤飘泊。湖水涌，晚风作。

民间传说，吕洞宾曾三醉岳阳楼。此词上片，就这一传说来点染。下片批评世人受"利缠名缚"，不如吕洞宾先知先觉。然后自伤衰年仍到处漂泊，何时能摆脱尘网。歇拍以景结情，令人回味不尽。

情景交融、用字精致的冒鸾诗

冒鸾，字廷和，号得庵。弘治六年（1493）进士。《嘉庆如皋县志》本传中记载："十六岁举于乡，第进士……升福建左参议，分守建宁，平恕简清，一意与民休息。"又载："林居十有三年，屏迹公府，每危坐一室，图书左右，不问户外事，乡里推重之。"他的诗写得极其精致。如《晚宿徐州》：

客运偏觉寂寥多，无奈天涯久客何。
惆怅白云千里远，留连征雁数声过。
无人为报平安字，有梦常悬烟雨蓑。
饭店沽来无好酒，襟怀散尽且高歌。

此诗写旅途的寂寞惆怅情怀，手法十分高明。尤其是中间两联，情景交融，对仗精工。颔联先以"白云千里远"抒远离家乡的惆怅之情，接着以"征雁数声过"写留宿异地的寂寞之感，极其真切生动。颈联先以无人报平安直抒诗人想念家人的急切心情，接着写"有梦"不能到家的难堪。极为巧妙的是，他的归家之梦只能悬挂在烟雨蓑上。这个联想，多么形象，多么富有情味啊！

又如《题谢挥使竹村巷》：

翠筠千亩护烟村，春水寒云日把门。
鸟去虚堂风不定，一窗摇曳绿阴繁。

此诗写竹林深处的村居，美丽幽静，令人神往。其中动词用得特别精确：千亩青翠的竹林"护"住烟雾缭绕的村庄，春水寒云"把"守着村居的门户，用鸟"去"来烘托厅堂的空旷，一片繁茂的绿阴在窗棂的格子上"摇曳"。如此美景，全靠这四个动词的描绘，其用字之精确，真令人叹为观止！

远见卓识的钱岦

钱岦字君望,江苏通州人。嘉靖壬辰(1532)进士,历官参议,他的《悯黎咏》被选入《明诗别裁集》卷七。诗前有序:"嘉靖戊申,崖吏失御,重以积蠹之余。群黎遂叛,攻掠城邑,远近绎骚。抚者无策,漫以牛酒从事,越岁不戢。当路请命征讨,予分典戎事,深悼诛夷之惨……覆车当戒,感时述事,潜然有怀。"诗写道:

在昔邃古初,鸿蒙辟天地,绝谷嶂南海,深箐郁苍翠。
中有黎母居,伊人尚蒙昧。凿井以饮渴,农田亦时艺。
荒路暧匪通,幽扃或交市。虽尔隔华界,犹纪王正岁。
生黎若草木,荣陨随和厉。熟黎若鸟兽,獝佚无智虑。
所以古先圣,驭之以不治。

粤南本炎峤,矧此琼崖东?玄冬日且和,幽郊鲜阴风。
花柳荫广隰,苗黍青芃芃。皇仁渐南极,草木均化工。
岂独兹黎人,物与非吾同?军行值人日,感叹心忡忡。

朝发城东门,夕驻藤江垒。杀气干层云,狼师渡藤水。
鸡犬皆震惊,人民尽奔徙。海避愁蛟蛇,山匿畏虎兕。
蛇虎犹可虞,狼毒不可迩。军令甚分明,颠仆何由弭。

伶俜泣路衢,迸泪不能已。嗟哉一将功,岂独万国毁?

海南无猛虎,而有麖与麋。玄崖产珍木,种种称绝奇。
斯物出异域,颇为中国推。以兹重征索,奔顿令人疲。
穷年务采猎,为官共馈仪。苦云近岁尽,无以充携持。
直欲诉真宰,铲此苏民脂。物理有固然,忉怛令人思。

叶落当归根,云沉久必起。黎人多良田,征敛苦倍蓰。
诛求尽余粒,尚豢犊与豕。昨当租吏来,宰割充盘几。
吏怒反索金,黎民那有此?泣向逻者借,刻箭以为誓。
贷一每输百,朘削痛入髓。生当剥肌肉,死则长已矣。
薄诉吏转嗔,锁缚不复视。黎儿愤勇决,挺身负戈矢。
枪急千人奔,犯顺非得已。赫赫皇章存,今人弃如纸。

朔风戒良节,赫赫张皇师。军门号令严,震肃将天威。
壮士快鞍马,锋镞如星飞。一举破贼垒,刀斧纷纭挥。
剖尸越丘阜,踏血腥川坻。白日暗西岭,瘴气昏余晖。
翅鼠堕我前,饥鸟逐人归。征夫怀惨忧,涕泗沾我衣。
黎人本同性,云何发祸机?神武贵勿杀,不在斩获为。
息火当息薪,弭兵当弭饥。谁生此厉阶,哲士知其非。

组诗采用夹叙夹议手法,指出黎族本安居乐业,由于地方官吏搜刮无度,黎族人民无以为生,方激成叛乱,希望统治者引以为戒。《明诗别裁集》卷七评论说:"治之以不治,驭远人之道也。征求贡物,赋敛无艺,兵戎于是兴矣。谁生厉阶,至今为梗。末以弭饥为救乱之本,是真能弭乱者,老成远虑,可垂炯戒,后之柄国者,尚其敬而听之。"

关心民生疾苦的如皋诗人马绅

马绅，字廷佩，号松涧。正德己卯（1519）举人。河南宝丰县令。《嘉庆如皋县志》本传中记载："邑大祲，饥殍相望，乃请当道发粟，兼捐俸资，多方赈济，全活者无算。"他的诗也体现了这种关心民生疾苦的情怀。如《龙兴寺阻雨有感》：

> 薄暮临幽寺，林深杳霭间。
> 肩舆穿石磴，古梵掩松关。
> 境偏人迹少，院静鸟声闲。
> 村氓正忧旱，一雨破愁颜。

诗人那天晚上宿在一座古老的寺庙里，恰逢下雨，他与村中的老百姓一样，正在担心旱情，却"一雨破愁颜"！

丁鹏治理黄河水患的诗

丁鹏，字良举，号南溟。据《嘉庆如皋县志》本传载："年二十五始奋发读书，键关下帷三年而业大就，寻补诸生，食饩。嘉靖乙酉（1525）举于乡，道经山东济宁州，州大司马杨浩见鹏长身伟干，美须髯，与言当世之务，岳岳无少模棱，奇之，妻以女，铨兖州别驾。视河事，会兖豫决张，秋，沙湾又决荥阳东，过开封，历睢阳，坏田庐百四十里。河督盛应期大役丁夫五万人。鹏时分标开凿，自汴东南出怀远、宿迁、小浮桥、溜沟等开浚，以分下流之势，又浚汴西荥泽孙家渡等，以杀上流之势，又修武城以南废堤，以防河之北流，又于滕沛鱼台间开新河，接留城沙口南北界，两河始安流无崩塞患。岁省且万计，例归主者，鹏尽归公家，不私一钱。主者衔之，鹏艴不悦，遂乞休。时司马浩且老，鹏留济宁，终司马之世，偕其杨安人归。归与曹相严怡、冒士拔辈日以诗酒相往还，年九十三终。"

他的《柳枝行》就是描写他治理黄河水患决心的优秀篇章：

　　黄河怒触天无色，瘦蛟夜舞长虬泣。
　　奔腾澎湃势汤汤，神禹不生劳帝力。
　　帝曰哀哉民其鱼，何以奠之平土居。

群臣佥谓莫吁咈，堙江塞海诚非虚。
臣身不得化精卫，臣心愿得填鳌背。
惟今之计止洪波，庶几柳枝堪障蔽。
可怜此议倡群臣，江南江北无青春。
丁丁之声撤霄汉，连张带鬼星不明。
柳魂鬖鬖上愬天，谓余何罪遭戈铤。
臣身若可敌河伯，何妨斫却援苍黔。
噫歔欷，杨柳枝，金钱百万皆波靡。
何曾封得一丸泥，况汝区区天岂知。

诗中"臣身不得化精卫，臣心愿得填鳌背""臣身若可敌河伯，何妨斫却援苍黔"等句便是诗人这种决心的形象写照。

《南通县新志》书影

多姿多彩的孙应鳌诗

孙应鳌,字山甫,嘉靖二十三年(1544)进士。历官工部尚书,赠太子少保,谥文恭。崇祀乡贤。有《学礼堂诗集》行世。他的诗多姿多彩。《海上行》是写海盗的:

年来海寇何猖狂,更入今年剧跳梁。
捷书方报歼灭尽,又有羽檄驰苍江。
柘林乍浦原相接,蚁聚蜂屯任践躏。
天堑由来形势雄,何事扬州复焚劫。
真倭无几半中华,一时从逆忘身家。
贾舶当时空阻绝,旄干此日徒咨嗟。
咨嗟今日成何事,祭罢海神仍贔屃。
东市才悬上将头,南方已夺元戎帜。
调得熊罴截海䑸,乘流鼓浪洪涛中。
来往逍遥笑相谓,尔辈何愚想立功。
不记前年驾巨艘,五十三人任挥霍。
吴越之区且遁迹,何况江皋小城郭。
瓜洲争看饷船飞,运道原争一线微。
只知民命堪长痛,还恐漕储日渐非。
土兵骄恣民兵弱,止齐步伐无束约。
无边白骨蔽林坰,何处将军倚江阁。

共言庙算如神明,枢密大臣新遣行。
绣斧铁衣新拜节,挥戈万里志澄清。
君不见江之南江之北,白日惨烈无颜色。
又不见浙之东浙之西,颓风凄切增悲啼。
正名大义须洞晓,兵家韬略亦难少。
莫使鲸鲵再掣翻,伫看颤鹜齐雕剿。
圣人在上元无为,海不扬波静鼓鼙。
况闻大内日祷祀,百万神灵应护持。

此诗写当时倭寇为海盗,江浙一带人民深受其害。"真倭无几半中华",绝非危言耸听。诗人希望"莫使鲸鲵再掣翻","海不扬波静鼓鼙"。这首诗气势豪逸,写出了当时人民的心声。而《道旁见梅开因忆草堂》诗则深情绵邈,抒写了诗人浓郁的思乡之情:

寒蕊临路发,客行惊早春。
故国有佳树,谁作咏花人?

《辰阳行次三首》:

宿岭阴云少霁,沿溪毒草常新。
叹息住山茅屋,桃花落尽无春。

片片溪流绕渡,层层谷气生岚。
兵甲频年未解,山川萧瑟西南。

雨润苍凉云树,霞明浮动水花。
朝日台前樵径,夕阳溪畔人家。

这组诗运用六言绝句的特有格式,写山村景色如画。尽管因为战乱,这些景色被涂上了一层萧瑟的气氛,但仍然能给人以清新之感。

《华山》诗写道:

云薄散烟姿,山深发泉响。还复穷神奇,孰云适苍莽。

俯投磐石底，转出险径上。日影随峰横，金翠乱消长。
寥阒理无涯，卷舒情还爽。仲尼昔闻韶，忘味怅心赏。
缅余涤尘容，眷此高山仰。丈夫远览怀，古来称肮脏。
山峰芙蓉秀，山涧芝蕙芳。客至暮春候，高歌月几望。
晚色渐收照，林皋何混茫。崖际映微白，流晖突飞翔。
孤嶂激幽籁，万树披寒光。俯境撷元润，屏息怡清凉。
安道曾破琴，冯亮亦结房。二妙诚高步，予何独彷徨。

对山景的描绘和情怀的抒写交替进行，亦景亦情，情景交融，颇见艺术功力。

《韶松歌赠三权》：

君有百亩园，非培亦非塿。
十年种松俱长成，苍苍枝盖盘蚴蚪。
披襟豁俗谐心期，南华逍遥独对时。
烦景渐除星汉垂，秋露将坠云影迟。
此时中谷徽声起，渐入林端不移晷。
潇洒如从天上来，纵横忽向尊前止。
将寂复作意何长，琴音泉溜同琳琅。
翠涛忽涨兼天涌，清梦初回满耳凉。
飒飒谁知风雨散，惊起龙吟仍历乱。
堂上吹箫将九成，庙中奏瑟惟三叹。
须臾丛薄含泬寥，明月朗照澄层霄。
空外沉冥空外响，静中发越静中消。
自然噫气元大块，至和不假竽与籁。
出虚吹万总天机，秀萼贞姿但烟霭。
我试问君君不知，神游太古何希夷。
惟应仿佛唐虞世，忘味闻韶今在兹。

此诗表面上是写友人三权培育的百亩松林发出十分动听的松涛声，实际上塑造了一位对功名利禄十分淡泊的类似庄子《逍遥游》中的高人形象。

《四山放歌》：

>春雨乱落日夜剧，溪头春水长数尺。
>光风一洗万山碧，满眼新晴散阡陌。
>我今避世忘踽踽，日坐树根倚幽石。
>白云宛转丹霞射，迷津渺渺桃花隔。
>时有玄猿伴萧索，四山阒寂夜景发。
>天风万壑涌溟渤，星辰熹微避明月。
>道人兀坐肃毛骨，琴心三叠转清越。
>蕊珠之宫水精阙，众窍忽虚群籁歇。
>素影空碧散丛樾，知音何人思超忽。

此诗以春天清新迷人的景色来烘托一位隐士的高洁情怀，十分精彩。

《观楚人竞舟，作此吊屈原》：

>竞渡仍怜楚浴存，香兰芳芷满江繁。
>美人窈窕空相忆，公子怀思未敢言。
>水石可消千载恨，诗骚难吊九歌魂。
>怀忠毕竟谁为报，今古浮云一任翻。

此诗颈联"水石可消千载恨，诗骚难吊九歌魂"精警动人，寄托着诗人无穷的愤慨！

《渔隐》：

>收拾丝纶付钓竿，更谁豹隐与龙蟠。
>古今万态双篷卷，风月千层一艇寒。
>洗耳沧洲烟浪阔，洁身鸥鹭酒杯宽。
>短蓑长笛吾生事，叹尽人间行路难。

隐身于渔钓，表面平静，内心激动，"风月千层一艇寒"，既形象，又内蕴深厚，令人愈品愈觉有味！

范志易的《客中怀西园诗》

城西一片地，久系荒凉土。方广十亩余，弃置无人取。
我见旷且幽，去家近百武。诛茅构数椽，有廊并有庑。
桃李傍水栽，榆柳植无数。群卉颇充斥，修篁欲飞舞。
幽禽鸣树颠，游鱼跃浅浦。小桥通前楹，编竹为环堵。
春水便操舟，长日堪挥麈。宜月亦宜雪，可晴亦可雨。
两儿居其中，读书学闭户。我时策短筇，来作斯园主。
携尊邀良朋，逸兴为之鼓。日涉已成趣，乐此无所苦。
何为客京华，此景了不睹。役役混尘市，仆仆谒官府。
佳节正重阳，登临人旁午。缅怀故园秋，光景实堪谱。
黄花想已开，芙蓉知尽吐。家人共欢聚，笑我干圭组。
圭组我何心，终当学老圃。

这首诗写诗人将一片荒地开辟成西园的过程以及自己居住在其中的乐趣。此诗以记叙为主，层次井然。诗人将抒情融化在记叙中，清新自然是其最大特色。

余西诗人曹大同

曹大同(1508—1581),通州余西人,字子贞,号于野,又号异庵。岁贡生,因大宗伯李春芳不重视他关于如何选拔人才的意见,不久便弃官归通州城南,潜心于金石古文名画的收集和研究,致力辑录类书《艺林华烛》,共一百六十卷,可惜书稿未能刻印。他的诗文集《曹于野集》《玉珠楼稿》,也只有抄本。《崇川各家诗抄汇存》《狼山志》《五山全志》等书中保留了曹大同诗词一百余首。明代陈继儒编的《皇明诗选》,只选了他《登燕子矶》一首,称其诗笔雄健。《康熙通州志·文学》:"曹大同字子贞,生而颖异,逾丱,能文词。尝得古诗一编,多断简,以意属之,辄诵。里选为吏部选人。是时同乡李春芳为大宗伯,贵用事,深知之。大同乃上书,谓始而以词求士,词不足究士实,既而以格用士,格不足竟士才。李领之,约晨趋直含语太宰严讷,而上有急召,弗果。意宗伯岂其忘之耶,趣牒吏部,称不愿得官。"

《念奴娇·自述》:

弘猷远略,笑书生骨相,元非腾跃。壮志平生还自负,不肯甘心濩落。酒吐雄谈,诗增奇气,剑淬芙蓉锷。风云未便,黄鹄寄情寥廓。　　不解蜗角争长,蚁场决胜,隋珠弹燕雀。请看巢许是何人?不受唐虞槌凿。老莱不仕,荣启安贫,奚必皆荣爵！自矜颓老，专却一生烟壑。

　　自负壮志，不甘瀍落，是此词主旨。直抒胸臆后，再写"酒吐雄谈，诗增奇气，剑淬芙蓉锷"三句，不仅不嫌重复多余，反而觉得颇有气势。诗人的志向是不愿像俗人那样，"蜗角争长，蚁场决胜"，而要学巢父、许由、老莱子、荣启等古人那样安贫乐道，一生与烟云溪壑打交道。（"荣启"，春秋时隐士荣启期的省称，传说曾行于郕之野，语孔子，自言得三乐：为人，又为男子，又行年九十。事见《列子》。后用为知足自乐之典。）

　　《登燕子矶》：
　　　　百垒苍屏一径通，背岩亭子枕江雄。
　　　　归云拥树深藏寺，峭岭连城上逼空。
　　　　万里烟花晴照里，六朝兴废水声中。
　　　　闲情徙倚虚明界，钟磬萧萧落晚风。

　　首联写燕子矶枕江背岩，犹如一张巨大的苍翠的屏风矗立着。颔联写矶上云树丛中隐藏着寺庙，山岭陡峭，直逼苍穹。颈联写灿烂的阳光照耀着万里烟花，长江汩汩的流水声中蕴含着六朝的兴亡。此联堪称警句。尾联写萧萧的晚风中传来一阵阵钟磬声，诗人一边享受着这美景，一边悠闲地徜徉。

文武全才的顾养谦

顾养谦（1535—1604），字益卿，号冲庵，南直隶通州（今江苏南通）人。嘉靖四十四年（1565）进士，历迁南户部侍郎，丁忧去。起为兵部侍郎，总督蓟辽诸军务。胆气过人，临事多智略，文武双全，所至之处，都有声誉。著有《冲庵抚辽奏议》等。钱谦益《列朝诗集·丁集第九》中写道："益卿倜傥任侠，以边才自负。为蓟辽兵备，巡行至一小堡，从卒百余人，虏大入，薄墙下，益卿命大开堡门，张黄盖坐城楼下，为指麾调遣状，虏疑有伏，引去。其胆智如此……万历中，海内缙绅称倜傥雄骏者，以益卿为首。"

请看《辽阳行寄王子幻》：

八月辽阳北风烈，万树秋涛卷黄叶。
青天净洗浮云空，朔漠一扫胡尘灭。
几回回首江南游，题诗却忆三年别。
三年别君音信稀，故人念余余更切。
吴江双鲤到来频，辽东孤鹤南飞绝。
客路年年杨柳枝，笛声处处关山月。
关山月明长相思，杨柳枝青不堪折。
神通已会千古心，对面徒多一腔血。
此意昔年曾告君，世上交情岂堪说。

> 丈夫须为汗漫游,怪尔区区守吴越。
> 渤海银鱼一尺鲜,间山白雪千寻结。
> 貔貅转战阵云黄,麋鹿成群猎火热。
> 厨中况多薏苡尊,浮来色映莲花铁。
> 献技胡儿弓力强,侑觞胡妇笳声咽。
> 思君共饮梦悠悠,安得君生两飞翼。

此诗有唐代边塞诗的风格,不亚于高适的《燕歌行》。

又如《不寐》:

> 正月病中过,其如不寐何!
> 乡心醒亦梦,边计枕为戈。
> 细忆丁年事,长吟子夜歌。
> 晓来青镜里,愁绪鬓边多。

此诗极为真切地抒写了这位叱咤风云的名将在戎马倥偬之际的思乡之情。

《白米庄感赋》:

> 苍茫估客扬帆地,多少流亡归泪痕。
> 千顷已无抔土在,百年今有几人存?

白米庄,据《乾隆南通州五山志》卷四载,应指白藤洲,"狼山麓南十余里昔皆白藤,因名。后讹为白米洲,又讹为白米庄"。此诗慨叹白米庄的沧桑巨变,写得言简意赅。此外,顾养谦还著有散曲套曲《训妓》,可见其多才多艺。

东林党人范凤翼的诗词

范凤翼(1575—1655),字异羽,号太蒙,学者称真隐先生。万历二十六年(1598)进士,授直隶滦州(今属河北省)知州,自疏改教职,为顺天府(治所在今北京市)教授。丁母忧,服阕后升户部主事,转吏部。为时所忌,于万历三十五年称病还乡,与友人结为山茨社,优游山水,诗酒吟哦。明天启三年(1623)至五年,先后起为尚宝司丞,升少卿,推大理寺丞,皆不就。天启六年被魏忠贤阉党中伤,削职为民。崇祯元年(1628)起复原官,弘光元年(1645)拜光禄寺少卿,亦皆不就。崇祯三年,为避以明铎父子、苏如轼兄弟为首的乱案,寓居扬州、金陵等地,与友人共结白门社,至崇祯十三年九月方回归故里。入清以后,日与诸高僧谈佛讲经,直至辞世。有《范勋卿诗集》二十一卷、《范勋卿文集》六卷传世。

《江行望金陵》:
泊舟夜,峭帆晓。白洲芦,红岸蓼。跳紫鳞,抢黄鸟。
浪花高,峰尖小。江映带,山缭绕。六代争,四夷表。
大明兴,群胡扫。凤来游,龙气矫。汉西京,周丰镐。
风荡荡,民噪噪。蠢秦寇,乌足道?才臣多,庸臣少。
谋人国,宁草草?共宣猷,匡未造。于万年,皇图保。

此诗前十句为一层,写金陵(今南京)的景色。后二十句为一层,写大明朝的建立,有歌功颂德的味道。我国古代诗歌,以五、七言为主,纯粹三言体很少有人写。这首三言,一韵到底,读来琅琅上口,写得不错。

《海陵道中不寐作》:
　　昔我言迈,蒹葭苍苍。今我遄征,木落空霜。
　　迹滞魂窘,昼短夜长。群动既息,一精往还。
　　合眼千里,夷其江山。黍离在目,丘陇则荒。
　　我心匪石,云何弗伤?展转不寐,日出高冈。

此诗为诗人避地扬州时经过泰州所写,景色凄凉,情怀感伤,情景交融,十分动人。四言诗自《诗经》以后,只有曹操写得较为成功。此诗乃步曹公后尘。

《卖儿行》:
秧苗满丘塍,旱魃苦为厉。锄禾复种豆,蝗蝻四野蔽。
嗟此下农夫,曷以为生计?夫妇已仳离,一身还虞赘。
骨肉不相附,命为口所制。负得一村儿,乍可八九岁。
爷身如鲋鱼,残沫何从继?儿身如悬丝,贴体以待毙。
自分且死别,何如早生离?相倚终偕亡,割一或两济。
儿痴初不省,背上犹啥呓。得直才数缗,人贱不如彘。
剜肉以医疮,何异将儿噬?新主摩儿顶,痴儿牵爷袂。
卖者向西号,买者向东曳。去去累如脱,稍远屡回睇。
肠断不可忍,至此奈何势?死别只一瞑,生别痛如刿。
犹计卖儿钱,半以偿官税。伤哉此穷民,何繇诉天帝?

此诗描写了诗人亲眼所见淮上农民卖儿交租的悲惨故事,继承了汉乐府叙事诗的优良传统,真切感人,催人泪下。

《雨中登燕子矶,此凡三度》:
吾生山水癖,沉痼不可医。他山分犹浅,此际频相期。
是时荐秋末,客心何凄其?自顾容鬓改,山色长如斯。
群峭互酬对,昏晓争灵奇。一峰忽飞动,凸入江之湄。
冥蒙没估帆,天水相与驰。岩榆摇空苍,霜叶纷离披。

人境各无恙，不醉将须谁？

此诗前四句叙诗人的山水癖好。接着四句抒写山色永恒、容鬓易改的感慨。下面八句具体描绘燕子矶优美的景色。最后两句以人境无恙、必须痛饮作小结，使整首诗显得层次井然。

《弄潮歌》：

壬子八月，予偕啸父、梦觉从真州还广陵，停舟扬子渡。是时江潮澎湃，大异平时，乃有童儿数十辈操舟善泅，各骋伎俩，奇状百出，观者如堵。谁谓爱河欲海遂足溺人，而乃有风波失守、颓然陆沉者？亦足悲也。

秋高浪打江门开，洪潮逆走排空来。
百道重开关不住，山崩峡坼何喧豗？
汹汹滚入杨家嘴，倒翻地轴鱼龙死。
临崖触眦心诧惊，何人复蹈吕梁水？
隋家龙舸随东流，群儿此日弄潮头。
小舰犯浪百不惧，一身自在同轻鸥。
挽棹分流如雪卷，并刀直把吴江剪。
层波跳立高遏云，舟底平翻俄拨转。
须臾日惨天昏荒，何来鬼物方披猖？
矫矫不随波上下，舻舱踏步如康庄。
偃仰出没恣飞舞，斜舒两臂如张弩。
嘘嗡能将天地通，纵横那受沉沦苦？
君不见，世路艰，瞿塘滟滪皆等闲，
谁能汨汨名利间？弄潮兮，日欲夕，
世事变迁总潮汐。歌罢潮平万籁空，
把酒一呼江月白。

弄潮儿从古就有，最著名的是钱塘江上的弄潮儿，前人多有记载。此诗所写，是扬子江上的弄潮儿。诗分为三层：前八句为第一层，写扬子江上波涛汹涌，"倒翻地轴鱼龙死"，令人胆战心惊。中间十六句为第二层，具体描写弄潮儿的种种惊险表演。"君不见"以下为第三层，写诗人的感慨：世路艰难，世事如潮汐一样变幻不定，何必汲汲地去追逐名利，不如把酒醉酹江月！

《行路难》：

为姚文学赋也。时同姜刺史走淮泗山中，大雨，有狼一群衔道而过，姚生怒吼逐之，故有此作。

行路难，九折羊肠如等闲。
行路难，难在合沓万山山欲暮，山昏雨欲连天堕。
四顾寂绝断轮蹄，无数狼群衔道过。
四座从容且莫惊，听我慷慨歌姚生。
姚生腹笥藏二酉，文场赤帜终归手。
笑他孱弱不丈夫，自遗巾帼胡为乎？
猿臂燕颔兼虎头，电光闪闪瞪双眸。
一腔热血待知己，一躯侠骨担人愁。
有时奋袂施才武，天地震动倏无主。
雄心乍可屠狞龙，空拳直欲搏彪虎。
中山之狼小如鼠，谈笑逐之何足数？
眼前世事堪痛惜，虎冠而翼何狼藉？
姚生闻之发指冠，怒吼其声如霹雳。
嗟乎！区区小丑安足雠，努力须分天子忧。
左手草檄文，右手探吴钩。
天朝解辫歼夷酋，天子下殿亲赐裘。
彤弓楛矢铁券酬，斗大金印镑通侯。

此诗塑造了一位胆气豪壮、敢于叱退狼群的书生的英武形象。在写法上有如下特色：一，借"行路难"这个古乐府诗题，但不再是行路难的原意；二，从"一腔热血待知己，一躯侠骨担人愁""雄心乍可屠狞龙，空拳直欲搏彪虎"等句来看，应是行路不难；三，从不畏自然界的艰险引向不畏政途上的艰险，勉励姚生应忠君报国，为国立功。整首诗雄健奔放，铿锵有力。

《故乡在梦路茫茫》：

予久客白门，未决归计。孟生下榻我所，一日别去，转为我里之游。不胜惋叹，作诗送之。

故乡在梦路茫茫，君别偏游我故乡。
去住何缘俱易位，主宾失笑一飞觞。
愁心寄月归千里，孤影为群滞各方。
榆社诸贤应借问，幸烦款语慰离伤。

主客易位，主人不能返乡而客人反游主人之故乡，感慨系之矣！

《岁晚》：

雨暗篝灯风入帷，天涯岁晚不胜悲。
半生装橐孤琴在，一片肝肠短剑知。
哭世泪深何日尽，忧时病剧竟难医。
挂冠神武自微尚，肯负淮南青桂枝？

首联抒写岁末还不能回家的悲哀。颔联对仗工整，含意深远。奋斗半生，行囊枯槁，只剩孤琴，喻功业无成；忠肝义胆，只有短剑能知，喻世无知音，孤寂无助。颈联以流不尽的泪水和医不好的疾病来抒写诗人对国事担忧的深创巨痛，令人震惊。尾联用了两个典故。南朝梁陶弘景，于齐高帝作相时，曾被引为诸王侍读。他家贫，求作县令不得，乃脱朝服挂神武门，上表辞禄。见《南史》。后因以"挂冠"指辞官、弃官。微尚，微小的志趣、意愿。淮南小山《招隐士》："攀援桂枝兮聊淹留。"后用来比喻科举登第。此联意思是说，我只是为了实现辞官的心愿，谁肯辜负淮南小山的一片热心呢？可能是当时有人劝诗人，所以他才这样说的。

《淮上》：

愁杀蒲帆一水长，长淮颓日正荒荒。

断崖瀑下千蛟斗，倒峡涛喧万马狂。
就网买鱼廉更美，沿湖采藻洁仍芳。
独怜昏垫民艰食，百里无烟重可伤。

首联写诗人长期困在船上，看到夕阳下山时荒凉的景象时，心情很不好。颔联写淮河波涛汹涌，用"千蛟斗"与"万马狂"两个夸张的比喻将其写足。颈联写途中买鱼、采藻的活动。尾联用了"昏垫"一词，指困于水灾，对淮河边的灾民表示深切的同情。

《送邵潜夫游五岳》：
仰天大笑谢林丘，五岳真形挂杖头。
宁俟向平婚嫁毕，岂甘宗炳画图游？
草衣木食克行橐，明月清风代置邮。
归甘著潜狼五下，玉函金简定先收。

邵潜，字潜夫，是明末清初一才子。但怀才不遇，贫病交加，便放情于山水与诗酒。这首诗，便是范凤翼借送行为他代抒抑郁情怀的。首联写邵潜仰天大笑地离开了家乡的山山水水，去游览五岳。诗人不直说游五岳，却俏皮地说"五岳真形挂杖头"。颔联用了两个典故："向平"，东汉高士向长字子平，隐居不仕，子女婚嫁既毕，遂漫游五岳名山，后不知所终。见《后汉书》。宗炳，刘宋著名画家，曾提出"卧游"的理论，指欣赏山水画以代游览。意思是说，邵潜不甘心像宗炳那样卧游，不等到子女婚嫁完毕，就下决心去远游五岳了。颈联是说，邵潜远游很艰苦，行李简朴，草衣木食，也没有仆人为他送信，"明月清风代置邮"。尾联说邵潜回来后，估计一定会潜身于狼五山之下专心致志地著书，我将用玉函收藏他宝贵的著作（邵潜不仅是诗人，还是博学多才的学者，详见本书邵潜篇）。由此可见范凤翼对邵潜知之甚深。

《客白门，送汪遗民游我里中，有感而作》：
君游我里我羁身，此日宁容不怆神？

　　　　自是五山能致客，独怜三载未归人。
　　　　心随空际涛声急，目送樯边雁色新。
　　　　后夜相思何所托，家园路熟梦还频。
　　汪遗民要游览通州，而通州人范凤翼却不能回乡，故而感慨特深。"心随空际涛声急，目送樯边雁色新"两句逼真地写出诗人这种心境。思之不得，只能托之于梦境了！
　　《江头看落照》：
　　　　逼岁江干苦滞淫，荒荒落日照清斟。
　　　　渐看归棹收前浦，剩有微光带远岑。
　　　　散绮余霞浮树杪，熔金倒景沸波心。
　　　　可怜栖泊浑无绪，稍喜渔歌助客吟。
　　这首诗是以观看落日景象来抒写归乡不得的苦恼的。首联写诗人长期滞留在长江边（指南京、扬州等地），只见荒荒落日照亮他的酒杯（暗示胸怀）。中间两联具体描写江边落日之景：江面上航行的船只都要进港抛锚了，夕阳的微光照耀着远处的山峦；绮丽的晚霞浮悬在树梢上空，各种倒影发出闪闪金光在波心荡漾。尾联是说，可怜我到处漂泊，情绪低落，只有傍晚的渔歌能稍稍激起一点我吟诗的兴致。将怀乡之情寄寓在不言之中。
　　《广陵咏怀》：
　　　　乂安人未识干戈，处处青楼夜夜歌。
　　　　花发洞中春日永，箫吹月下晚风和。
　　　　淮王去后升鸡犬，炀帝归家葬绮罗。
　　　　二十四桥今寂寞，柳堤荆棘奈愁何？
　　承平之日人们体会不到战争带来的苦恼，只是沉浸在"处处青楼夜夜歌"的表面繁华之中。山花开放于山洞中，春天日长，洞箫在月下吹奏，晚风微和。汉王充《论衡》记载了汉淮南王刘安举家升天的传说，所谓"一人得道，鸡犬升天"。玉钩斜是古代著名游宴之地，在江苏江都县境，相传为隋炀帝葬宫人处。隋炀帝游江都时被宇文化及刺杀后葬于雷塘，在扬州境内，这里说"归家"，是为"尊者讳"。尾联便从雷塘顺便联想到二十四桥，设想那儿如今荒凉寂寞，满地荆棘，如何能不引起流浪者的愁恨呢？愁什么呢？当然还是不能回故乡的乡愁啊！

《舟次立秋》：
　　俄惊一叶下长河，客路兼秋意若何？
　　乍喜清飙将暑去，更怜新雨赠凉多。
　　阴森岸树如搴幕，碎曳波纹似织罗。
　　风槛半扃萤巧入，夜砧初动雁偏过。
　　鱼鳞片片黏青汉，蟾影娟娟濯素波。
　　局罢壶乾宵漏断，一声何处起渔歌？

通篇写的全是秋景，具体逼真，生动鲜明。难道诗人单纯为秋而秋吗？不是，尾联微逗其意。一局棋已下完，杯中酒已喝干，天也快亮了，忽听得一声嘹亮的渔歌传来，诗就此结束，将余味留给读者去体会。不仍然是有家归不得的苦恼吗？

《哭内》四首：
予与袁中郎同宿考功司，读予哭王安人作，甚为感悼焉。
　　耐可寒宵强放歌，人间短梦霎时过。
　　好怀半世曾何得，回首伤心事已多。

　　一夜西风老杜蘅，客中伤逝若为情？
　　高天霜雁惊残梦，孤馆寒蛩傍哭声。

　　夜深儿女哭声长，剩月残灯总断肠。
　　梦后忽惊衾半冷，枕边犹觉鬓丝香。

　　忽漫秋风冷穗帷，凄凉天地泪空挥。

茕茕儿女扶孤榇,怯怯游魂归不归?

中年丧妻,惨绝人寰,长歌当哭,短歌断肠,惨晶泣血,不忍卒读!第一首直抒胸臆。第二首借杜蘅、飞雁、寒蛩等客观景象抒怀。第三首借儿女哭声、梦回犹觉鬓发香等细节抒情。第四首以自己挥泪、儿女扶榇等典型细节写哀。分之各具特色,合之浑然一体。

《山行》:

秋瀑千岩落涧深,夹堤蓊翳莽萧森。
奔流激射吞危石,遥听微疑笙筑音。

全诗写瀑布。首句写曝布从千丈高岩深入深涧,是从形体上显示其壮。次句以夹堤浓密蓊郁的树荫来烘托,是显示其环境之幽。三句写瀑布奔涌激射吞吐岩石之声势,是从动态上来显示其力。末句写从远处听到它发出的声响,是从听觉的角度来显示其韵。仅四句,就将瀑布写全也写活了!

《舟中》:

烟花袅袅水溶溶,春在江南十月中。
局罢香清茶又熟,一帘疏雨看丹枫。

江南十月,天气温煦如春,诗人乘着一叶扁舟,在疏雨之中一边品茶,一边下棋,一边欣赏着鲜红的枫叶,真是美不胜收啊!诗人以极简洁生动的诗句为我们绘制了一幅出色的图画。

《田居》:

夜来霖雨足西庄,薄醉携僮看插秧。
岸树成行沾湿重,低枝压帽枣花香。

在湿气浓重的田埂上,乘着微醉看插秧,穿过岸边低枝压帽的枣树,闻到浓郁的香味,真是不醉也得醉啊!

《渔歌》:

渔翁垂钓晚晴湖,浮没烟波共野凫。
照影船头还自笑,雨蓑日笠醉模糊。

写渔翁生活如此逼真,诗人定然有亲身体会。

《采莲曲》六首:

谁家二八采莲女,手拈莲瓣私相语。
记得人将比六郎,六郎可得娇如许?
水云香处低声唱,罗襦不辨翠荷样。
玉手垂垂藕不如,轻盈欲步莲花上。

女子有怀无处吐,一声长叹倦摇橹。
密意生愁女伴知,侧身推把莲房数。

含意亭亭立秋水,不爱莲花爱莲蕊。
莲花欲堕愁杀人,莲蕊偏如年少子。

采莲湖上湖光曙,小舟棹破云深处。
荷风忽揭锦裆开,翻身一道穿花去。

采得莲来恣郎取,翠眉一蹙泪如雨。
郎只贪莲带露甘,可知莲子心中苦?

这组《采莲曲》写得意趣盎然。各首重点不同。第一首写女伴私语,她爱上的六郎有没有莲花那样美?第二首写采莲女本身的美:衣色翠碧似荷叶,玉手柔美比藕白,身子轻盈飞莲上。第三首写采莲女的心事只有女伴知。第四首写采莲女不爱莲花爱莲蕊,原来她将莲蕊比少年。第五首写采莲小船穿越荷丛之美。第六首责怪少年郎不理解采莲女心中的苦。诗人设身处地,仿佛已经成为采莲女了!

《淮泗道中口占》三首:

雨暗荒山风色陡,嘶寒弩马冲泥走。
同行背指雁南翔,不是愁人堪白首。

乱后余生空复存,更堪奔命恨常吞。
舆中粗作还乡梦,梦里无家只断魂。

身裹红毡笠裹头,生憎寒透木棉裘。
更堪马足雪三尺,望断人烟渡古沟。

奔走于淮泗道中,其苦况,其思绪,其形象,如电影镜头,历历如画。

《减字木兰花·客邗江归思》：

阑珊酒沈,最怜白昼人支枕。清绝诗魂,又苦红尘客打门。
病魔无赖,偏欺游子天涯外。游兴还浓,任挂轻帆细雨中。

红尘客打门,与清绝诗魂是矛盾的,浓郁的游兴,与无赖病魔是矛盾的,却能搅拌在一起来写,真乃奇迹!

《望江南·代美人诉病》：

不是病,我生罹百忧。秦越人能医怪症,庖牺药不管离愁。愁根方起头。

《望江南·代美人伤春》：

芳草绿,教妾骂春风。眉袖攒愁销黛色,泪痕和粉界青铜。王孙梦里空。

《望江南·代美人灯下》：

灯闪影,疑是玉人来。惊喜回嗔微自笑,翻身虚抱冷人怀。此际亦悲哉!

《望江南·代美人月下》：

无情月,何事照人愁?闺冷香煤销宝鼎,妆成银蒜控金钩。望眼泪难收。

这四首代言体词对美人的心理真是体察入微。每首各抓一个重点:《诉病》写是病不是病,良医良药都难除愁根。《伤春》写春色更添美人愁。《灯下》写想情人入了迷,自笑将幻象当成了真人。《月下》写月照愁人,热泪难收。

《山花子·冬日舟次》：

枕独衾单睡起迟,日高冰泮雪消时,敌寒全仗酒支持。

斋菜泼油烹对鸭,豆萁生火炙蹲鸱,篷窗呵笔小题诗。

写冬日舟中生活,多么有情趣。现代人完全享受不到这种福了!

《菩萨蛮·旅思》:

江堰河畔烟帆杳,往来泪落知多少?和雪结成冰,中间有泪痕。　泪痕消不去,结入愁人句。煞有笛声来,凄清闻落梅。

由杳无音信而流泪,由流泪而泪水结冰,由结冰而泪痕难消,由难消而愁人,由愁人而作诗,由作诗而诗中有落梅声(梅花落是古曲,音调凄清),如抽丝剥茧,最后显露核心。

《阮郎归·舟雪望金山》:

北风剪剪雪漫漫,江山另样看。冷光摇漾水晶盘,鳌簪削玉寒。　帆色颤,棹声乾,禁持借景观。瑶华屑入彩毫端,偏教酒量宽。

词彩华丽,想象奇特,真是喷金吐玉!

《忆王孙·咏梅》:

霏微幽雪弄晴春,清峭风林散玉尘。瘦影横斜对怆神。入黄昏,宛见罗浮梦里人。

前三句,用画笔写梅之真;后两句,用幻笔写梅之韵。"罗浮梦里人"是用典:传说隋开皇中,赵师雄于罗浮山遇一女郎。与之语,则芳香袭人,语言清丽,遂相饮竟醉,及觉,乃在大梅树下。见柳宗元《龙城录》。后来成为咏梅典故。

《长相思·旅怀》:

风无情,雪无情,短篷僵卧煞难禁,纸窗料峭声。　怕河冰,又河冰,七日才行百里程,三山梦里青。

音韵铿锵,感情浓郁,令人百读不厌!

丰富多彩的范国禄诗

范国禄（1624—1696），字汝受，一名灢，字平渊，号十山，又号秋墅，后人称十山公。范凤翼第三子。以诗文名震一时。崇祯十二年（1639）入庠，屡试不第，终其身为一诸生。清康熙十三年（1674），范国禄应州太守王宜亨之请续修州志，开罪于狼山镇总兵诺迈，速走湘、赣、鲁、冀等省避祸，长达十年之久。终生好交游，素喜与友人结社赋诗，尝与当时名人李渔、孔尚任、侯方域、冒襄、王士禛、王士禄、陈维崧、孙枝蔚、吴绮、宗元鼎等结交为友。康熙十七年，他五十四岁时曾将自署诗文勒为四部，著有《十山楼稿》《纫香集》《扫雪集》《听涛集》《江湖游集》《古学一斑》《深秋声》《漫烟集》《浪游集》《山茨社诗品》《赋玉词》，刻有《红桥宴集》，与友人共编《西林社集》《狼五诗存》等诗集。

《燕歌行》：
　　九月天高秋草稀，西风萧飒雁南飞。
　　霜寒日冷道路歧，迢迢万里人未归。
　　登高远望心伤悲，但见枯树凛严威。
　　使我寂寞守空帏，忧来思君莫敢违。
　　孤灯耿耿夜何其，明月忽照多清辉。

不觉短叹长欷歔,沾沾泪下湿裳衣。

禁情欲寐仍支离,坐看将旦星河移。

范国禄极善于写乐府诗,几乎做遍了乐府旧题,题虽旧,意常新。他还写了不少新乐府诗。旧题新题,足足编了三卷,有数百首之多。这首《燕歌行》,词句清丽,情意缠绵,句句用韵,和谐悦耳,不亚于曹丕等古人之作。

《女儿子》:

瞿塘滟滪三峡东,弹指雾失襄王宫。

哀猿啼落巴山石,夜雨西风泪成碧。

此诗善于用典,犹如己出。由古代民谣"巴东三峡巫峡长,猿鸣三声泪沾裳"变成"哀猿啼落巴山石",真善于创新。相传战国末年杜宇在蜀称帝,号望帝,为蜀除水患有功,后禅位,退隐西山,蜀人思之;时适二月,子规(杜鹃)啼鸣出血,以为魂化子规,故名之为杜宇,为望帝。事见晋常璩《华阳国志》。《庄子》:"苌弘死于蜀,藏其血,三年而化为碧。"成玄英疏:"苌弘遭谮,被放归蜀,自恨忠而遭谮,遂剖肠而死。蜀人感之,以匮盛其血,三年而化为碧玉,乃精诚之至也。"后以"三年化碧"谓忠心不泯。"夜雨西风泪成碧"句将两个典故融合在一起用,也是创新。

《江南曲》:

酴醾袅袅棠梨阴,轻红一捻愁一心,美人颦坐留春亭。留春亭,芳草地,断肠声,相思泪。

将棠梨花"轻红一捻愁一心",既是比,又是兴,用得妙!

《行路难》:

出门同作客,俱是天涯南北人。

相逢不必旧相识,把臂意气聊率真。

穷达一异趋,昂首落魄迥不亲。

缊袍不恋故人谊,那能富贵留令名?

一种人是"海内存知己,天涯若比邻",另一种人是昂首不认亲,忘却故人情。用对比手法来写,旧题没有这种写法。

《关山月》:

> 边风吹到暮,辽水正悠悠。
> 月上一天碧,光涵万里秋。
> 砧声堕长泪,雁影入空愁。
> 中夜胡笳发,听残人白头。

边风、辽水、月光、砧声、雁影、胡笳这些自古以来表现征夫、征妇之思的景象都集中到一首诗中了,读后更感到愁思的浓郁深挚。

《欸乃曲》八首:

> 生在江南有姓名,扬舲上下一肩轻。
> 京口三百六十路,一日直到姑苏城。

> 雨打溪头叶子船,船家醉熟顶风眠。
> 阿侬溪上推篷看,笑杀吴儿真可怜。

> 花柳山塘二月天,官人高拥大楼船。
> 镇日无风摇不去,夜来停泊阿谁边?

> 江水新添十尺潮,远山浮黛一痕消。
> 溪边不见浣纱石,但道船头比岸高。

> 当年月照馆娃宫,漏尽灯残影不红。
> 留得渔家傲风景,一溪杨柳伴芙蓉。

> 吴江风雪洞庭霜,满载轻装不用量。
> 拼取三冬容易醉,春光回首日天长。

泖水连天入画图，船边钓得四腮鲈。
生涯自在风波内，平地生涯恐不如。

橹声比似桔槔声，西去东来无定程。
侬道桔槔声易断，橹声终日只随身。

欸乃是摇橹声，欸乃曲者，船夫、渔夫之曲也。第一首写轻舟从京口（镇江）到姑苏（苏州）只要一天时间，船夫显得轻松愉快。第二首写世人（吴儿）熙熙攘攘，忙碌奔走，而船夫醉后顶风眠，溪上看风景，十分悠闲。第三首写官船太高大，无风却搁浅了，从而衬托出船家（小船）的自由自在。第四首写江水大涨，"船头比岸高"的时候，船夫依然逍遥自在。第五首写渔夫享受着"一溪杨柳伴芙蓉"的自然风光，而西施住过的馆娃宫早就没了踪影。第六首写渔夫在三冬醉卧船头，欣赏着"吴江风雪洞庭霜"，悠闲地等待"春光回首日天长"的到来。第七首写渔夫自由自在地在风波中钓得四腮鲈鱼的乐趣，在岸上忙碌奔竞的人远远不如他自在。第八首将橹声与桔槔声相比，"桔槔声易断，橹声终日只随身"，作为组诗的小结：渔夫与船夫的生活，一定胜过生活在岸上的人。当然，诗人仅仅是从船夫、渔夫生活方式的角度来写的，至于他们的经济状况，并未触及。

《杜陵叟》：

杜陵叟，田数亩。夏麦淹死秋苗枯，主人粗粝不充口。诗成海内无人知，碌碌中原效奔走。李青莲，真朋友，骑鲸仙去吾何有？天子蒙尘辱万方，哭杀区区一老朽。穷达由来不可争，浣花溪上了生平。当时若不依严武，安得千秋成大名？

这是一首新乐府诗，是仿照白居易的新乐府写成的，但无论是诗题还是内容，都很新颖。它写的是大诗人杜甫一生的遭遇，概括性很强，又生动逼真。

《乱石滩看落日》：
日下天欲静,水势转相激。平溢一江光,光大势不敌。
荒渺云天东,高照山半壁。坐石案水日,一石一生击。
荡浴水自成,石与为起溺。忽然杳然汩,长风天地息。
写水与石的激战,不仅生动,且蕴含哲理,耐人寻味。
《北濠晚棹》：
落日未全没,一舟人意凉。荡楫出浦口,水气摇苍茫。
漠漠天色低,灿灿西一方。余霞映远水,郁郁涵烟光。
荡景渐窈渺,飒飒清飔长。城郭带遥暝,草树沉潇湘。
隔溪闻钟鼓,声息疑荒唐。曳曳听不彻,袭袭来空香。
酒力相绸缪,湿影浸衣裳。明月邀深更,山云尽流亡。
吟啸落河汉,天地涵青霜。
《泛东濠》：
日月代明晦,山水生异景。城郭烟波深,轻舟分妙领。
半郭浮青来,天地一晴影。风物摇光碧,悠然接遐逞。
柳色年月中,寺堞杳然静。桥门耸危照,一舟人意永。
落日不归荒,暖风吹昼冷。

这两首写古人游濠河的诗,让我们看到了古人对诗情逸兴的孜孜追求。

《卖书》：
半生辛苦事钻研,未解其中壁垒坚。
但把装潢涂耳目,枉教笔墨效胝胼。
饥来有字何堪煮,老去无香不值钱。
拼向石仓轻撒手,废然长叹了前缘。

诗人穷愁潦倒,卖字换米,热爱书法之情不能自已,心痛如刀绞,何等真切!何等感人!

《朴巢》：
雉皋古龙游河畔,大树名朴,虬卧蓑垂,不可尽状。冒氏藩篱为园,倦飞息影,乃于其上置小桥,构屋支台,可渔可景,张功甫四松或不能逮,有巢人氏之风,尤有取于朴也,作《朴巢》诗。

古树饮龙河,盘螭错石柢。偃盖老如癯,不知几千岁。
其下横珊铁,其上芝云翳。日月藏精灵,春秋自荣卫。
霜雪蚀不得,鬼神护无斁。高士履遐端,架霄有余锐。
屈曲腾华巅,虹桥展衣袂。平台起木末,置身每常憩。
远障停修烟,苍暝转空霁。徙倚振群籁,具得风雨势。
宛宛仙人姿,悠然天半际。招之如可接,望之忽焉逝。
空山多隐沦,何必松与桂?冥心返吾朴,缅怀在上世。
凌驾俯洪荒,天地何英丽?浩浩一流盼,邃古渺不替。

《如皋志》:"邑有朴,踞城南濠,(冒)襄就朴架亭,与鹳鹤同栖,遂自号巢民。少游董文敏门,文敏序其十四岁时诗,方之王子安。既长,才益飙涌,词章及行草书流传海内。家故饶,亭馆之胜,好交游,四方宾至如归。"此诗通过对朴巢的赞颂,表彰了冒辟疆的高风亮节。

《眺太湖》二首之一:

一水汇天南,汪汪千万顷。诸峰列其上,宛然尺幅景。
山以水怯高,水以山作梗。游人不自任,托迹在山顶。
曾不如渔翁,冲波摇小艇。泛泛随所之,适意取佳境。
身闲心益放,太虚青冥冥。缅怀鸱夷子,令人发深省。

将游人攀山与渔翁放舟对比,羡慕渔翁"适意取佳境""身闲心益放"。鸱夷子,鸱夷子皮的省称,范蠡之号。范乃春秋时楚人,曾为越大夫,助越灭吴。灭吴后泛五湖而去。并写信给文种说:"蜚鸟尽,良弓藏;狡兔死,走狗烹。越王为人长颈鸟喙,可与共患难,不可与共乐。子何不去?"文种没有听范蠡的建议,终于被杀。此诗末句"令人发深省",即包括种种历史教训在内。

《眺太湖》二首之二:

窈窈洞庭山,东西极水际。于中结村落,花果四时备。

我独好杨梅，意欲废一切。正欲扬舲去，又为税足计。
栖迟月旋上，烟霞乱如缀。遥想湖中人，别自有天地。
兹游倘弗遍，无乃非夙契？邛友不相须，临风下清泪。

原诗有注："谓程尚德，久有成约，今年初夏，客死泰州。"游湖而想到去世的友人，不禁"临风下清泪"，真性情中人也！

《天宁寺避暑》：

> 何处最清凉，能消夏日长？
> 僧家闲论茗，佛国净闻香。
> 结客酬新咏，逢人问故乡。
> 趋炎非吾事，翻觉避喧忙。

由避暑想到趋炎，现成思路，却极冷峻，极耐人寻味。

《登天宁寺塔》：

> 振衣拾级上，矗矗出云端。
> 妙相丈六好，罡风尺五寒。
> 远江如蠖屈，浮黛似螺盘。
> 指点乾坤小，悠然法界宽。

首联写天宁寺塔之高。颔联中的"丈六"，一丈六尺，指佛的化身的长度，后亦借指佛身。罡风，高天强劲的风，也指西风。意思是说，登上宝塔，看到佛的妙相庄严，感受到高空西风的严寒。颈联写远看长江如尺蠖虫，五山似螺壳。尾联写登塔的体会：佛法无比宽广，显得乾坤这样渺小。

《天宁寺晚步》：

> 灯火分茶市，山门晚不扃。
> 饮虹桥漱玉，筛月树摇星。
> 凉气滋苔篆，流光度草萤。
> 夜深翘塔影，划破一天青。

此诗写天宁寺晚景：已是万家灯火，山门还未关，步入寺中，看到虹桥倒影像玉带，树丛在摇星筛月，凉气滋润着青苔,萤火虫飞过草丛,塔影翘在夜空,似乎要划破青天。这是一幅多美的天宁寺夜景图啊!

《郡城天宁寺除夕》:

共说在家好,安知此日闲?
竹林残雪后,佛火两廊间。
茶市听僧话,山门冷客颜。
扁舟何夜发,满载苦情还。

诗人好不容易在岁末回到家乡,却由于某种特殊原因,只能在天宁寺中度过除夕,其内心之痛苦,可想而知!

《舟泊板桥》:

舟行妨水涠,野泊怯天空。
投宿情如火,因人迹似鸿。
早霜寒薄影,半夜月禁风。
卧听鸡声起,谁怜舞态工?

当年板桥,称为野泊,半夜赏月,卧听鸡声。如今板桥,只有名称,不见桥影,只见车流。沧桑巨变,令人感慨!

《丁堰道中》:

一叶小于鸥,风来天际头。
殷雷沉北埠,急雨暗中流。
湿浸篷窗漏,凉生野店秋。
前程何所极,吾意且淹留。

乘一叶扁舟,漂浮于去丁堰的道中。沉闷的雷声从北埠传来,急雨敲打着篷窗,打湿了船舱,凉飕飕的,歇脚的野店秋意盎然,前路究竟如何?不如在此留宿吧!极普通的一次旅程,却充满了诗情画意。

《插秧》:

手足互更替,一身筋骨勤。
日偏红似火,地渐绿如云。
妇子复相侑,公私还见纷。

>　　任看劳役者，曾恤此耕耘。

一位旁观者，能如此体恤插秧者的辛劳，真不简单。

《大雷雨》：

>　　雨势倾盆下，雷声动地来。
>　　矜持愁箸失，徙倚怕墙颓。
>　　世事那堪问，天威莫可回。
>　　端居静相答，敢曰吾诙谐？

写惊天动地的雷声，既用了曹操与刘备煮酒论英雄时刘备惊得掉下筷子的典，又寓有"世事那堪问，天威莫可回"的深沉哲理，不是诙谐，而是深沉。

《虞美人花》：

舞草何翩翩，石栏藉幽养。多谢春工力，一日一回长。
花竞妖冶姿，阴晴任俯仰。悲哉霸业空，英雄既已往。
如何美人魂，千年独秀爽？已耽亡国恨，更耐人心赏。
婉娈儿女情，那曾作此想？留得身后艳，一死亦不枉。
古今自寥阔，恩爱自深广。未必叱咤中，其人尽鲁莽。
缅怀太息生，风沉环佩响。

由花想到霸王别姬的典故，这是现成的思路。而进一步想到虞姬与项羽的爱情，并且认为"古今自寥阔，恩爱自深广。未必叱咤中，其人尽鲁莽"，这是诗人的独创。

《月下同杨时暹钱家裕赏虞美人花》：

暖色匀新绿，蚨光近夜晴。庭开芳树净，灯隔绮筵轻。
泛影香生黯，流晖意自盈。放怀天外迥，极目晚云平。
命酒沉深漏，倾心倚画楹。残言修缏在，长啸众资清。
向阮原同调，英雄多有情。儿童歌燕燕，小妓语卿卿。
拂袖莲花舞，凭空学剑鸣。拔山悲往烈，劳死竟何成？
无处号三古，天涯梦半生。年光积幽草，声气尽流莺。
尔我皆如此，欢娱是用程。不然天地内，宁免雨风惊？

此诗前十句写月下赏虞美人花。修缏，汲水用的长绳。

残言,指霸王别姬的故事,意指这个故事将长久流传下去。长啸,隐含着一个猿与人相恋的故事:传说唐广德中,有孙恪者,游洛中一大第,见袁氏女,遂纳为室。后十余年,携二子至峡山寺。袁氏欣然易服理妆,诣老僧,乃持一碧玉环献僧,曰:"此是院中旧物。"僧初不晓,及斋罢,有野猿数十,悲啸扪萝而跃,袁氏恻然,俄命笔题诗曰:"刚被恩情役此心,无端变化几湮沉。不如逐伴归山去,长啸一声烟雾深。"乃掷笔于地,裂衣化为老猿,追啸者跃树而去。老僧方悟,曰:"此猿是贫道为沙弥时所养……碧玉环者,本诃陵胡人所施,当时亦随猿颈而往。"见唐裴铏《传奇》。向阮,晋王衍向阮修问老庄与儒教异同,修以"将无同"三字答之,意思为"大概是相同的吧"。见南朝宋刘义庆《世说新语》。诗中用这些典故,其意是说,英雄多情跟小儿女多情性质是一样的。如今我们欣赏这虞美人花,应当尽情欢乐才是。

《珠媚园漫兴》:

胜地由来重,名园何处偏?方区归意匠,异代盛流传。
延令将无亚,华亭讵独贤?经营非一日,开辟自当年。
力以始基大,功因继事骈。山林征逸致,丘壑见微权。
吾道将于野,君家却在廛。籍依蒲坂上,傲寄孟城边。
妙手随心得,神工用法全。欲争千古境,须注一泓泉。
位置欣相称,安排衡所便。入门疑路拗,折径借篱延。
庭际笈囊紫,阶除草带玄。琴书函静胜,木石抱幽妍。
引步松沉影,临池柳狎眠。水亭通复磴,画阁倚雕栏。
槛向波间曲,桥从屋里穿。洞房留午艳,冰簟浸朝鲜。
是树皆蟠地,无阴不蔽天。风光乘旦暮,日气幻霞烟。
种竹堪成坞,堆山直造巅。四时花蕴藉,半晌鸟周旋。
香岂思芳杜,高宁辞露蝉?赏心慰岑寂,好客喜翩联。
忆昨开文杏,群公集盛筵。为纠樽酒约,遂结岁时缘。
自此同游衍,于今相后先。放怀常浩叹,适志每留连。

试问兰亭记，何如莲社篇？得朋应不偶，望古岂徒然？
坐隐斧柯烂，卧游山水悬。春情抒淡宕，秋霁拭婵娟。
雪夜山阴道，炎天济北川。夕阳闲把钓，明月净移船。
采药尊颐养，纫芸护简编。佛堂狮窟相，开士鸟窠禅。
石上凭挥麈，茶边或曜拳。可知焚钞苦，莫待触藩坚。
慧业竟休矣，浮名曷赖焉？半生多兴尽，垂老易情牵。
落果惊时序，分巢感播迁。中原方偾力，东海孰投鞭？
闭户穷公干，登楼悲仲宣。无成劳马足，何事羡鸢肩？
旷达卑渔猎，英雄耻陌阡。行吟大泽畔，曝背短檐前。
甘是笼中物，羞垂弋者涎。遣愁生计足，买醉俗尘捐。
把袂期歌笑，沾襟禁涕涟。不妨原宰病，肯受阮途怜？
混世犹青眼，骄人任白颠。苏门夜长啸，谷口早孤搴。
狼阜虚含翠，淮流终塞涓。空青原十二，太白尚三千。
似尔真豪爽，如予特琐戋。借枝聊息倦，行乐漫升仙。
雨掩高人苹，星占处士躔。检身防越幅，举义会忘筌。
观览销烽堠，勤劬念胝胼。乾坤未迟暮，秉烛愿沉绵。

范国禄对顾养谦极其尊敬，他写了《顾大司马传》，在论赞中说："谦之清操峻业人知之，而有不及知者。往见太仓相国在政府与谦往来赠答诸书，皆中朝秘密，谓得谦建白功多。然谦未尝以之告人，其德量弘深矣，史称有古大臣风，信然。"因此，他对珠媚园一往情深，写成了这首长诗。珠媚园在当时乃旷世名园，随着历史的风烟，如今早已湮没，故而此诗弥足珍贵。此诗共分五段：从"胜地由来重"至"傲寄孟城边"为第一层，盛赞珠媚园的建成是通州城的骄傲。从"妙手随心得"至"高宁辞露蝉"为第二层，写珠媚园内部的构造和景色。从"赏心慰岑寂"至"望古岂徒然"为第三层，写珠媚园的集会，以王羲之的兰亭集会和佛教史上的莲社集会来比拟。从"坐隐斧柯烂"至"太白尚三千"为第四层，写顾养谦被人排挤后回乡在园中养老的情景。从"似尔真豪爽"至篇末为第五层，写诗人要借大司马的名园息倦、行乐，并对顾进行安慰。全诗层次清晰，描写逼真，用典贴切，感情充沛，是范国禄诗集中不可多得的鸿篇巨制。

《白龙沙桃花歌》：
　　春风流水桃花源，成蹊开落花不言。
　　中有人烟别一处，太平自食天地恩。
　　当日避秦者谁氏，隔世犹能长子孙。
　　我欲问津不可得，古碑残蚀千年痕。
　　千年踪迹杳如寤，异代又辟真乾坤。
　　河阳小县曷足数？蟠根老树花日繁。
　　林尽水源阡陌隐，桑麻不惊鸡犬村。
　　始皇死矣一孺子，武林渔父今莫存。
　　红云冉冉赤霞起，自视已出黄鹄樊。
　　仙人窈窈在何许？愿往从之同高骞。
　　回首试看旧来路，断魂零落青草原。

又一桃花源，跟陶潜笔下之景绝无二致，故而诗人如此向往。

《划子船》：
游东皋，往来河上，感于舟人妇而作是诗。
　　春堤杨柳含朝烟，日出打鼓客上船。
　　船头老翁把黄竹，刺水水深波渌渌。
　　问翁发白年几多，天长力短将奈何？
　　翁言六十苦不健，有子提壶向村店。
　　沽酒聊待夜接劳，此时儿妇权当梢。
　　听罢下舱解行李，惊窥半面芦帘里。
　　姿色娟净神气闲，盈盈秋水含青山。
　　私衷欲问不得问，拼取晨昏窃觑听。
　　客方坐定呼捧茶，声音宛转清不哗。
　　烧柴煮羹兼下食，冷暖调匀中款则。

>殷勤三日客意娴,百二十里往复还。
>井臼不耽罗绮态,恰比深闺人可爱。
>谁怜生长在江湖,异乡流落伤肌肤。
>丈夫风尘任劳戮,儿女心高眉黛促。
>笑啼不出愁不闻,白日黄昏断客魂。
>临行装束且上岸,渐隔巫山云一段。
>吩咐东君仔细看,前途珍重阿娇欢。
>肠中不觉车轮动,回忆在舡身似梦。

此诗刻画了在划子船上当梢的一位美妇的形象,生动传神,手法高超。

《扬州曲》:

>炀帝雷塘日暮秋,西风古岸棹悠悠。
>斗鸡宫女埋芳袖,挟弹胡儿冷翠裘。
>千里关山空骏袅,谁家杨柳度箜篌?
>只今烟草霏霏湿,莫上江边旧酒楼。

怀古之情,跃然纸上,令人低回不已!

《东洲道中》:

>西来百里海沙头,一路烽烟动客愁。
>能不转输罢郡县,料应征役旷田畴。
>渔盐仍伏封疆祸,水旱频烦老父忧。
>当宁何时按图版,亟筹方略奠金瓯。

诗人在去海门的途中,为农民、盐民、渔民身受繁重的苛捐杂税和征役负担而忧心如焚。

《吕四场》:

>海门东下淮南尽,遥把扶桑万里长。
>孤啸一声人不见,夜深明月照鱼梁。

诗人在吕四盐场孤身长啸,正当"夜深明月照鱼梁"之时,其心中之悲哀,可想而知。

明代大戏剧家李渔的词

李渔（1611—1680），字笠鸿，号笠翁，初名仙，字谪凡，号天徒。在作品中使用过的别号甚多，有伊园主人、湖上笠翁、随庵主人、笠道人、觉道人、觉世稗官、新亭樵客、回道人、情隐道人、情痴反正逌人等。宗谱尊称他为"佳九公"。当时文坛也有称他为"李十郎"的。祖籍兰溪（今浙江省兰溪市），出生在如皋，二十四岁前生活于如皋。

李渔塑像

李渔论词的最重要之处是："作词之料，不过情景二字，非对眼前写景，即据心上说情，说得情出，写得景明，即是好词。情景都是现在事，舍现在不求，而求诸千里之外，百世之上，是舍易求难，路头先左，安得复有好词！"他认为学古人之词，必须有所取舍，取其精华，舍其糟粕；他所说的创新，绝不是追异逐怪，而是"言人所未言，而又不出寻常见闻之外",是被一般人所忽略的平常之景;他反对词中有书本气,要求从现实生活中寻求新的情景。所有这些,都是符合词的创作规律的极精彩的见解。

李渔自己的词作,是其词学观的最好体现。请看《忆王孙·山居漫兴》二首:

满庭书带一庭蛙,棚上新开枸杞花。童汲清泉自煮茶。不输他,锦坐珠眠富贵家。

不期今日此山中,实践其名住笠翁。聊借垂竿学坐功。放鱼松,十钓何妨九钓空。

山居生活的悠闲自在、自得其乐,写得多么真切而耐人寻味!

又如《河满子·感旧四时词忆乔姬在日》:

记得落英时候,与人同坐芳裀。把酒送春春不去,依然柳媚花颦。绣榻易来春晓,画眉难得黄昏。

记得流萤天气,有人爱拍轻罗。月下吹箫忘夜短,晏眠好梦无多。红日三竿补漏,清风一觉成魔。

记得黄花开后,有人惯谑陶潜。伪作白衣人送酒,无言但露纤纤。愁处能令笑发,穷时似觉财添。

记得雪深三尺,有人煨芋忘眠。素霭每从歌口出,教人误作香烟。寒暑未停丝竹,温和肯废筝弦?

这四首词写得细腻、真切,活画出乔姬这位少女演员温情脉脉、多才多姿的身影。写得多么自然,又多么精彩!余霁岩评:"四幅士女图,皆从虚字中画出。如'易来''难得''惯谑''伪作''能令''每从'等字,悉是苏公(按:指苏东坡)描影手。"

又如《生查子·闺人送别》二首：
郎去莫回头，妾亦将身背。一顾一心酸，要顾须回辔。
回辔不长留，越使肝肠碎。早授别离方，睁眼何如闭。

樽中酒已空，去解青骢马。惨杀此时情，泪重浑难洒。
欲不看登程，送别胡为者？觑上宝雕鞍，不觉心如剐。

写恋人离别时，想回头又怕回头、想看登程又怕看登程的矛盾心理，多么细腻而传神！王安节评："无限苦情，数笔勾出。"方邵村评："'剐'字极俚，而用之甚雅。"

又如《昭君怨·海棠盛开》：
三日卧床医嗽，不觉海棠红透。无语向枝头，代花愁。
开到春光八九，明日阴晴知否？急急倩人看，莫遮拦。

不仅活画出病中恋花的心情，而且还蕴含禅味。尤悔庵评："达者名言，借花说法。"

李渔的旅游写景词也颇有情趣。如《浪淘沙·舟中望彭泽县》：
无寺有钟鸣，峦屿层层。白云偏向翠中生。百道涧泉流不歇，直接江声。　仿佛见山城，又只星星。挂冠彭泽旧知名。吏隐此中如避世，何不留行？

不仅写景如画，还抒发了对在彭泽辞官归隐的陶渊明的崇敬之情。

《浪淘沙·顺风过大小二孤山俱不及泊》：
帆急势如奔，得失相均。好山空与目为邻。引得二孤愁欲绝，双黛含颦。　目送过江云，缓度成雯。无心愧煞有求人。一日纵行千万里，俗煞风尘。

将景物与当时心境打成一片来写，颇耐人寻味。

即使写作带有文字游戏性质的宝塔词《一七令·月》，也颇有情趣：

月

汝来

听说

爱伊盈

愁尔缺

盈倩谁添

缺遭谁割

昭昭世所憎

混混人争悦

夜何时兮尚明

不汝夺兮谁夺

一岁难容十二番

好凭风雨深藏拙

在对月亮阴晴圆缺的描写中,隐藏着词人对世情的不满和揶揄。

再看下面两首《虞美人》,一首是《虞美人·问情》:

不知情是何人造?沁骨弥心窍。当年作俑岂无人,好倩阎罗天子代勾魂。　问他人各分男妇,何用心相顾?些儿孽障古传今,那得绣针十斛刺他心?

一首是《虞美人·问愁》:

愁来愁来吾讯汝:谁是伊行祖?好将萌蘖诉当年,为甚无端忽起欲炉煎?　虽云人自生烦恼,也为愁魔搅。必求上帝铲愁根,不使昏沉白日老乾坤。

"情"与"愁"都是难以捉摸的空虚物,李渔采用拟人手法居然将其写得既十分具体可感,又具有极大的概括力。前人对其作了高度的称扬。余霁岩评曰:"问情问愁,题新而想别。然非此绝妙好辞,乌足以称!悬揣笠翁握笔时,一有是题,即有是词;词自来作笠翁,非笠翁往作词也。"

李渔诙谐幽默的风格在词中表现得很突出。如《玉楼春·双声》：

爱爱怜怜还惜惜，由衷细语甜如蜜。问他曾否对人言？附耳回云密密密。　问他失约待何如？俯首招承责责责。从来说话少单声，道是情人都口吃。

居然以口吃来形容情人之间说私房话时的情景，不仅极其生动逼真，也极有情趣，因为它来自生活。

再请看《一剪梅·送穷戏作》：

三杯浊酒助行鞭，只可今年，切勿来年。是神是鬼尽飘然，神上青天，鬼赴黄泉。　阎罗上帝也无钱，莫听移迁，又到人间。旧家门户再来难，前阻银山，后隔珠渊。

毛会侯评曰："诙谐至此，几使曼倩无舌。"曼倩是汉代以诙谐幽默出名的东方朔，意思是李渔的诙谐幽默完全超过了东方朔。

李渔写词颇能学习借鉴前人。如《临江仙·闺愁》：

小阁疏帘花睡醒，与人寥落相依。晨鸡听到午鸡啼，两餐空告熟，前后总忘饥。　满腹装愁挨到晚，消磨十二良时。闭门不放燕双归，巢中惟一个，也使学孤栖。

曹秋岳评曰："得法稼轩（辛弃疾），益以疏宕。"丁药园曰："予作此调，有云'怪他燕子故双飞'，此云'闭门不放燕双归'，更为婉致。真惭瑜、亮。"李渔学习了辛弃疾无理而有情的写法：人由于在单相思中苦苦煎熬，居然妒恨燕子能双栖，闭门让燕子也尝尝孤栖的滋味。真是将单相思的恋人之苦写足了！

又如《蝶恋花·黄梅雨》：

时到黄梅天作祟，梅子将酸，天早沾其味。雨雨风风都只为，妒花不许将人媚。　花掩啼痕天越恚，还道妆乔，故洒无愁泪。逐到人前无可避，去随流水心方遂。

何醒斋评曰："秦九（秦观）、柳七（柳永），无此新鲜。"认为李渔此词的新鲜程度超过了宋代著词人秦观与柳永。可见李渔能在学习前人的基础上不断创新。

《钗头凤·初见》写封建社会中姑娘相亲时的神态，真正是活灵活现：

郎心幻，风流惯，初来未许将人看。屏风塞，纱窗隔，中庭端坐，茶汤羞吃。客！客！客！　才窥见，神情变，眼光直射如飞电。明相揖，私相识，窥人不见，赞声难得。贼！贼！贼！

所以胡彦远评曰："必作者少年场实事，非贼口亲招，不能尽此狡狯。"

李渔的咏物词，也有过人之处。如《唐多令·蛩》写蟋蟀的鸣叫声：

尽有闷时光，悲秋着甚忙？未黄昏，先试愁腔。明识离人听不得，偏侧近，独眠床。　趋避入回廊，随人脚又长。月明中，倍觉凄凉。怎得梦魂离却汝，声断处，即家乡。

没有过远离家乡苦苦思恋家乡的亲身经验，是决然写不出这样的作品的。梁冶湄评曰："启口十字，画出一片蛩声。真绘风镂月手！"

李渔咏物词的过人之处在于借咏物抒写他的感情，而不是为咏此物而咏物。如《江城子·夜行赠月》：

江南明月喜随人。逐芳尘，指迷津。渡水过桥，紧护夜游身。不似昨宵瓜步月，才数里，便藏云。　明朝虽与暂时分。约黄昏，会吴门。相近枫桥，觅个有花村。由我踏歌谁禁夜，酹数盏，谢殷勤。

写得如此情韵绵邈，仿佛写的不是天上的月亮，而是极亲密的旅游向导。

李渔极善于在常情常景中挖掘出极不平常的内容。如《酷相思·春闺》：

人喜人愁天不顾，一样把芳春布。怪酒痕泪点皆成露。人在也花千树，人去也花千树。　花愈欢欣人愈苦，盼断归来路。若再得相逢难自误。爱我也留他住，恨我也留他住。

余澹心评曰："语浅愈深，语拙愈巧，语平愈奇，总在人思索不到处。"

李渔在词中也常常借题发挥，或揭露世道的阴暗面，或发泄诗人的愤懑情。如《一丛花·题画》：

绝无人处有人家，不畏虎狼耶？因避人间苛政苦，才甘受，猿鸟波喳。还怕招摇，只愁牵引，不敢种桃花。　主人闲出课桑麻，带便饵鱼虾。钓竿闲着何曾使，为看云，忘却生涯。笑指溪山，叮咛童子，切莫向人夸。

既真切地写出了画中的内容，十分切题，又揭露了苛政扰民的社会阴暗面，一笔两用，既含蓄，又犀利。

李渔词大多婉约多姿，但也有慷慨激昂之作。如《念奴娇·登燕子矶与黄无傲同作》：

秣陵雄胜，有矶名燕子，倚江为麓。临去系舟登一度，胜买画图千幅。水自巴山，舟来巫峡，远近分迟速。溯流直上，千里未穷双目。　料得王谢当年，行惯车轮熟。鸟语涛声皆当乐，何必更偕丝竹。人物风流，江山奇丽，千古谁能续？两家燕子，不知今在谁屋？

白仲调评曰："淋漓慷慨，唾壶口缺，燕子欲飞！"

有一首《天仙子·示儿辈》，是李渔教育儿辈如何学文的：

少小行文休自阻，便是牛羊须学虎。一同儿女避娇羞，神气沮，才情腐，奋到头来终类鼠。　莫道班门难弄斧，正是雷门堪击鼓。小巫欲窃大巫灵，须耐苦，神前舞，人笑人嘲皆是谱。

从这首词中可以看到李渔对自己所从事的事业充满自信，"正是雷门堪击鼓"，"小巫欲窃大巫灵"，正因他有如此高的追求，才能达到如此高的成就，当然，其中少不了"须耐苦"精神的灌注。

多产如皋诗人冒愈昌

冒愈昌,《列朝诗集·丁集第十五》:"愈昌字伯麟,如皋人。为学宫弟子,有时名,负气伉直,为怨家所中,浪迹避地,遍游吴、楚间。作诗敏捷,千言不草,矫尾厉角,舌辩如悬河,所至士大夫皆畏而礼之。伯麟游王元美、吴明卿之门,二公怜其才,每为白其冤状,而伯麟称诗奉二公为祖祢,迄不少变。"有《绿蕉馆》《珠泉》《倦游》《銮江》《支提》《观海》《玉莲》《邗水》《长春园》《北里》《句曲》《灵鹫》《虎阜》《悼亡》《淮南》《飞英》《半塘》《北山》《皖城》《平湖》《幽居》等集。

《听南岳六空上人弹琴》:
我闻唐时颖师宋义海,千载琴心应有待。
开士于今岂后身,朱弦一曲鼓青春。
春空云漠漠,春思生寥廓。
于水见潇湘,于山见衡岳。
弹为山水音,仿佛闻仙乐。
仙乐泠泠行树中,慧鸟流音和晚风。
虚言世上知音少,君自心如半死桐。

此诗先以唐代著名琴师比拟上人。接着写琴中的山水清音,用"仙乐泠泠行树中,慧鸟流音和晚风"来赞扬。最后写上人因世无知音而心死。

《夜抵范丈人庄》：
>　　谁道生还亦偶然，乡心不禁涕双悬。
>　　路从燕市三千里，人似苏卿十九年。
>　　月黑枫林疏出火，霜消茅屋晚炊烟。
>　　预愁身贱虚劳问，形影相将转自怜。

《赋得鹫峰寺前残柳答吴非熊林茂之留别之作》：
>　　执手城隅对黯然，西风残柳鹫峰前。
>　　曾笼红版桥头月，尚带清溪渡口烟。
>　　望去藏乌非往日，愁来系马复何年。
>　　因君欲折难为折，忍和新诗向别筵。

《自阜民镇抵新坝》：
>　　曙色何当启，明灯已借光。
>　　仓皇忘栉沐，颠倒任衣裳。
>　　菰米舟人饭，芙蓉野客装。
>　　家园慈父在，朝夕念垂堂。

《晚坐》：
>　　穷阴累日喜新晴，晚坐空庭对月明。
>　　百里书传乡梦破，十年心死世缘轻。
>　　林中仙梵神鱼响，殿角微风老鹳鸣。
>　　欲问前因难可识，将从有漏学无生。

《和南屏长老忆峨眉山作》：
>　　南望峨眉岂易寻，出山犹忆在山深。
>　　冰轮半浸平羌影，雪色长留五月阴。
>　　白帝城高通鸟道，青天泪落听猿吟。
>　　亦知去住皆无著，野鹤孤云万里心。

《赠曹比部暗仲》：
>　　畏途宦海才涉，隐计家山欲成。
>　　试问曹丘长者，何如彭泽先生？

黔南万里从事,天畔高楼望京。

今日聊同酒伴,他时好结诗盟。

原诗有注:"曹,彭泽人。"

《蝶恋花·听黄莺作》:

长日高槐浓不透。庭院深沉,百啭莺儿溜。似管如弦娇自奏,薰风故故相迤逗。　并坐交飞争唤友。枕簟微茫,午梦惊回后。一味离情能诉否,云山迢递空回首。

《菩萨蛮·咏促织》:

玉漏渐干星渐小,苍茫曙色疏窗晓。何处急机鸣,遥听风外声。　东方愁杼柚,轧轧催相续。客思绕流黄,清淮梦里长。

如皋著名词人许嗣隆

许嗣隆字山涛,号文穆,江苏如皋人,冒辟疆之表弟。清康熙二十一年(1682)进士,改庶吉士,授翰林院检讨,康熙三十二年典试云南,康熙四十九年在京参与修《渊鉴类函》。官至侍讲学士。有《孟晋堂词》。

《望江南·秋日杂咏》(十首):

秋光好,卷幔坐凉天。似暗复明横晓月,欲连还断散朝烟。秋早是今年。

秋光好,回首路漫漫。砧杵音中炉气冷,关山影里笛声寒。无语凭阑干。

秋光好,禅榻净无尘。细雨似愁愁似雨,淡云如梦梦如云。墙罅一虫闻。

秋光好,瑟瑟可怜宵。香里风光寻细腻,酒边意气学粗豪。只是觉萧骚。

秋光好,爽气豁心胸。笼写葡萄珠历落,盘堆荷藕玉玲珑。相赏莫匆匆。

秋光好，一叶堕斜阳。鸿燕去来添怅望，鸡虫得失费平章。送目入苍茫。

秋光好，粔籹买秋城。楼角红拖飘绣缎，檐牙锦簇飐纱灯。夜色漾空明。

秋光好，寒露湿窗纱。碧碗香传浮茗叶，青钉一影护灯花。银汉一些些。

秋光好，逐队度秋风。秤过鹌鹑装锦袋，斗回蟋蟀贮花笼。三市六街中。

秋光好，天宇碧鳞鳞。月印竹枝书个个，风回雁字写人人。南望隔秋云。

悲秋是古人诗词作品中的常见主题。这组词，写出了秋光秋色的美好，也抒发了诗人心态的清朗健爽，不亚于刘禹锡的那些吟秋之作。

《阿那曲·春闺》：
　　春烟无力穿帘幕。花朵盈盈随意落。
　　倚遍阑干不了愁，晚来更觉春衫薄。

春烟无力，花朵盈盈，已有力地烘托了春闺中的"不了愁"，末了进一步以"晚来更觉春衫薄"一渲染，这愁也更浓了。这首代言体词，体察闺妇心思入微。

《如梦令·红桥晚眺》：
绿抹山楼波映，红入酒旗风定。送眼到空濛，几缕斜阳将尽。一阵，一阵，花气树光烟影。

这首词的写红桥晚景真美，关键是抓住了典型景色。

《貂裘换酒·次韵赠戴介眉》：
大地梨园也。遍乾坤、当场傀儡，尽茸茸者。白眼让君横一世,漫学杜聋萧哑。原不肯、寄人篱下。试看屠沽多富贵,合芒鞋、竹杖任潇洒。杯中物,供陶写。　何须耕钓求诸野。待雄才、挥戈磨盾,雕龙倚马。不则文章游戏耳,嬉笑甚于怒骂。待他日、逃名洛社。醉舞狂歌天地老,把催花、羯鼓花前打。笑优孟,衣冠假。

将大地当梨园,将乾坤当戏台,任你嬉笑怒骂,任你醉舞狂歌,诗人心中有多少块垒?又有多深愤慨?

《水调歌头·题范汝受小像》:

如画须眉好,画里更逢君。翩翩浊世游戏,龙马见精神。双眼乐游原上,一梦大槐宫畔,赢得此闲身。文心兼赋手,无处著丹青。　拂乌衣,对绿树,眺青云。笑他张俭无计,白首叹飘零。万一鹍鹏变化,忽地麒麟图写,轩冕易山林。出处谁为是,试问卷中人。

范国禄有《与许山涛》书:"兄才高学邃,同人素所钦仰,而器宇弘深,尤徵大用,今果读书中秘,以养资望,凤叨教爱如弟辈者,忻忻可胜道耶?天宁相别,弟即回里,十年流浪,家业尽荒,思欲糊口四方,绝无知己可托,兀兀枯坐,惟有叹息而已。兄得意京华,颇亦留心相念否?同乡诸公如力臣、蛟门,久未通问,晤时幸各为道意。孙生年少多能,不欲郁郁乡里,抱书卷入都,效子昂破琴市上,此志殊可怜也,恳先生进而见之。"由此可见,两人相知之深。这受题小像的词,对范固禄的为人与个性,刻画得入木三分。

《水调歌头·陪徐方虎先生水绘巷泛舟》:

云影分初夏,莺语接残春。渡边春水初涨,十亩碧鳞鳞。烟外扁舟,努翠袖凌风掠水,细碎动波纹。雨湿巫山梦,浪涌洛川神。　妆欲堕,情脉脉,最宜嗔。尊移晚兴冉冉,罗袜裛香尘。碗底朱樱射覆,帘下红牙按板,一石更留髡。词谱银光纸,花醉玉堂人。

此词上片写泛舟时所看到的美景。词中用巫山云雨、洛水女神之典。下片写到游船上有歌舞侑酒，还用了"留髡"之典，《史记》："日暮酒阑……主人留髡而送客。罗襦襟解，微闻芗泽，当此之时，髡心最欢，能饮一石。"后因称留客为"留髡"。旧时亦特指青楼留客。这样看来，歇拍"词谱银光纸，花醉玉堂人"两句中的"花"，也是指美人了。

《惜余春慢》：

立夏日同徐方虎先生、王公珮同年、薛修远、冒青若饮匿峰庐，有怀冒辟疆表兄，时辟疆客吴门。

细麦垂花，圆荷吐叶，无计留春得住。半湾流水，一片孤城，步入夏云深处。却喜酒坐琴言，帘影浮空，斜阳暗度。暮烟生，鬓影衣香，缥缈非花非雾。　　漫回首，离思萦怀，歌残笛歇，四座停杯无语。风床卷幔，月槛笼纱，寂寂溪山谁主。遥忆长亭短亭，芳草粘天，路迷前浦。料江南、杜宇频啼，啼道不如归去。

这是立夏那天，诗人同三位友人及冒辟疆的儿子一起在水绘园匿峰庐饮酒时怀念冒辟疆的作品。上片写那天傍晚的景色。下片写大家想念主人的情景：先用"歌残笛歇，四座停杯无语"来抒写想念情深，接着以夜景烘托溪山谁主之问，再以"遥忆"引起对送别场面的回忆，最后用"杜宇频啼"，希望冒辟疆早日归来。

《夏初临》：

陪徐方虎先生集冒青若深翠山房，时有校书绮云在座。

麦气含风，槐阴酿雨，园林乍暖还凉。满径苔痕，分明绿映萝墙。燕泥蹴落芹香。看穿帘、入幕双双。藏阄送酒，添衣卜夜，人在深房。　　游踪落拓，大似旗亭，风尘高李，词赋齐梁。残阳带月，一钩初褪微黄。花影茫茫。傍温柔、沉醉为乡。总相忘，盲风噩浪，萍水沧桑。

此词写得绮丽温柔，有如出自女子之手。

《莺啼序》：

庚申暮春,水绘舫泛,用彭美门先生闺情韵。

老矣英雄,眠食外、寄情花鸟。忆亭畔、蔓壑枝峰,开遍嫣红春杪。咫尺吾庐成懒慢,蒙头布被忘昏晓。问埋忧何许,除是酒多愁少。　鞋袜东城,樽罍北苑,春服裁吴缟。面长空、放眼看云,心胸郁积都扫。对繁花、红紫犹垂,眺新篁、青葱未了。笑生平,梦断山阴,此间如到。　春波更绿,随意松舟桧楫,穿回溪曲沼。惊彻底澄鲜,镜影奁光,照人欢笑。四面烟霞,两头箫管,春情细腻兼骀荡,忽一声长笛群音悄。夕阳在树,暮寒侧侧侵人,看柳絮、微风搅。　又闻曲中,另起歌头,一线晴丝袅。近水清音嘹亮,水调依稀,赏心娱目,灯前偏好。黄鹤楼遥,赤乌人在,白头青眼知谁向,只我辈、心期还相照。酒酣耳热归来,醉里乾坤,其乡不小。

一段写老来寄情花鸟,借酒浇愁。二段写春游,繁花似锦,新篁青葱,梦断山阴,心胸郁积,一扫而空。三段写泛舟听笛,"镜影奁光,照人欢笑"。四段写清音嘹亮,赏心娱目,醉里乾坤,其乡不小。总写泛舟痛饮的自在逍遥。

《汉宫春·上巳》:

杨柳飞花,看青春深矣,三月初三。暖风摇漾,吹面也觉微酣。兰亭何处,过西湖、多少晴岚。休问那,流杯曲水,烟波还隔江南。　却忆佳人携手,趁绿浓红软,新试罗衫。园林未开芍药,情蕊空含。添人惆怅,傍斜晖、垂柳毵毵。只好向,黄鹂声里,商量斗酒双柑。

写上巳节游西湖时回忆过去与情侣携手时的种种柔情蜜意。

《忆王孙·春闺》:

湘帘微漾杏花风。缕缕斜阳衬落红。翠袖寒生玉笛中。数归鸿。水影山烟一万重。

以"水影山烟一万重"写春闺中思妇之愁,缠绵悱恻之至!

《多丽·郊望》:

踏晴沙。特来领略春华。最清疏、迤南城阙，何曾伐鼓鸣笳。对溟沉、疑云疑雨，向缥缈、非雾非花。双眼薏腾，一身潇洒，东风帽影任斜。町畦外，声传空谷，莺院接蜂衙。耽幽处，冲融杳霭，且住为佳。　漫支颐、峰头树尾，轻红衬出朝霞。闪金碧、丛丛佛寺，面水竹、个个人家。腊味须沽，春衣堪典，酒旗风飐有些些。荒涂畔、金鱼石马，芳草不能遮。空留下，千年胜算，万古长嗟。

上片写疑云疑雨、非雾非花、声传空谷、莺啼蜂忙的景象。下片写朝霞挂于峰头树尾，佛寺闪金碧，人家面水竹等美景，最后总是一场空，只落得"万古长嗟"！

《念奴娇》：

癸酉杪春，过慈仁寺海棠院花下，回忆辛未三月，潘惕岩年兄招同年诸子置酒看花、赋诗移日。今广庵、子武归江南，景峰归陕，惕岩竟成隔世。聚散存亡，有慨于心，一阕志感，词不足言也。

绮寮绀宇，正繁花才吐，春风骀荡。屈指三年成一梦，往事何曾得忘。橘里商山，槐中南郡，邱壑生遐想。烹葵醧酒，潘郎意气豪爽。　今日树隔江东，云迷渭北，只是添惆怅。况复黄门膺帝召，又去玉楼天上。腹转车轮，口衔石阙，泪眼花相向。人琴亡矣，海棠依旧无恙。

此词上片用橘里商山、南柯一梦之典慨叹人生不过是一场戏一场梦而已。（传说古时一巴邛人家有橘园，霜后两橘大如三斗盎。剖开，有二老叟相对象戏，谈笑自若。一叟曰："橘中之乐不减商山。"事见唐牛僧孺《玄怪录》。唐李公佐《南柯太守传》载，淳于棼梦到槐安国，娶了公主，任南柯太守，享尽富贵荣华。醒后才知道是一场大梦，原来槐安国就是庭前槐树下的蚁穴。后因以"一枕南柯"指一场梦幻。）下片写友人逝去，物在人亡。腹如轮转，悲不能言，只有泪眼相向。

《夏初临·本意》：

麦飔轻花，荷浮细叶，才知昨日春归。酿雨含晴，晓寒庭院添衣。柳花偏冒游丝。傍湘帘、又过楼西。海棠开后，金梭烟重，玉剪风低。　久知笋绿，渐觉梅黄，香兰习习，芳草萋萋。清和时候，江南最惹相思。更有谁知。一双戏蝶向人飞。自徘徊，昼长夜浅，好梦依稀。

此词写立夏前后的风光，极其细腻逼真。

《望江南·燕台中秋追次旧游漫成》（九首）：

中秋节，记得在昭阳。万顷水烟涵月影，孤村灯火照秋光。犹侍两高堂。

中秋节，记得在邗关。水榭涛翻银浪涌，画桥箫歇玉人寒。丙夜不曾还。

中秋节，记得在金陵。两岸水楼横夜笛，六街瓦塔闹秋灯。淡荡月三更。

中秋节，记得在金阊。石上歌丝风寂寂，舟中弦索月茫茫。虎阜到三塘。

中秋节，记得在吴州。漠漠钟催萧寺雨，濛濛雁送古城秋。丝竹绛纱留。

中秋节，记得在家乡。堂背萱花含古色，檐牙桂蕊送新香。瓜果味偏长。

中秋节，记得在昌平。山吐云光明一院，天横秋气冷诸陵。笳吹未曾停。

中秋节,记得在滇南。风漾雨丝山映碧,云涵月影水拖蓝。桃李绿阴含。

中秋节,记得在燕台。玉漏残时歌板动,银蟾生处酒旗开。兴尽闭高斋。

这组词写了诗人在九个地方所经历的九次不同的中秋节的情景,集中用一个词牌来写,不仅显得简练整齐,还能通过对比,取到相得益彰的效果。

《百字令》:

二月二日微雪,晓起至官衙赋。

春光犹嫩,又匆匆、二月正当二日。铁马丁东惊晓梦,起坐不寒而慄。声打窗纱,光浮帘幕,微雪生虚白。披衣启户,春情如此萧瑟。　挥鞭走马官衙,槐厅清冷,更觉添颜色。潇洒琼花风外舞,不见梅花消息。薄薄银光,纤纤玉屑,难得圆成璧。御河清浅,飐飐波面风急。

此词写小雪之景,细致而真切。

《百字令·九月十四生日漫兴》:

霜浓日淡,又匆匆、过了燕台重九。独立峥嵘萧瑟际,乌兔任他飞走。眼傍齐州,气吞云梦,一室才如斗。香销茶罢,黄花只待红友。　何事笔阵书田,东涂西抹,闲却持螯手。大嚼浅斟忘日月,爱我无过醇酒。肘系黄金,腰围白玉,此事吾何有。乱头粗服,车中从闭新妇。

身处斗室,"眼傍齐州,气吞云梦",这是何等气概!大嚼浅斟,忘掉日月,只知埋头写作,这又是何等潇洒!歇拍以"乱头粗服"形容新妇,更是绝妙好词。因为前人曾用"粗服乱头,不掩国色"来形容李后主的词。由此可见,诗人之妇乃国色也!

《惜余春慢·十月八日大雪》:

一带瑶阶,几棱银瓦,添得十分富贵。鸭炉烘暖,蚁盏驱寒，便是侯家风味。渺渺我思古人，郢客歌高，梁园赋丽。笑当时冷淡，无聊生活，亦徒然耳。　　更向晚，皓魄流辉，中边表里。素影清光无二。晶屏映外，珠箔悬空，更有琼花点缀。鹤氅何如羊裘，绿酒青灯，聊供游戏。酒醒时、放眼苍茫，古屋数椽而已。

　　此词开篇三句，以"瑶阶""银瓦"来形容大雪，现成之词，却贴切之至！接着三句，写驱寒取暖，有如王侯之家。郢客句，指歌手、诗人歌唱郢中白雪。梁园句，南朝宋谢惠连曾以梁园为背景写《雪赋》。意思是说，在下大雪时我想起了古人写雪的名作。接着说，那时显得有点无聊。下片直接写雪景：中边表里都是晶莹的雪光。再以晶屏、珠箔、琼花、鹤氅、羊裘数物一比拟，将雪景写足。歇拍以"酒醒时、放眼苍茫，古屋数椽而已"形容大雪铺天盖地，笼罩一切，真是神来之笔！

白云居士石沆

石沆，字瀣仲，如皋人。有《白云居士集》二卷。《列朝诗集》载："瀣仲为诗，陶冶性情，萧疏闲放，雅以寒山、《击壤》自命。吾则以为古之香山，今之江门也。"他的确是有意学白居易的。他自叙其《江门》诗说："余素苦作诗不能即就，或日一就者有之，或月一就者有之。壬辰前孟春之月，拟香山诗，依平仄为声，一昼夜得近体三十、绝句四。"

《口号送邻家米》：

> 东邻雨湿火难吹，斗米田家尚可为。
> 晚稻未舂潮水白，早红先送救公饥。

诗人古道热肠，接济缺米邻居，令人肃然起敬。

《题主人壁间樊素小蛮图》：

> 江州司马两红妆，水墨何人画此堂。
> 得似往年歌意思，却看今日舞衣裳。
> 摸声漫点樱珠破，拟态轻拖柳带长。
> 别有幽情传笔底，主人狂得且须狂。

因喜爱白居易诗，兼及喜爱白氏两小妾，诗说主人狂，我说诗人比主人更狂。

《拟寒山〈我见世中人〉》：

> 我见世中人，开口便讲理。

　　　　　将理与人争,还是不明理。
　　　　　多争理在伊,少争理在你。
　　　　　争人所不争,不争之争矣。
　　寒山是唐代著名诗僧,他的诗以善用俚语和富有哲理为特长,这首诗也有这两长。
　　《新春杂兴》:
　　　　　一囊置我琴,一囊置我笛。
　　　　　明月照寒江,扁舟吊采石。
　　月照寒江,一叶扁舟,吹笛弹琴,凭吊采石,李白诗魂有知,定当欣然而往。
　　《无题》:
　　　　　落日早凉归,看山倚竹扉。
　　　　　水清仍可鉴,云薄不成衣。
　　　　　腐草萤低照,疏林鸟乱飞。
　　　　　平生蓑笠意,不在富春矶。
　　眼前美景,平常生活,即可归隐,不必像严子陵那样,一定要垂钓于富春矶。随遇而安,个中方有真乐趣。
　　《去岁中秋》:
　　　　　去岁中秋月,江南水上天。
　　　　　剥菱烦伎手,煮茗汲僧泉。
　　　　　即事浑如昨,追欢已隔年。
　　　　　算迟婚嫁了,还弄五湖烟。
　　因去年度中秋的情景太值得留恋了,故而触发了儿女婚嫁后去弄五湖烟的遐想。
　　《夜听琵琶》:
　　　　　娉婷少妇未关愁,清夜琵琶上小楼。
　　　　　裂帛一声江月白,碧云飞起四山秋。
　　琵琶声颇难写,诗中以"裂帛一声江月白,碧云飞起四山秋"两句环境描写来烘托,恰到好处。这种手法来源于钱起《湘灵鼓瑟》"曲终人不见,江上数峰青"。

《溪边》:

> 昨夜溪桥上,南畦看稻还。
> 解襟聊濯足,对影暂开颜。
> 群动无时息,几人如我闲。
> 独行还独坐,凉月上东山。

此诗有陶渊明田园诗的风味。

《秋思》:

> 旷野碧云暮,园林白露秋。
> 水花清瑟瑟,窗竹冷修修。
> 索莫惟禁酒,踌躇欲上楼。
> 相思不相见,多病益多愁。

此诗得力于"瑟瑟""修修"两个叠词和"索莫""踌躇"两个联绵词。

《有怀》:

> 远村幽壑独徘徊,云护柴扉雪护苔。
> 尽日溪边倚枯柳,白鸥何事不飞来。

闲适之境,悠然自然,令人向往。

《新墙门》:

> 北屋连江面远峰,水禽山鹿谩相从。
> 径因待月还宜曲,门为藏春再设重。
> 雨暗蘼芜分绿锁,天晴杨柳借云封。
> 攻琴乐酒年来癖,更好垂帘称懒慵。

开了一个新门墙,居然做出这样一首充满诗情画意的诗来。可见只要有诗心,何愁没有诗材?

《自咏》:

我有安乐处,名为建德乡。唱于风起籁,虚白月生光。
自谓青云馆,何惭绿野堂。傍窗低竹几,临水小绳床。
居士斋时卧,先生醉后狂。眼前无异物,身外有余粮。

蔬食寻常饭,荤腥间或尝。净神三遍咒,暖室一炉香。

念念归真境,心心向道场。世间安饱事,一切不思量。

除读书之外,一切置之度外,连安饱事都不思量,不知究竟如何能安心读书。

吴少山同情贫困妇女的词

《卧庐词话》："吴丈少山（毓沈），如皋老名士也。工书法，瘦硬通神。居白蒲镇，予尝访之，时年八十，两耳皆聋。手写一词示予……"此词即《醉春风·题缝穷妇图》：

布抹飞蓬首。小市提筐走。问渠何不住深闺，否否否。短线零针，乱丝败絮，藉兹糊口。　侬亦途穷久。羞露襟边肘。思量何物付卿卿，有，有，有。白袷衫残，黑貂裘敝，敢烦纤手。

穷愁潦倒的词人，为了帮助一位靠针线维生的贫妇，故意将"白袷衫残，黑貂裘敝"送给她去补，真令人感动。这样的词，还是第一次读到。

真挚感人的黄畊南词

黄畊南,如皋人,经常与熊澹仙唱和。有《畊南诗钞》。

《百字令·哭沙婿卧》:

贫儒一个,合举家八口,不能坑倒。村馆远为谋食计,拼却寒毡终老。书报平安,人惊短折,仓卒何曾料。萧然归衬,纸灰空使盈道。　　去年也客荒村,沉沉卧病,只办今生了。岂意白头偏后死,留取者番相吊。冷落亲知,伶仃妇女,魂向高堂绕。我诗谁辑,反教收尔零稿。

《百字令·闻沙婿举殡,余客晓塘,不得一送》:

一抔黄土,把古今豪杰,生生埋倒。少不成名兼富贵,合使衡门栖老。坦腹床空,招魂路隔,此别非吾料。朝来执绋,白衣遥想遮道。　　堪怜六十衰亲,两三弱息,一闭重泉了。我女未亡应更苦,身后不知谁吊。老矣穷乡,凄其远树,望里寒烟绕。秋坟何处,鲍家诗唱残稿。

白发人送黑发人,真乃人间惨事。正如《卧庐词话》所说:"诗中有真挚一境,填词所无也。如皋黄畊南词,虽不为上乘,而其真挚处,固自可取。""此种虽非词家所尚,然正如龙眠人物,以白描见长,要非批风抹月者能办。"

李方膺的题画诗

康乾时期，我国绘画史上出现了一个独树一帜的画派——"扬州八怪"，其思想性格和绘画风格，均有异于封建正统，带有明显的叛逆性和独创性，对近三百年来的画坛产生了广泛而深刻的影响。

南通籍著名画家李方膺（1696—1755），字虬仲，一字秋池，号晴江，乳名龙角。他既不是扬州人，也不如黄慎、金农等久住扬州卖画，何以得厕身于"扬州八怪"之列？关于这个问题，《中华文史论丛》1980年第3辑所刊管劲丞遗稿《李方膺叙传》已经作了考证，其要点为：一，人品、画品和其他七人（按指李鱓、汪士慎、高翔、金农、黄慎、郑燮、罗聘）相当；二，通州于雍正元年（1723）前，还只是一个属于扬州府的散州，李方膺于康熙五十七年（1718）入学时，籍贯便是扬州府通州，所以他是广义上的扬州人。

袁枚《李晴江墓志铭》中有一句极精彩的话，即"识者谓李公为自家写生"，意谓内行的人认为李方膺所画梅花表现了自己的个性，等于在为自己写生。这真是一语破的、一针见血之论。

试看李方膺所画梅花，铁干铜皮，蟠曲夭矫，气势宏伟，淡线圈瓣，浓墨点蕊，笔墨淋漓，拂拂有生气。确如他所自称："最爱新枝长且直，不知屈曲向春风。"（《题梅花图册页》）亦如袁枚所说："傲骨郁作梅树根，奇才散作梅树花。"（《白衣山人画梅歌赠李晴江》）他不是把梅花当成单纯的自然物来描写，而是在梅花形象中赋予了人的精神和品格。比如他在《十开梅花册》中题诗道：

　　　　瘦蕊寒枝远俗尘，终朝图画最怡神。
　　　　谁知山泽臞儒骨，担得江南万斛春。

　　　　此幅春梅另一般，并无曲笔要人看。
　　　　画家不解随时俗，直气横行翰墨端。

前一首直接以"山泽臞儒骨"（隐居于深山的瘦削的知识分子的傲骨）来称梅花，并宣称它具有"担得江南万斛春"（使普天下老百姓都感到温暖）的气魄和能力。后一首宣称他决不随俗媚俗画曲枝梅花，而要在梅花身上体现画家正直的品格，使得"直气横行翰墨端"。

又如《回廊梅影图册页》题诗道：

　　　　玉笛何人隔院吹，回廊风过影参差。
　　　　月来满地冰霜结，正是臣心似水时。

直以画家自己的心来比梅花之心，"臣心似水"是宣称自己的心清净似水、一尘不染。这很可能是他在合肥知县任上以贪赃罪被诬时向皇帝和世人表明心迹的作品。

梅花是自然物，本没有感情，无所谓爱憎，但画家是有感情的，常借助艺术品表现自己的情怀。如他在《五页梅花册》题诗中说：

　　　　轻烟淡墨玉精神，洗尽铅华不染尘。
　　　　岂是梅花偏矫俗，文章五色贵清真。

画家为了抒写情怀，表现个性，还可以不受自然物的束缚，任意挥洒，大胆创造。如他在《十开梅花册》题画诗中说：

梅花此日未生芽，旋转乾坤属画家。

笔底春风挥不尽，东涂西抹总开花。

正是由于李方膺具有"比德"和"托物抒怀"的"比兴说"的美学思想，他有时简直将梅花看成真、善、美的化身，认为梅花能代表世界上一切美好的东西。南通博物馆所藏《梅花卷》有他的题辞：

予性爱梅，即无梅之可见而所见无非是梅。日月星辰，梅也；山河川岳，亦梅也；硕德宏才，梅也；歌童舞女，亦梅也……知我者梅也，罪我者亦梅也。

当然，他这样说绝不是意味着可以不顾梅花的特点任意胡画。实际上，他也是非常重视师法大自然的。他曾"雪晴三日未全消，独自寻梅过板桥"(《墨梅图轴》题诗)，认真观察过雪中之梅；他曾明确宣称"铁干盘根碧玉枝，天地浩荡是吾师"(《梅花册页》题诗)。可见，他既师法大自然，又"我手写我心"，故能成为画梅大师。

李方膺喜画风竹。他的《潇湘风竹图》画一方丑石，几竿湘竹，竹梢弯曲，竹叶向一个方向飘动，显示出狂风大作的情景。画上题诗：

画史从来不画风，我于难处夺天工。

请看尺幅潇湘竹，满耳丁东万玉空。

诗意是说，据画史来看，画家从来只画静竹而不画风竹，我偏要从难处着手去画，并要巧夺天工。请看我所画的尺幅之大的《潇湘风竹图》，仿佛听到满耳的叮咚声，就好像大风吹刮千万件中空的玉器所发出的声音一样。"满耳丁东万玉空"一句，通过象声词和比喻，把狂风刮竹的声音，极具体地摹写出来，补充了绘画的不足，实乃点睛之笔。

李方膺画风竹是有深刻寓意的，他在另一首题《风竹图》诗中写道：

波涛宦海几飘蓬，种竹关门学画工。

自笑一身浑是胆，挥毫依旧爱狂风。

他当地方官三十年，遭受过几次沉重的打击。雍正八年（1730）他在乐安知县任上，因开仓赈灾来不及请示上司而受到弹劾。雍正十年他在兰山知县任上，总督王士俊盲目地下令开荒，官员们乘机勒索乡民，他坚决抵制，竟被投进监狱，吃了一年冤枉官司。最后是乾隆十四年（1749）在合肥知县任上，因抵忤上司，竟被安上"贪赃枉法"的罪名而罢官。凡此种种，就是他所说的"波涛宦海几飘蓬"。官场太黑暗了，他便弃官去学画竹，当了"画工"，但性格依然未变，"自笑一身浑是胆"，蔑视传统，蔑视权威，爱画狂风，以此寄托自己与恶劣环境坚决作斗争的不屈精神。

在李方膺的笔下，狂风是不屈精神的象征，体现了他跟恶势力坚决作斗争的一面；而对下层人民的关怀和同情，则促使他笔下的风化为使万物欣欣向荣的春风，使劳苦大众得到温暖的和风。他在《题画梅》诗中写道：

挥笔落纸墨痕新，几点梅花最可人。

愿借天风吹得远，家家门巷尽成春。

他希望天风把可爱的梅花吹到每家每户，让家家户户都能享受到梅花的清香，让家家户户都能感受到春天的温暖。这天风便是与狂风完全不同的暖风、和风。

由此可见，李方膺的爱写风画风，正是他可贵精神的充分体现。

《东皋诗存》与汪之珩的诗词

《东皋诗存》48卷（附《东皋诗余》4卷），是现存南通地区最早的地方诗歌总集。《东皋诗存》总计收入421位诗人的诗7354首，起自宋代的大教育家胡瑗，终于清代乾隆时期的汪之珩。《东皋诗余》总计收入50位词人的词502首，起自明代的严怡，也终于汪之珩。

这部书的编纂者和出资刻印者为清代著名盐商汪之珩。汪之珩（1717—1766），字楚白，号璞庄，如皋人。贡生。世代从事盐业，开有丰利盐场。他的父亲汪澹庵，生平慷慨尚义。汪之珩秉承父训，为了兴修水利，曾捐款建闸，便于邻场蓄泄水。乾隆二十一年（1756）江淮发生大饥荒，他慷慨地开仓粜粮，救活了很多人。他又曾捐款修如皋县学及山郭古迹，捐款银两超过一万。县令把他的善举上报后，得以升官，从州司马升为候补道员。汪之珩工于诗词，有儒商的风度。他在住宅西边筑"文园"，常常邀集友人在那里饮酒赋诗，当时人称他是"巢民复睹"（冒辟疆又出现了）。由此可见他诗名之著。乾隆二十九年，他与江干、黄振等举办"近社"论诗，又辑如皋一县古今存诗，成《东皋诗存》48卷、《东皋诗余》4卷。

汪之珩编纂《东皋诗存》的用意在《征辑东皋诗存启》

中说得很清楚：

广陵故壤，皋邑名区，地得江海钟灵，代有人文蔚起。宋元以降，著作如林。曹桧虽微，风诗略备。乃过其地者，凭吊前贤，留连往迹。导师表则称安定纯儒，景风规则凛忠悫奇节。至于骚坛雅望，诗阵名豪，则石豁苹堂之篇，水绘同岑之集，海内腴同，浍炙人间，宝若球琳。馀者多湮没而未彰，或播传而不远，遂使一乡之风雅，未备选终萧楼，历代之词章，半深藏于鲁壁。珩披视邑乘，博采家珍，共友朋掇拾遗编，于卷册搜罗散记，前辈可稽姓氏近百余家，现在专集存留尚数十种，加以旧游亡友，已故时流，裒集成编，足备是邦之掌故，梓刊行世，堪资上国之辅轩。敢以弇鄙预笔削之奴，幸于今古萃源流之盛。用是招延宗匠，聘礼司衡。坐李防于园中，篝灯甲乙；奉徐陵于海上，握管丹黄。或品持名教，道重师儒，则诗以人传，登列无妨一二；或学擅风骚，才长声律，则人因诗著，遴选不惮再三。罔辞采访之劳，深抱缺遗之惧，伏惟箕裘世学，桑梓同人。邺架之所珍藏，家典之所载记，朽编蠹简，皆安石之碎金，断枣残梨，亦吉光之片羽。出名山而商订，不吝惠我好音；探秘笈以倾投，共许勷成夙志。庶声华不泯，聚秀采于蜾山；支派同流，广词源于雉水。敬先楮札，拜望琼瑶。谨启。

与汪之珩共同筹划此事的友人王国栋在跋文中痛心地写道：

许存一刻，璞庄与余筹之久矣。至去冬始发启征辑，设局文园以待陆续纷投赴珠盘玉敦之会。今年五月，梓人毕集，将付开雕而璞庄殁。其时变出非常，内外失措，其行其止几不可定。幸闻君黄夫人能成其志，克藏厥事。计启篚于乙酉（乾隆三十年，公元1765年）十月，撤简于丙戌（乾隆三十一年，公元1766年）十一月，为卷四十有八，历宋元明清四代，八百年之幽光潜德于是毕著。虽名儒硕彦，有名而无诗者，未免遗珠之叹。而年违代隔,搜访无从,此璞庄所为亟亟也。所可痛者,余与樵所瘦石共勤璞庄纂辑前诗,而今乃兼纂璞庄之诗,为初念所万万不到也!然璞庄之名以存前诗而成,璞庄之诗亦与前贤而著,幸之乎?益伤之矣?

这部书不仅资料极为丰富,而且编纂质量也很高。当时诗坛领军人物袁枚特地写了《东皋诗存序》:

乾隆庚辰,予过东皋,邑侯何西舫数称汪生楚白之才。予心识之,而以遽治装故,不获相访。今六稔矣。弟子秦云亭来,手一编曰:"此汪君所选《东皋诗存》也。汪君死,遗命呈先生,且索序,且付梓。"嘻!汪君此选,将以存东皋诗耶?然汪君存,则东皋诗因汪君而存;汪君不存,则汪君之名,又将藉《东皋诗存》而存。其序与梓也,诚不宜缓也。

何休曰:"古者妇人五十无子,择其辨获伉健者使居民间采诗,故幽隐必达。"今其法已亡,虽有钧《韶》异音,听者一过,荡为飘风。无人焉汇而存之,诗宁能自存耶?汪君慨然,仿《宛雅》故事,辑而存之,笃矣乎仁者之情,亦居东皋者之幸也。惜剞劂未已,赍志以殁;而余又相稽于邂逅,不获一交臂,共掩群雅,殊嗛人意。然亦岂料汪君于委化时不瞀乱,不顾妻子悲泣,而转以鄙人之弁语为拳拳。方知韩仲卿称曹子建梦中求序,定非诞语。而汪君之于是集,果如是之不苟然也。宜表而出之,使后人知之。

由此可见这部书的价值。

《东皋诗余序》是汪之珩去世后由他的友人所撰写的:

昔人谓词者诗之余也。而近代诗人填词者盖寡,吾师退耕先生亦尝谓余:"尔好为古诗,即不宜作词,恐伤古气。"窃玩词学之兴,始于唐,盛于宋。唐初诸家虽不作词,而《凉州》《伊州》《阳关》诸绝句本古乐府之遗,已为词家开风气之先。至李太白之《清平调》《菩萨蛮》虽已是词,实古乐府遗音。子舆氏谓今乐犹古乐,岂不然乎!岂不然乎!余初与璞庄议辑《东皋诗存》,即有兼存诗余之订。今纂辑未竟而璞庄逝矣,其家人刻期蒇事,更不及遍为搜罗,就各家送到诗集中有附存数十阕或一二阕者辑而存之,所得才四十余人,存词才四百五十余首(按:实际上是50位词人,502首词)。嗟乎!皋诗之存于兹者,大都皆啬于前而丰于后,人往风微,不胜珠沉之叹矣!况词学久废,诗人多狃于词体柔曼,有妨古音之说,置而不讲,又何怪乎远者不复留而近者不概见耶!虽然大美不终秘,丰城龙剑,神光卒出人间。是书以璞庄之殁,不获宽以时岁,忽遽撤简,他日有好古之士,因是书而采其所不逮,必将有如刘禹锡之作,所在神物,护持壁间塚中,应求而出。兹编为之嚆矢,功不亦多乎哉!乾隆岁在丙戌三十一年(1766)之小雪日樵所江大锐题于文园停云馆。

　　汪之珩所作诗词,原有《文园六子诗》,未见。而《东皋诗存》中保留了他的诗269首,《东皋诗余》中则保留了他的词11首。

　　《自平山堂泛舟至红桥看月》是一组七绝:

　　　　江左繁华第一州,我来天气值高秋。
　　　　良时胜境称双绝,漫说今宵是浪游。

　　　　隔岸山冈盘地脉,绕堤淮水自天来。
　　　　山堂明月明如此,太守风流安在哉?

　　　　飘残黄叶见楼台,龙脊花砖照酒杯。
　　　　何处女儿歌浓转,被风吹到客船来。

　　　　直欲乘风到广寒,一声欸乃入云端。
　　　　天光水色原无二,斓熳银蟾浪里看。

> 如云如燕复如花，才是杨家又李家。
> 迷漫不堪回首望，平山堂北玉钩斜。
>
> 珠帘轻隔美人蕉，竹影合烟带月摇。
> 两岸秋萤流不定，销魂怕说到红桥。
>
> 参横斗转月西斜，法海钟声起宿鸦。
> 一片诗情都入幻，徘徊记起后庭花。
>
> 双桨停时客散频，丰建屹立在前津。
> 隋家雨露何曾竭，杨柳而今感路人。

风格清新秀丽，不仅写景如画，还融入了历史的内容，如欧阳修的平山堂和隋炀帝的雷塘等。

《万松岭待月》：

> 潇洒孤亭上，披襟待月圆。
> 松阴清佛火，山翠冷厨烟。
> 云浮先归鹤，光升未满川。
> 空山消万籁，惟听落风泉。

同是写景，则境界怡静幽寂，颇有盛唐孟浩然、王维诗的韵味。

又如《次韵答赠黄瘿瓢刘南庐》：

> 一带横江别梦遥，劫余行旅剩诗瓢。
> 乡心残照登楼赋，踪迹吴门逐客箫。
> 嗟我年华归断简，怜君香草续离骚。
> 明朝又挂蒲帆去，野鹤闲云何处招。

写得既缠绵，又潇洒，情深意浓，韵味十足。

再如《清明前二日登北固山望江》：

> 江南二月繁花柳，游人如蚁马如狗。
> 我亦乘春汗漫游，笋舆一簇携朋友。

迤逦前抵北固山，整巾忙揖烟霞叟。
　　为我历数前朝事，为我遍说当代某。
　　携手更蹑山之巅，俯视大江接海口。
　　泉山罗列若屏藩，此山突兀超群丑。
　　君不见青峰白水总依然，孙刘古迹埋林薮。
　　又不见金焦并峙巨浪中，木末高楼几摧朽。
　　抚掌大笑复歔欷，须知世事如电走。
　　人生行乐当及时，从来遇合原非偶！

这首七言歌行写得奋激昂扬，生气勃勃。
再看他的词。先看组词《望江南》：
寓居润州银山，慨然慕山居之乐，偶占数阕。

　　山居好，胜事总关情。晓起卷帘望海色，午眠支枕听江声。山霭一层层。

　　山居好，景色最新奇。引客行春杨柳绿，催人耕雨鹧鸪啼。载酒最相宜。

　　山居好，种菜有陂田。竹径流泉随地脉，花坛佐酒摘春鲜。不费杖头钱。

　　山居好，逐处见清幽。闲与渔人狎鸥鹭，醉同樵子卧松楸。远望水天浮。

　　山居好，泉汲老僧家。拾取檐前风堕叶，摘来树上雨前芽。活火旋烹茶。

　　山居好，僻地少逢迎。车马不来常跣足，几窗无事任横肱。恬淡亦何营。

山居好,入馔尽新鲜。出水鲥鱼光灿灿,进泥春笋嫩纤纤。风味剧堪怜。

组词将山居环境的幽寂、景色的清新、人物的纯朴、生活的恬淡、饮食的鲜美等"山居好"的内涵写足了,读后令人情不自禁地向往山居生活。

再看组词《捣练子·春词》:

春烂漫,短扶筇。重补吟囊古锦红。题遍江南山寺壁,墨花香满白云峰。

春欲暮,日光融。帘卷西园晓露浓。满地莺花分院落,遍街樱笋贮筠笼。

春尚在,苦匆匆。飞絮游丝已满空。收拾榆钱沽酒去,和衣醉倒百花丛。

春已去,恨无穷。绿水青山雨带风。最是小楼才梦蝶,一声花外五更钟。

这组词变换各种角度来写春,真是春意盎然,使人爱不释手。正如他的友人黄振所说:"璞庄词不多作,即诗亦兴会所至,不事烹炼而秀韵天成。"

由上述简介可知,汪之珩的确是一位学有素养的儒商,是清代如皋一位名诗人。惟其如此,他才能为我们保留了《东皋诗存》这样一份丰厚的文学遗产。

通州杰出词人孙超

孙超（1793—约1857），字崧甫，号心青居士，江苏南通人。道光十八年（1838）进士，历官河北永年、宁河等地知县。著有《秋棠吟馆诗余》六卷，存词五百余阕。孙超于道、咸年间，多次组织词社，成为当时京城和通州小官员群体之风雅魁首。孙超的词感情真挚、浓郁，不雕章琢句，很真率。他在词集的自序中说，唐宋人词"要皆各抒其意之所欲言，协诸宫商，便自成一调，不闻其有专谱也"。所以他认为："潜心参究，浸淫既久，乃知声音之道，与性情通，此中有天籁焉。若屈意以谐声，则意必不显；屈句以就调，则句必不工。"他强调："要在神明于规矩之中，而仍不离乎规矩之内。一阕既成，朗诵之、微吟之，无不入妙，便可与古人争席。近世之人，推敲于一字一句之间，谓某字与古人不符，某句与古人不叶，是刻舟而求剑，胶柱而鼓瑟也。"丰润人董尔昌在《题秋棠吟馆诗余》中称赞他说："人谓才高溢五斗，我谓情深涨海流。有情无才情未畅，有才无情才亦浮。发挥旁通才之力，真才还从至性留。过来人言过来事，脉脉于怀不自由。"孙超的题咏《红楼梦》人物组词尤为著名。现摘录孙超词中脍炙人口者数十阕，略作点评：

《十六字令·题范小桐兰花便面》：

痴，带得通灵笔一枝。挥毫处，叶叶是相思。

妍，我未逢卿意也怜。想应是，人更比花恬。

猜，雪作肌肤玉作胎。空谷里，怎许暗香埋。

拈，何日相逢对绮筵。碧窗下，亲为扫铅钿。

由题画而怀人，缠绵深挚，令人神往！

《深院月·蓟城大水》：

波拍岸，水平涯，镇日愁云剪不开。忽听橹声回首望，绿杨堤上一船来。

写景如画，仿佛已置身于其中。

《采桑子》：

深州之变，陈笠雨刺使颜励堂别驾同时殉难，重过其地，为之怃然。

伤心一片深州月，无限凄清，白骨零星。微有风来血尚腥。　最怜顷刻烟尘起，谁扦孤城？（闻是日为探子所误）慷慨捐生。留得香名照汗青。

缅怀殉难英烈，有锥心裂骨之痛！"微有风来血尚腥"一句，使读者如亲眼见其壮烈献身之场面。

《圣无忧·与吴康甫谈白下事》：

遥望江南路，白门烟柳轻匀。自从夷房跳梁后，金粉已成尘（谓英夷之乱）。　十载疮痍未复，一番鼙鼓重惊。与君同作燕台客，望断故乡云。

谈战乱，忆故乡，情怀复杂，历历如画！

《人月圆》：

癸丑战犯天津，京师纷纷迁徙，为之怅然。

软红十里长安道，绮阁上灯初。携尊相对，红围翠绕，玉软香酥。　而今回首，堂空燕雀，梁胃蜘蛛。夕阳市散，长街人寂,门掩青芜。

面对战乱,通过鲜明的对比,抒发了浓重的今昔盛衰之感!

《鹊桥仙·咏红楼十二金钗》:

一窗风月,万竿烟雨,闻恨闻愁无数。当初若不为情痴,省多少、蜂欺蝶妒。 流光似水,幽期如梦,忍过沁芳深处?竹间红泪几时干,空剩有、此情千古。(黛玉)

丰肌绰态,灵心慧性,胸次森森城府。画房亭午绣鸳鸯,也算占、春风一度。 暗中机巧,人前恬淡,天意从来不许。漫言金玉是良缘,总不过、轻云薄雾。(宝钗)

璇宫夜静,銮舆归省,顷刻声传槐府。六街春暖御香浓,枉羡杀、道旁游女。 金根凤驾,长门深锁,无复当时归路。翠华一去寂无踪,何处问、琼楼歌舞。(元春)

晓来妆罢,一编手执,最爱明窗独坐。生来性格本温柔,怎禁得、者般摧挫。 眉痕蹙损,泪珠挥尽,可是红丝系左。菱洲春草碧如尘,想应有、梦魂飞堕。(迎春)

芳姿玉润,尘怀冰映,眼底全无尘障。生平从不识拘牵,真个是、心如秋爽。 丝萝远结,音书阔绝,一片风吹骇浪。乱山回首故乡明,叹只有、白云相望。(探春)

毫端写意,壁间留稿,一幅丹青婀娜。兴来时复理棋枰,看落子、明星个个。 繁华梦晓,菩提路近,世事浮云勘破。木鱼声静贝多香,算只有、紫鹃知我。(惜春)

聪明自许,机关用尽,世事几从人愿。荣华若识有穷时,

也省结、几多恩怨。　　如花才貌，如尘风景，可惜蜉蝣梦短。一朝春尽万缘空，怎不向、天公乞算。（王熙凤）

　　性情疏爽，襟怀洒落，生小风流放坦。酒酣沉醉绿阴中，看一片、香云零乱。　　佳期才赋，仙缘顿寂，顷刻花残柳暗。绣帏春暖不多时，又猛把、韶光剪断。（史湘云）

　　因缘香火，生涯瓶钵，野鹤闲云同住。六根清净已无尘，怎混入、红尘深处。　　梅花千朵，檀香一炷，敲破晨钟暮鼓。人人都厌太孤高，谁知道、莲心味苦。（妙玉）

　　娉婷弱质，芳龄三五，热火坑中暗度。当时若不遇良缘，险堕了、烟花劫数。　　昔年罗绮，而今杵臼，世事凭天所付。一畦春雨菜花肥，便抵得、重帘香雾。（巧姐）

　　秦楼梦断，尘心冰化，朗月清风襟抱。世间何物是悲愁，从不着、些儿烦恼。　　绣裳云拥，花冠霞簇，差慰昔年潦倒。生儿若得似兰哥，尽不用、荣华占早。（李纨）

　　团酥作骨，裁云拟貌，说是群花首冠。茗名生小怕人知，怎猛向、梦中低唤。　　嫩寒烟锁，芳馨酒袭，便是蓬莱阆苑。阿翁何必太怆神，算了却、夜台公案。（秦可卿）

对金陵十二钗的个性特征与命运归宿掌握得十分准确，写得丝丝入扣，活灵活现，可见词人对《红楼梦》十分喜爱，烂熟于心。这组词在众多赞咏《红楼梦》人物的诗词中，实属佼佼者！

《应天长》：
临清兵后市井萧然，旧时亭台一空，为之怅然。
霜摧衰草，烟冷斜阳，城郭萧条如许。傍水园林，画栋欹斜覆寒渚。访遗碣，寻断础。是旧日、红楼朱户。最堪痛，十万人家，霎时焦土。　　凭吊向何处？一梦黄粱，清泪落无数。废苑层台，犹记当时旧歌舞。城头月，谯楼鼓。叹变态、顿分今古。空剩有，几点流鸦，哀鸣绕树。

此词写战后空城的荒凉凄惨，简直与宋代大词人姜夔的《扬州慢》一样令人惊心动魄！

《三姝媚》：

近世鸦片盛行，有俾昼作夜者，作此刺之。

微寒深夜峭，已月转星沉，霜清露皎。畴倚银釭，拈一枝枯管，偎衾斜抱。瘦骨支撑，讳不住、形容枯槁。因甚来由，夜起朝眠，神思颠倒。　　如此寻欢堪笑。但听说，漏声催时应恼。畅好光阴，怎如昏似醉，懵懂过了。黑暗狱中，想风味，不殊多少。漫说香浓雾裹，篆纹缭绕。

对吸毒者的讽刺，入木三分！说这些人生活在黑暗的监狱中，真是再贴切不过了！

《念奴娇·题陈云贞〈寄外书〉后》：

茫茫尘世，有多少、聚首团圞时节？怪杀天公缘底事，做尽生离死别。儿女神伤，英雄涕出，总为多情切。伤心百种，古今同此呜咽。　　想伊绣阁宵深，挑灯泼墨，夜夜眠难贴。吮断香毫何处着，万恨千愁交结。骨肉漂零，家园沦落，梦绕关山月。至今字里，声声犹带啼血。

代妻子思夫，设身处地，惨且泣血，读来令人神伤！

《高阳台·过水绘园故址》：

古树横斜，荒苔幂历，数椽门锁斜晖。步到危廊，累他宿鸟惊飞。当窗一种瓢儿菜，新雨过、嫩绿争肥。问昔年、歌管楼台，蔓草芳菲。　　名流几辈曾招集，有胜朝遗老，彩笔交挥。酒地诗天，回头韵事都非。流莺唤醒繁华梦，任西风、掩却岩扉。只多情、燕子频来，岁岁如归。

痛惜水绘园的荒芜，缅怀前辈名流的集宴吟咏，情真意切，读后令人欷歔不已！

《木兰花慢》：

英夷之乱，死事诸臣皆蒙恤典，独狼山镇谢公正谷未邀奏请，为赋此解。

望金鸡山色，流不尽，水潺湲。公死事处。想阵拥乌云，旗标赤帜，将士蜂屯。谁知鲸鲵浪跋，便虞歌相对泣黄昏。帐下都无健卒，峰头剩有空营。　堪怜大树片时倾，四锁尽捐生（时大经略裕公被害，同时死事者葛云飞、郑其鹏、王锡朋）。幸庙食千秋，勋铭两观，聊慰忠魂。一般忠肝义魄，怎无人为筑谢公墩？终古潮声呜咽，淙淙化作啼痕。

"终古潮声呜咽，淙淙化作啼痕"，结尾两句形象有力，大为谢公鸣不平。潮声呜咽，真乃千古遗恨！

《湘春夜月》：

丙戌秋日与陈蓉江、葛晴、陈和甫、石云江、吴荔裳登狼山，并忆都门诸同好。

挈朋俦，振衣直上危楼。领取一段秋容，为我豁双眸。最好天空海阔。正嫩凉初试，残暑犹留。对者边山色，狂歌谩舞，洗尽闲愁。　凭栏四顾，涛声涌焉，月影当头。隔岸吴峰，掩映些、风帆沙鸟，分外清幽。醉余长啸，喜扪胸、珠斗齐收。凝睇处，怅引瞻靡及，算来唯有，西北神州。

在众多吟咏狼山的诗词作品中，独领风骚！因为它写出了诗人独有的情怀。

《齐天乐·题李叙堂〈天真烂漫图〉》：

图中绘数十小儿，有斗草者，有掏雀者，有放风筝、为迷藏戏者，真一幅欢乐景也。

分明只解寻欢乐，无绊无牵无系。短短长长，三三五五，人倦日高天气。岩头树底，是逃学心情，佩觿年纪。挈伴呼俦，晚来常恐夕阳坠。　最羡而翁静坐，任攀肩绕膝，撩衣曳袂。解脱愁烦，消除抑郁，领略个中真趣。眼前乐地，甚玉笋金龟,羽麾鸾骑。我欲褰裳,从君图画里。

将天伦之乐写得如此生动,如此饱满,竟使读词之人也欲"褰裳,从君图画里"!

《望湘人·哭族兄子潇原夫子》:

痛盈腔热血,洒向天涯,何人为我怜惜。琴碎伯牙,石沉屈子,从古知音难说。畴料中年,穷途阮籍,偏逢物色。悔半生,局促辕驹,未向程门立雪。(子潇兄与余由徽州分支,总未见面。庚辰、辛巳间主通州书院讲席,亦未亲至,每课试卷,仅以邮筒往来。)　常忆南来雁使,道者番问我,行藏消息。怎一座灵光,猛被疾风吹折。回思箧底,针痕线影,纸上墨香犹积。空几度、望断春江,翘首海天凝碧。

对一位从未谋面的族兄如此深情,孙超真是一位"情圣",怪不得他的词写得这么好!

《望海潮·登盘山绝顶》:

地雄幽蓟,襟连恒岳,一山高矗晴空。孤寺罩云,危峰挂月,何人劈破洪蒙(山有罩云寺、挂月峰)。呼吸与天通。看下方僧寺,烟雾朦笼。倚榭欣髯,一轮红日海门东。　登临感喟无穷,算沧桑陵谷,回首匆匆。名士谈禅,将军舞剑,者回唤醒晨钟。星斗快罗胸。喜今朝濯足,踏碎芙蓉。我欲披衣散发,长啸激清风。

山势巍峨,诗意豪壮,寓有哲理,耐人寻味。

《沁园春·题〈林黛玉葬花图〉》:

似怨似颦,乍怜乍惜,如醉如魔。想怡红院里,红情初逗;沁芳桥畔,芳梦才过。俏荷鸦锄,潜移凤履,绮语声声唤奈何。娇无那,把胭脂碎拾,蹙损双蛾。　临风清泪滂沱。怅九十韶光一掷梭。叹寻春有兴,翻将恨惹;返魂无术,空赚愁多。盛以锦囊,封兹艳骨,做段痴柔始不磨。怆神处,是人亡花落,揾湿香罗。

将黛玉葬花图换成文字,不是图画却胜过图画!

《沁园春·诘梦》：

怪尔梦神，胡为乎来，幻境空空。每百年良友，欢联旧雨；半生奇遇，浪破长风。金屋娇柔，玉堂游冶，身到蓬莱第几重。欣然喜，真千金一刻，乐也融融。　　有时烟雾朦胧。忽昨夜今宵迥不同。便惊雷掣电，使余神愕；穷岩绝壑，累我情慵。云水迷茫，泥涂颠踬，变态须臾反覆中。殊无谓，但记还胆怯，无限惺忪。

《沁园春·拟答》：

梦神翩然，谓汝听来，余不尔欺。问天荒地老，谁为真境？海枯石烂，会有穷期。凤阁鸾台，芒鞋草屦，富贵穷通本不齐。休惊诧，道离奇恍惚，欲信还疑。　　相期勘破沉迷。但一任离魂款款飞。况七情代嬗，喜原兼惧；百年有尽，乐必生悲。半世功名，三生风月，最好鸡声未唱时。君须省，到晨钟一觉，万事皆非。

这两首词，构想奇特，寓意深远。人生如梦，本是说滥了的老话题，现经词人如此构想，恰如醍醐灌顶，令人顿悟"晨钟一觉，万事皆非"！

《买陂塘·香河度岁》：

叹年年、东驰西骤，脚跟竟如萍转。蓟门烟树芦沟月，处处轮蹄踏遍。情缱绻。记昨岁保阳，曾结浮鸥伴，椒盘同荐。有三楚交游，高阳俦侣，相对酒杯浅。（壬子与康书臣、支桐阶在保阳度岁。）　　驹阴骤，转眼韶光又换，对景频增悲惋。他乡纵许营巢稳，怎似故园春暖。（时就香河廨巅以居。）从头算，算六十年来，事事违心愿，临风扼腕。思甚日扁舟，挂帆南下，天际一篙软。

除夕于异地度岁，每逢佳节倍思亲，这是必然的情景。此词以眼前景，写出了深沉的故乡情，令人愈读愈有滋味！

《贺新郎·书〈红楼梦〉后》：

谁蘸文通笔，把千古、痴儿怨女，肝肠染赤。偏是聪明能惹恨，演出生离死别。看纸上、啼痕如积。读到粉消香暗处，甚纷纷钗玉姻缘切。只落得，愁重迭。　展观累我神凄咽。替追忆，吟诗结社，缠绵绮密。乍喜乍颦娇小惯，多少芳心递袭。怎瞬息、雨荒云撇。竟欲临风舒浩恸，倩娲皇重补情天碧。为解尽，风流劫。

  研读《红楼梦》，体会深切。知之切，爱之深；爱之深，情如炽；情如炽，愁重迭；愁重迭，请娲皇，重补天；为解尽，风流劫；愿天下，多情者，皆如愿。

张謇热爱家乡的诗

张謇对家乡十分热爱,写了不少赞美家乡的诗。张謇对五山怀有深情,在二十多岁时,就写了一组吟咏五山的五言律诗。《琅山》后半首写道:

狼去岩花冷,鹰摩塔日高。
笠云亭畔石,久坐听松涛。

在"狼去岩花冷"句下有原注:"山之名狼以形似,宋淳化中改狼为琅。"暮春季节,诗人游兴正浓,不顾辛劳,攀上山巅,看到僧人打起精神,盘腿而坐,香客络绎不绝地上山烧香。唯有岩上的野花,显得有点冷清,因为香客只顾烧香,只有诗人独自在欣赏。支云塔顶苍鹰盘飞,显得格外高耸挺拔。诗人的情趣与香客迥然不同:他长久地坐在笠云亭旁的石头上,

张謇

倾听着飒飒的松涛声。此诗情调高雅,而颈联"狼去岩花冷,鹰摩塔日高",构想尤为奇特:上句虚写,想象狼去后(隐

指淳化中改名)岩花冷清;下句实写,以苍鹰的盘飞来烘托支云塔的高耸入云。

《马鞍山》后半首写道:

世界濒江远,山荒到屐难。
蒙茸深涧里,草木带余寒。

此诗写马鞍山荒凉僻远,一般游人足迹难到。尾联以景结情,写山涧中草木深茂,虽在暮春季节,仍使人有荒寒之感。

《军山》写道:

崭绝真成削,禅关兀翠微。
路蟠危壁上,石碍断云飞。
林麓顽民爇,莓苔羽客扉。
四贤祠仅在,勺水荐芳菲。

此诗首联写军山山岩陡峭,如用刀斧砍削过的一样,那翠微高耸的山景中充满禅意。颔联写山路盘旋于危壁之上,云雾缭绕于怪石之旁。颈联写山林曾经被烧毁,草地上曾留下明代道士炼丹的痕迹。尾联写军山上有纪念范仲淹、岳飞、胡瑗和文天祥的四贤祠堂,诗人以山泉和鲜花来祭奠先贤。此诗重点写军山的景色,最后落脚到对先贤的祭奠,用意很深。

《剑山》后半首写道:

土价栽花贵,香烟隔岭通。
摩崖寻旧刻,古藓著衣红。

此诗写栽种花木的人越来越多,而剑山之土也越来越贵,山上香烟飘荡,被风吹到另一座山岭上去了。诗人寻读古代摩崖石刻而让古藓沾污了衣服。此诗真切地写出了当时剑山的特征。

《黄泥山》前半首写道:

幽壑穷余赏,林阴趁夕曛。
寺从山侧见,水向路边分。

此诗写诗人观赏黄泥山的夕照晚景,幽壑与林阴有很多情趣。那时黄泥山上有寺庙,从侧面可以看到。山下有水,沿路向两边分流。

张謇这一组吟咏五山的五律,不仅使我们体会到张謇对五山的深情,还欣赏到他高超的写诗技巧,并进而了解到清末五山的情况。

同治十三年(1874)春天,张謇二十二岁,离开家乡到江宁去求学、考试时,曾写过三首情意深长的《思故乡行》,诗中有"高堂半百发渐苍,吞声欲语情惨伤……含酸忍泪不敢落,游子行矣思故乡"和"兄弟相送远于野,行行且止心旁皇……嗟哉有兄只身翔,游子行矣思故乡"等令人读之泪下的诗句。

光绪三十三年(1907)十月,诗人五十五岁,有《陪陈子砺提学游狼山,示诗奉和,兼怀梅孙肯堂》诗:

淮南江北海东头,撮此青苍顾众流。
脚底沧桑千劫换,眼中薪火万方忧。
故人榻在浑殊世,使者车来已过秋。
山睡待苏民待牏,企公辛苦念吾州。

陪人游览狼山,触发了诗人对国事与民生的深切忧虑和对已逝的志同道合友人的深沉思念,情意浓郁,蕴含深广。

宣统元年(1909),诗人已经五十七岁,四月由天生港去上海时,曾写有《夜至天生港》七绝一首:

孤月随人别路明,惊回别梦是江声。
千愁万恨凭谁说,化作空烟一片横。

以弥漫于江面的烟雾来摹写离别家乡的千愁万恨,形象鲜明,特别使人感动。又如同年五月所写的《归常乐口占》:

日薄云稀雨渐晴,扁舟解缆欲东行。
悬知汽笛三声咽,中有离人送客情。

将故乡亲人送别时的深情寓于轮船汽笛声中,特别耐人寻味。

张謇的悯农、悯盐工诗

张謇对家乡深受苦难的劳动人民,充满着同情心。请看他作于早年的《农妇叹》:

朝朝复暮暮,风炎日蒸土。
谁云江南好,但觉农妇苦。
头蓬胫赪足藉苴,少者露臂长者乳。
乱后田荒莽且芜,瘠人腴田田有主。
君不见阊门女儿年十五,玉貌如花艳歌舞。
倚门日博千黄金,只费朝来一媚妩!

将农妇的劳作之苦与倚门卖笑女的奢侈生活作了极其强烈的对比,诗人的立场极为鲜明。

又如《雨叹》:

七旬苦旱不得雨,一雨十日不得晴。
痴龙如羊怒目狞,万鳞掀舞天瓢倾。
雷公出装西向行,水底殷殷时铿訇。
天低云阋白日暝,山鬼夜哭鸺鹠嘤。
屋茆朽腐莓苔青,漏穴拳大联七星。
积溜百道注是程,况乃屹屹适相丁。
初犹盘旋螭蛇京,渐漫且突与壁砰,忽不及瞬横流并。
下者履屐上荐衾,如澣如染如浮罂。

隅奥牖户腾涎腥,瓜牛蚰蜒蛙蚓蟮。
足之楀折足铛,寝斯馈斯囚拘图。
贫贱性命沟壑轻,沮洳泥淖宁敢憎。
东皋老农辍耒耕,可怜八口愁吞声。
吞声自尔天不听,魃以止雨谁能令。
君不见贵官堂上臂烛明,主称百岁宾千龄。
前席互进玻璃觥,醉里歌呼颂太平。

前半篇对苦雨不停的气象作了淋漓尽致的描绘,形象鲜明,极富想象力,类似韩愈七言歌行的笔法;后半篇则将老农"愁吞声"的痛苦与贵官欢庆祝寿的情景作了鲜明的对比。爱憎分明的激情充溢于字里行间,读后令人十分感动。

再如《日夜苦热,重闻乱耗,用杜少陵〈毒热寄简崔评事〉韵》用很大的篇幅描绘了苦热的情景和纳凉的畅快,而结尾处却写道"村农自嗟叹,苗槁东西畴",可见张謇对农民的关心。

张謇对盐工也极关心,他《观海》诗中观赏大海景象时,首先想到的是盐工的"生计日萧条":

近海地常湿,无山天更遥。
云从半空起,风竟六时嚣。
鱼蛤供餐贱,蒲盐奉税饶。
谁怜濒斥卤,生计日萧条。

张謇吟咏个人情怀的诗和咏物诗

张謇诗歌中,抒写个人情怀的诗很多,这类诗往往体现了诗人为国计民生辛勤操劳的精神。如《屡出》:

屡出真成惯,孤怀亦自遥。
小车犹择路,独木已当桥。
鹳影中宵月,蛙声半夜潮。
无人能共语,默默斗旗杓。

此诗写于光绪二十八年(1902)四月八日,诗人当时已五十岁,正为通海垦牧总公司建筑等事到处奔走,他感到孤独寂寞,无人支持,但仍不顾辛劳,顽强拼搏!又如《病起》:

园林频厌雨,轩槛又东风。
病起看新绿,春微爱落红。
偶归家似客,忆旧稚成翁。
只有山妻解,矜劳惜瘁同。

此诗写于光绪三十一年(1905)三月六日,据《张謇日记》,他于二月中、下旬发寒热、咯血,三月初,病体刚愈,即往上海去办事,只有妻子能理解他为事业操劳的心境与抱负。

张謇的咏物诗,情怀高旷,气概不凡。最有代表性的,是他二十五岁时吟咏"岁寒三友"的《松影》《竹影》《梅影》:

解带曾经约十围,阴阴一碧冷斜晖。
半床落子琴无语,满院荒苔鹤未归。
涛响自从空际出,日光都觉漏时微。
谁言据地龙方卧,鳞甲掀张欲并飞!

百尺琅玕刺碧霄,舒凤鸾尾自翛翛。
二妃幽恨随云化,六逸吟魂与月招。
荇沼澄空三面映,茶烟收入一丝飘。
何人乞得洋川笔,十丈铺缣子细描。

竹外春寒静闭门,几枝忽与逗芳魂。
酒杯清浅神相接,纸帐惺忪梦有痕。
高下亦凭灯远近,模糊除是月濛昏。
教人却忆寻诗日,风雪骑驴灞上村。

  这三首诗前三联分别对松、竹、梅之影作了逼真而传神的描绘,尾联均用典故:《晋书》卷二十二载《宣受命》曲道:"宣受命,应天机,风云时动神龙飞。"将松树比拟成神龙飞动,极显其肃穆神武。北宋画竹大师文同曾当过洋州知州,洋川有千亩竹林,可供文同彩笔大挥。以画竹最有名的画家赞咏竹子,显得别开生面。用唐代郑綮所说"诗思在灞桥风雪中,驴子背上,此处那得之"的典故来赞誉梅花凌霜傲雪,能引发人的诗思,显得韵味无穷。

张謇关心呵护沈寿的诗歌

张謇自从在宣统二年（1910）于江宁（今南京）举办的南洋劝业会上认识沈寿这位绣坛奇女以后，为了发展中国的刺绣事业，一直对她十分关心，极力呵护。据笔者粗略的统计，在《张謇全集》中，被保留下来的有关沈寿的文章有十多篇，诗歌有六七十首。在《张謇日记》中，有关沈寿的记载多达一百二三十条。后来，张家还与沈寿联姻，即沈寿领养的女儿余学慈嫁给了张孝若，由此可见其关系之密切。

张謇外出办事，最不放心的就是沈寿的身体。例如民国六年十月二十日《张謇日记》中记载："……去掘港，夜七时半至……舟行一百三十里。写雪君讯。有《夜半闻鸡》诗。"诗中写道：

喔喔荒鸡夜半号，梦醒孤馆客魂消。

人离一日如三日，霜重今宵过昨宵。

冷被昏灯俱可味，老怀壮志百无聊。

屋梁斜月分明见，余睡犹思到绮寮。

诗中活用了《诗经》中"一日不见，如三秋兮"的典故，写他对沈寿的关切之情。"绮寮"指沈寿的住处，因沈寿缺乏亲人的照料，张謇很不放心。

每当沈寿病愈，张謇总是写诗抒写自己喜悦的心情。例如民国七年十一月十三日有《喜闻雪君病愈》："尊素堂前甫下车，割怜昨日雪宧书。不知药盏香炉畔，清损容颜几许除。"刚下车就关心她是否消瘦了，病魔消退了多少。又如民国九年正月二十四日又写有《闻雪君病小愈，寄二截句当柬》，用两首绝句诗当信笺，向她问候：

  因君强饭我加餐，尺简能令寸抱宽。
  镜里玉钗应尚怯，窗前绣稿未容看。

  海上东风柳乍苏，新晴蘸绿射阳湖。
  濠阳西阁南墙外，眉妩腰支似也无。

张謇远在射阳，听说沈寿能吃饭了，自己也胃口大开，想象她病体虽有好转可能仍会怕冷，希望她不要急于去刺绣。关切之情，溢于言表。

  去年寿酒滟晶杯，今日虚堂设馔来。
  泪眼犹看红烛泪，灰心都付白钱灰。
  尘凝绣谱涵生气，风动霜帏接夜台。
  空盼珍存亲手制，美名万里海西回。

首联是说，曾记得去年为你举杯祝寿，没想到今天却在灵堂设馔祭奠你。颔联是说，眼泪与烛泪一并流淌，赤心与纸钱同样成灰。颈联是说，尽管绣谱上灰尘凝聚，却掩盖不了其中蕴涵的勃勃生气；秋风吹拂着雪白的帏幔，仿佛直接与阴间灵台相连接。尾联是说，原希望你亲绣的珍品再度参加西方博览会，再度载誉归来，现在全都落空了。真像面对着沈寿在倾诉衷肠！

而民国十年八月十三日所写的《雪君百日》，更是别出手眼：

  人命真草草，奄忽已百日。摇摇居者心，若望远行客。
  客去若乱离，冥冥断消息。帷中女儿哀，未知哭有卒。
  帷外泪涔涔，复见老姊泣。女儿何所哀，母慈不再得。

弥月入母怀,千里随母侧。出入顾复间,愉晌未加叱。
十二命之学,稍稍闲朝夕。及母再三病,未许或旷业。
但从休假归,斯须侍衾席。形声懵视听,微义未仿佛。
覆载俄然倾,四顾天闶极。但呼母弃儿,茕茕中道撒。
老姊何所哀,计岁长以十。阿娘生妹时,姊发已覆额。
娘躬井臼劳,保抱替娘力。呕之学笑言,鸣之共寝息。
时之食饱饿,体之绻干湿。揽之颈与摩,导之步徐蹀。
七岁教穿针,八岁教绣刺。乘间近文字,妹也特岐嶷。
十六字于人,二十嫔于阁。有忧惟诉姊,爷娘哪得悉。
南居而北征,相从未离逖。八年来南通,积瘕乃著疾。
疾遂不可为,致疾不胜说。同队鱼沫飘,同行雁羽折。
但有涕泪双,奈何形影只。吾聆两哀声,酸割漫心臆。
爱敬在生平,义任后死责。叙之以为诗,付与挽歌唱。

　　此诗共分四层。第一层十句,总写沈寿去世后凄凉的情景,引出哭泣的女儿和老姊。第二层十八句,写女儿哭泣的内容:满月随母,千里奔波,爱护关心,从未叱骂,十二岁起,督促学习,母虽多病,不许旷业,侍奉母病,只有假日,母亲弃儿逝去,使女儿感到天地坍塌!第三层三十句,写老姊哭泣的内容:姊长十岁,从小抱持,牙牙学语,姊妹共睡,关心饥饱,带她学步,教会刺绣,识文断字,十六嫁人,二十归宁,忧愁姊知,爷娘不闻,闯南走北,从不分离,来通以后,疾病缠身,贤妹归天,涕泪双垂!第四层六句小结,写作者听到两位亲人的痛哭后,心胸如割,只能将敬爱的心情付于诗歌。诗歌用纯客观的立场,叙写沈寿的女儿与大姊的哀哭,从而渲染了浓烈的悲惨氛围。而二人哭诉的内容,还暗示了沈寿高尚的品德,同时也抒发了诗人对沈寿极其崇敬、为其病逝而极其哀痛的心情,起到了"一石三鸟"的作用。

　　沈寿去世后,张謇常常触景生悲。看到她的遗像,便痛呼:"君今何往?珍簟长空!望君归止,帘叶冷风!孰呼而出？琉璃当中！"(《雪宧像铭》)走进倚锦楼,便写道："室在人斯在,宁须远迩分。适然犹有我,是处更思君。沼净花明水,山幽树养云。无生安有病,月夜佩应闻。"(《倚锦楼》)意思是说：只要此楼在,就像人还在,何必因我们之间距离的远近而认为是分离或不分离呢！只要我还在,每到一处都会思念你。鲜花倒映在清澈的池水中,幽静的小山上树顶白云缭绕。你已经得到无生（成佛）了,怎么还会生病呢？在月色朗照的夜晚,我已经听到了你环佩的叮当声。诗人已达到出神的境界。到了濠阳小筑,由于这里曾借给沈寿住过,便写道："室未他人入,床仍昔日支。洋洋如在右,昧昧我思之……虚窗风亦启,不是病中姿。"(《小筑》)意思是说：自从沈寿去世后,这儿并没有别人来过。一切物件,都是从前的模样。虚掩的窗户被风吹开,仿佛沈寿出现了,她已不是原来病恹恹的模样了！来到介山楼,便写道："不论东奥与西村,病起何尝一到门。从我已休言尚在,死君安忍貌犹温。镜中证觉三生梦,纸上招回九逝魂。咫尺新坟来往便,楼头烟月候黄昏。"(《介山楼》)此诗回忆沈寿病倒以后再也没有到过东奥与西村。我已意识到你再也不存在了,可看到你的照片仍然那么温和。只能从镜子中来证悟三生之梦,只能写成文字来召唤你逝去的灵魂。黄昏时烟雾笼罩着层楼,你的新坟就近在咫尺啊！在张謇的心目中,仿佛到处都有沈寿的身影,到处都留存着沈寿的气息！当诗人真的站在沈寿的坟前时,感慨更为深沉："八尺峨峨新筑坟,一亭左角易黄昏。生愁五日新魂怯,秋雨秋风满阙门。"(《新坟》)

从民国十年冬天到民国十一年春天,张謇接连写了四十八首绝句,都是怀念沈寿的,这就是《惜忆四十八截句》。这是一组惨晶泣血的作品,表现了一位时代的先行者对于一位优秀技艺人才呵护痛惜的深情。现略选数首,阐释于下。

黄金谁返蔡姬身，常道曹瞒是可人。
况是东南珠玉秀，忍听蕉萃北方尘。

东汉的蔡文姬是一位才女，被匈奴掳去，曹操爱惜人才，终于花重金将她赎回。沈寿是我国东南像珠玉一样珍贵的杰秀，怎忍心让她埋没于北方的尘土中而使她憔悴呢！此首抒写了沈寿当年被困于天津时张謇急于援助她的心情。自比如曹操以重金赎回蔡文姬，一点也不为过分！

病如眠起柳屏屏，愁似蕉心旋旋攒。
谁与金刚无量寿，可怜犹作健儿看。

此首写沈寿带病授课、刺绣，诗人十分担心她的身体。诗人说，她不是金刚之躯，病到如此程度，怎能还看作是健儿呢！关切之情，充溢于字里行间。

何事商音爱楚些，学诗能自识诗微。
沉吟乐府娇娆曲，满把琼瑰泪欲挥。

短诗渐渐欲成篇，小字朝朝试折笺。
不肯示人犹避我，男儿志气女儿天。

这两首是写沈寿学作诗的。"楚些"，就是楚辞。楚辞的基调都是悲哀的，所以是"商音"。沈寿学做的诗瑰丽哀怨，读了令人泪下。例如《谦亭元日》："病起岁又华，迎神剪烛花。禳灾薄命妾，长生君子家。"又如《无题》："晚阴当幕沉沉月，春嫩阑干淡淡风。徙倚无聊还却坐，门铃怕听索丁东。"可见沈寿很有写诗的天分，其诗诗意很浓，而基调却是哀怨的。张謇称赞沈寿学诗具有男儿的志气。

臧否无关似嗣宗，时言真有大家风。
岂无适触苍芒感，却付低声一唧中。

此首赞沈寿不怕流言蜚语的优秀品德，简直像晋代的大文学家阮籍一样。由于张謇对沈寿的关心与呵护，在那个男女授受不亲的时代，难免有一些人会飞短流长。可是身正不愁影子歪，对于流言蜚语，沈寿不屑一顾。她曾写有《池上垂柳拟古》以明志："垂柳生柔荑，高高复低低。本心自有主，不随风东西。"

为劝衰年日进餐，朝朝亲手检厨单。
宁抛蔬笋甘鱼肉，总辨清浓别苦酸。

此首写张謇为了沈寿的健康，劝她多进饮食，亲自为她制定菜单。

绣谱编成稿四三，语言文字当行参。
空前独负千秋业，只有青青哪有蓝。

此首赞颂沈寿的绣谱是空前杰出之作。"只有青青哪有蓝"，是活用"青出于蓝而胜于蓝"的成语，意指并无多少继承，却空前杰出。

曾指西山有有亭，亭边割壤葬娉婷。
哪堪宿约成新谶，丹旐来时草尚青。

此首写沈寿生前曾说过，她死后请张謇将她埋在西山有有亭边，谁知谶言成真，张謇感到无比悲哀。

从上面的诗中，可以看出张謇对沈寿的关心呵护之深情。

直到多年以后，张謇尝到了沈寿亲手种植的枇杷树上所结的枇杷，更是满怀激情地写了《绣织局小院枇杷，雪宧所种，顷累累实矣，食之殊美》的诗：

可堪人去树无心，空报枝头今个金。
留与闲庭风雨说，年年须护昔年阴。

总之，张謇对于沈寿的关心呵护之深情是罕见的。作为状元公，对一位出身平凡的技艺人才如此重视，如此关心呵护，更是难得！

张謇与朝鲜诗人金沧江

张謇与朝鲜爱国史学家、文学家金沧江的交往非同一般。

金沧江（1850—1927），名泽荣，字于霖，号沧江，又号韶濩生，晚年称长眉翁。有史学著作《校正三国史记》《新高丽史》等。他所编选、校注的朝鲜作家诗文集有《丽韩九家诗选》《丽韩十家文钞》《箕子国历代诗》《申紫霞诗集》等。他另有诗文集《沧江稿》《韶濩堂集》等。

张謇于光绪八年（1882）随清军援朝平乱。在朝期间，张謇拜访朝鲜的贤士大夫，结识了金沧江。1905年9月，列强正式承认朝群由日本单独占领和"保护"，朝鲜全国震惊。金沧江因亡国之祸而悲愤至极，毅然决绝地辞去正三品通政大夫、弘文馆纂辑所纂辑委员之职，于当年10月4日离开汉城。10月7日，金沧江携带妻子儿女从仁川登舟，在海上漂泊了五个昼夜，终于到达上海。后又去苏州投奔诗友，被婉言拒绝。金沧江走投无路，只好又回到上海。他终于想起了张謇，于10月下旬在通海实业公司驻沪账房中见到了张謇，张謇热情地接待了他。10月30日，张謇安排金沧江在南通定居下来。从此，金沧江成为张謇的一位挚友，两人诗文往来不绝。

金沧江在南通濠河之滨定居下来后，张謇为了替金沧江谋求生活之资,安排他在南通翰墨林书局担任督校。金沧江一方面勤奋工作,一方面利用这个有利条件,刊印了不少有关朝鲜的史学和诗文著作。而在此后的交往中,两人写了不少诗歌作品,均被保留了下来。

宣统二年(1910),张謇写有《与金沧江同在退翁榭食鱼七绝三首》:

昨日刀鱼入市鲜,匆匆先上长官筵。
如何顿得非常价,江上春寒过往年。(刀鱼)

王字河心水不波,霜头雪尾网来多。
渔人不惜终宵苦,卧醒时闻打桨歌。(银鱼)

新城城外港通潮,蚌味清腴晚更饶。
一勺加姜如乳汁,胃寒应为退翁消。(蚌)

退翁,是指张謇之兄张詧,号退庵,长张謇两岁。张謇兄弟俩用刀鱼、银鱼和蚌肉等最鲜美的菜肴招待金沧江,张謇并写了上引这组诗,一方面与友人共同品尝美味,另一方面也抒写了对渔人辛劳的同情。因此,金沧江十分感激地写道:"通州从此属吾乡,可似嵩阳似汉阳。为有张家好兄弟,千秋元叔一肝肠!"

1911年,武昌一声炮响,辛亥革命取得成功,江苏光复,金沧江同中国人民一样欣喜若狂,写下了《感中国义兵事五首》组诗,现摘引一首于下:

武昌城里一声雷,倏忽层阴荡八垓。
三百年间天帝醉,可怜今日始醒来。

他对辛亥革命的成功表示由衷的高兴,并给自己新取了外号,自称是"中国新民""南通新民韩产金泽荣"。诗中寄托着他渴望自己祖国摆脱日寇统治、走上独立自新道路的深切愿望。

海门著名画家丁有煜的诗

丁有煜（1682—？），字丽中，一字介堂，号石可，晚号个道人，清代著名书画家，南通州（今江苏南通）府贡生，海门市人。善水墨画及摹印，尤长画梅。著有《双薇园诗钞》。

《晚潮》：

日月应为避，乾坤颠倒欹。
罡风破鬼胆，黑地打江门。
习坎从虚受，平川托静存。
簸扬非好事，往复濯天根。

丁有煜

首联以夸张的笔墨写晚潮的声势：太阳月亮都要躲避，乾坤也被冲得颠倒倾斜了。颔联仍用夸张手法。罡风，高天强劲的风。黑地，昏天黑地的省略，天翻地覆。这两句是说，强风简直能破鬼胆，晚潮将长江搅得天翻地覆。颈联用了一些难懂的词语：习坎，《周易·坎》之《象传》曰："习坎，重险也。"高亨注："本卦乃二坎相重，是为'习坎'。习，重也；坎，险

也。故曰：'习坎，重险也。'"后因称险阻为"习坎"。虚受，虚心接受。静存，宁静地思虑、省察。这两句是说，长江通过宁静地思虑、省察，能虚心接受这晚潮。簸扬，《诗经·大东》："维南有箕，不可以簸扬；维北有斗，不可以挹酒浆。"这里借指南箕、北斗二星。尾联是说，晚潮这么大，来来往往洗濯着天根。撼动了南箕、北斗二星绝不是好事，希望晚潮能小一点。所以，这首诗的构思非常奇特。

《赠沙弥》：

　　入座沙弥小，应门赖汝能。
　　五山皆有佛，诸寺总无僧。
　　寂寞栖西竺，聪明会上乘。
　　怜予双脚病，携赠一枝藤。

此诗称赞小和尚聪明，能理解上乘佛法，富有同情心，还送给诗人一根藤杖。原诗最后一句有注："时以藤杖见贻。"

《古洞一庵题石》：

　　洞一道无二，兹庵悟独真。
　　当年佛立地，迩日鸟窥人。
　　物候随时异，山情得世因。
　　白云泉自旧，澈骨水粼粼。

这个古洞景色优美，住在里边能习静悟佛法，诗人的父亲曾在洞中住了十年，故而诗人特地写诗赞扬。

《狼山东麓奠金将军墓三首》：

　　强持残息任乾坤，百折危疑下海门。
　　雪窖荆榛黄叶泪，庐陵风雨故乡魂。
　　歧途塞足狼无岫，叩阙呼天夜有猿。

知已未酬中道殒,白云绕树听潺湲。

大厦谁支一木残,杳无消息到江干。
已知国破心同死,况是唇亡齿独寒。
碧血墓门悬画戟,孤舟陆海变狂澜。
端怜心意终难悔,回首高原恸客棺!

杯酒生刍登豆笾,海滨灵杰赖将军。
尘蒙万耻辜明圣,事急千疮骇见闻。
黄土筑垣飞野鹜,青山抱骨出孤云。
我来瞻拜斜阳下,泪洒西风读断文。

这组诗高度赞颂了金应将军,他跟随文天祥赤胆忠心地抗元,结果在半路上病死于通州境内,灵魂也不能返回故乡,因而诗人虔诚地至墓前瞻拜祭奠,"泪洒西风读断文",感情非常浓烈。

《山中杂咏》:

绿水盈盈半是田,一城无恙足饶年。
桑麻匝地愚儿女,烟火连村沸管弦。
天意肯教忠信薄,山情耻以茂苞传。
品题直欲增声价,独立峰头思渺然。

首联写山的周围一半是绿莹莹的稻田,能供应一城的粮食。颔联写遍地桑麻,连村烟火音乐,农民都极朴实勤劳,一片丰收景象。颈联上句是说,老天教人要看重忠信。下句用了"山情"一词,指为山中景物所引起的情趣,不仅仅是茂盛的植物,还有其他的内涵(比如对佛法的领悟等)。尾联上句原有注:"时南庐纂修山志。"两句诗的意思是说,我站在山顶思索,有了刘南庐所撰写的《乾隆五山全志》,五山的身价会大大提高。

撰写《乾隆五山全志》的刘名芳

刘名芳,字南庐,福建人。撰写《乾隆五山全志》,为保全通州文史资料立下大功。

《夏日山居杂咏》:

> 夏木得繁枝,绵蛮啼近户。
> 鸟知罗网稀,人外依巢父。

> 坐久耳根清,珊珊梧竹响。
> 天风落袖襟,空谷起遐想。

> 风乱断烟飞,短衣开畏垒。
> 松房暑雨过,几席生秋水。

> 凉云塞径庭,举足出无路。
> 梦里波涛翻,床头有古树。

这四首五绝各有重点:第一首写树繁鸟多,鸟声可爱。第二首写梧竹幽韵,空谷遐想。第三首写阵雨刚过,几席生凉。第四首写云雾缭绕,景美多梦。

《同人集雨香庵水明楼晚眺》:

> 一字阑干半亩塘,雨香亭北水云乡。

长澄浪里天心湿,倒浴波中日脚凉。
地纵无莲堪结社,人犹有酒可流觞。
清言四座谈风起,遮莫狂奴瘦更狂。

　　一座亭子,坐落在半亩大的水塘边。天空和太阳,倒影在池塘中,使人觉得天空仿佛是湿的,太阳是凉的。可以像慧远那样缔结莲社,可以像王羲之那样以流觞喝酒。在这里,谈笑风生,狂放不拘。

沙元炳与张謇的唱和

沙元炳（1864—1927），字健庵，晚岁别号砺翁。如皋人。项本源所撰《先师沙砺翁先生事略》中说："先生年二十八，举辛卯（1891）科乡试。明年壬辰（1892），连捷成进士，甲午（1894）殿试，入翰林散馆，授编修，以二亲年高，谒告归养。颜其所居曰志颐堂。"因与张謇于同一年参加殿试，成为"同年"。再加上两人都是由于当时政治腐败而辞官回家的，故而志趣相投，互相勉励，致力于地方教育及实业。沙元炳先后创办如皋第一初等小学堂、高等小学堂、如皋师范学堂、中学堂和乙种商业学堂，自任堂长；兴办广丰腌腊制腿公司、皋明电气公司、广生德药店、裕如钱庄、鼎丰碾坊等企业；创设公立医院，组织如皋商务分会。并全力资助张謇所办企业，投资于大生纱厂、广生油厂、复新面粉厂、资生铁厂、上海大达和通扬内河两轮船公司及通海垦牧公司，兼任广生油厂经理。武昌起义后，如皋成立民政分府，公推沙元炳为民政长。民国二年（1913）又当选为江苏省议会议长，因病辞职。后又相继出任如皋县水利会会长、清丈局局长、款产处主任等职。沙元炳学识渊博，热心公益，《先师沙砺翁先生事略》中说："虽当百事倥偬之时，不废吟咏。而于乡邦文献，探讨尤勤。先贤胡安定先生为理学宗师，遗篇散佚，所撰《中庸义》自南宋以后即不复睹，先生于卫正叔《礼记集解》中检得之，乃命门人姚祖诏录出，以还此书之旧。"沙元炳有《志颐堂诗文集》十八卷刊行。

沙元炳赞赏张謇创办伶工学校，延请梅兰芳、欧阳予倩为南通培养戏剧人才；一起观看梅、欧演戏，一起评赏梅、欧诗歌。沙元炳的《梅欧阁诗录序》中写道："极天下之工者，皆足以易天下之情，而况于乐乎？吾读《卫》《王》诸风，世敝甚矣，而倭倭硕人，始夸而终叹；阳阳君子，言乐而意悲。彼遭际乱世，全身远祸，隽哲同也。而独涠迹伶官，托其才艺，平心反性之，益冀以自劾，厥志尤隐。故圣人取焉。梅欧二生，伶之极工者也。啬庵既建伶学于南通，延欧阳主之，并招梅生歌，各尽其艺。广场既开，万掌竞拊，赞不尽辞，多寓于诗。诗各异观，悉褒诸集。一简在手，百戏具陈。玩咏未竟，荡心悦魂。忽焉忾叹，思我美人。盖于古诗人之意，犹或遇之。若夫藉视听之娱，以鬯堙郁之气，非知微君子，未易观省也。"文中对梅、欧的为人与他们的演戏技艺、诗歌成就，赞不绝口。

沙元炳还写有《雪霁过啬庵，出示梅欧阁联吟集，晚间招集适然亭，观雪赋诗奉酬》："梅郎色艺天下知，欧阳曲妙诗亦奇。我持一语判二美，冰雪聪明冰雪姿。平生不识梅欧谁，妙自啬翁诗得之。一剧一诗一神态，阴阳离合不可思。翁诗脱手冻欲裂，点削犹防众材逸。要凭歌价计诗值，成吾百好俱第一。江城雪霁风廓廓，唤酒危亭软我脚。袖中正有梅欧吟，眼底惟存梅欧阁。惊鸿渺若江天长，雪印泥痕何处着。法曲仙音不可闻，梁上时惊玉尘落。南濠岂是毗耶地，天人并以花为戏。有诗酬翁翁勿哈，咏雪亦费欧梅才！"诗中极力赞颂梅、欧的才艺，同时也赞颂张謇对人才的爱惜。

沙元炳与张謇，共同呵护沈寿。

沈寿生病后，张謇多次请沙元炳为她治病。当沈寿第二次大病被沙元炳治愈后，为了感激沙元炳，沈寿特地绣了一幅《九九喜子图》送给他。这是一件刺绣珍品，上面共绣了九九八十一只喜子（蜘蛛），均栩栩如生。沙元炳一直想写一首长诗回赠沈寿，但迟迟未能动手。民国八年（1919）二月十四日，张謇自己先写了一首长诗，故意挑逗沙元炳，逼他赶快写诗。这首长诗便是《健庵得〈九九喜子图〉，欲作长歌，意殊矜慎，因先挑以发之》，诗中细致刻画了沈寿绣这幅作品时的专心致志以及所绣喜子的生动传神，希望沙元炳早些写诗回报她。

沙元炳不久写了《雪宧绣赠〈九九喜子图〉，为频年疗疾之酬，啬庵要作诗，迟迟未成，啬庵以诗先之，长歌寄答》："惟蚕有茧喜有丝，两虫巧均功殊施。竟以蚕绩代喜用，造物虽巧无此奇。喜子七四喜母七，八十一喜巢九室。一室悬当空，老蟆翳景轻云烘；一室圆且缺，潭底光摇初八月；一室室开微见喜，仿佛日中著黑子。旁掇六室丝蝉联，烂银摊叠墨西钱。小者队队虮蜉生，大者脉脉缘壁行。横看侧视各异态，岂暇评到针线迹。开縢真欲无丹青，九九春尽寒雷号。东风拂户多蟏蛸，自我得此图，冻蝇抢抉不敢近，髯奴缚帚惊欲捎。坐中邻几素近视，直疑粘壁非生绡。雪宧图赠云酬医，啬翁挑我先以诗。图如片楮费三载，诗亦宛转千丝为。我无灵药不龟手，百金买方嗟何有。吟诗但作苍蝇声，口软何以钩物情？准俟重九寿堂张，式燕且喜长毋忘。人间珠玑不足报，计直惟籍君诗当。"此诗对《九九喜子图》作了更为精细的描绘，简直认为所绣喜子就是活泼泼的蜘蛛！诗中说："自我得此图，冻蝇抢抉不敢近，髯奴缚帚惊欲捎。坐中邻几素近视，直疑粘壁非生绡。"用苍蝇不敢近前、奴仆欲去掸帚、邻人错认活蛛粘壁一烘托，就将绣幅上的喜子写活了。我们虽然没有看到这幅刺绣，但它仿佛就展铺在我们的眼前。

沙元炳《书雪宧绣谱后兼以志悼》诗写道:"往观雪宧绣,墨墨不敢称。古来百艺呼神呼圣亦尝有,试叩神圣何功能?工者不自述,赞者无由名,胪传皮傅空随声。允矣张季子,知不得赞由不明。赞且不可得,况欲人人心指如其灵。至巧使针如使笔,针不自达仗笔形。要令天下女子手,极妙肖处天能争。惜哉谱成不竟授,身殉针死针不生。我今观此谱,虽欲赞叹君得听?呜呼九针法在不能使,嗟我枉读《灵枢经》!"此诗通过赞颂绣谱哀悼沈寿的英年早逝,并对自己的医术不高深加谴责。由此可见沙氏对这位绣坛才女也是钦佩至极的。

沙元炳与张謇,两人在庆贺生日时,互相勉励,不断提高道德修养。

沙元炳写有《退庵七十寿,啬庵为筑千龄观于南濠之上,于其生日,招素所习年六十以上者八十三人,置酒为寿,为赋此诗》:"啬翁平生业,所志开屯蒙。辛苦扶弱植,寸寸期成龙。育苗必粪本,春华托冬荣。感怀少年友,齿发俱成翁。推我华萼谊,衍为桑梓恭。敬兄先其长,一酹分千钟。峨峨千龄观,规制灵光崇。濠阳一泓水,力返雎洛风:愿言万桃李,识此凌寒松。燕乐诚细事,新俗须弥缝。此意足千岁,此观多华嵩。"诗中高度赞扬了张謇为八十多位长寿老人集体作寿的壮举,称他为"凌寒松",认为"此意足千岁,此观多华嵩"!

民国十二年九月十一日,张謇写有《重九日与烈卿、辅之、保之同至如皋,寿健庵六十生日》诗,诗中肯定了沙元炳以儒佛思想被除世忧的胸襟,设想有"大如瓮"的蚕茧,"衣被天下蚕亦足"。确有杜甫《茅屋为秋风所破歌》的伟大情怀!

两人经常聚会唱和,诗酒留恋,交流感情,增进友谊,切磋诗艺,提高水平。两人这种往来很多,现略举两例于下:

沙元炳《中公园宴罢,啬庵召赴与众堂小憩,冻雨适至,赋诗呈啬庵》写道:"酒半云山傍席生,主人别院趣车迎。品文坐识万年异,阅世堂高二老名。前湖忽作釜鬵沸,满屋齐飞琴筑声。政藉增川祝眉寿,小诗还为雨摧成。"

张謇和作:"客散雨来粗,惊风骤满湖。九天何玉女,万颗撒丰珠。化水惟增涨,还空已到涂。轻雷刚与送,烟树尚模糊。"

沙作重点写主人的情意,张作重点写雨中的景色,两作相互补充,相得益彰。

沙元炳《雨霁舟泊濠阳观涨用前韵要啬庵同作》写道:"日数矶痕落复生,静窥窗色雨还晴。插波灯关将连影,隔岸市吞向夜声。坐觉川原随物换,若论图画岂天成。狼颠淮践来朝约,伫看江光着面迎。"

张謇和作:"九晴一雨雨师工,进止宾归早暮中。涨满远浮灯过岸,波跳直引水连空。汀凫自畅蒲荷浴,桁燕微迎薜荔风。英绝故人还有几,得偕清话莫匆匆。"

两作均将感情融化于景物描写中,景与情达到了水乳交融、和谐如一的境界,堪称珠联璧合!

张謇挚友、海门著名诗人周家禄

《南通县新志·耆旧传》:"周家禄,字彦升,一字蕙修,晚自号奥簃老人。海门厅优贡生。世居通之川港沙。为人渊懿简默,往往畸人广座中,意有所不然,辄倚坐不语,然性善酒,醉后清辩滔滔,间杂豪宕偏激之辞,于世无忤也。先后游于诸名师间,未尝以荣利自为,然亦不斥訾责人以为名高。与张謇、范当世、朱铭盘、顾锡爵等,自弱冠即结深契,其后交游率海内英耆,然卒莫与此五人者并也。铭盘、当世先后卒,謇自中年后即专意于农工商诸业,独家禄与锡爵以文字老焉。家禄卒而锡爵为铭其墓,因颇论断其文,叙所著书凡十三种,百有二卷,曰《经史诗笺字义疏证》,曰《三礼字义疏证》,曰《谷梁传通解》,曰《三国志校勘记》,曰《晋书校勘记》,曰《海门厅图志》,曰《朝鲜国王世系表》,曰《朝载记备编》,曰《朝鲜乐府》,曰《国朝艺文备志》,曰《反切古义》,曰《公法通义》,曰《寿恺堂诗文集》。民国元二年,范铠为《南通新志》,于古今志例不欲有所袭,独引《海门厅图志》资效法焉。"

张謇《寿恺堂集序》:

此亡友周君彦升生平撰著之所都也。君既殁之十三年,季子坦写君手定之本付印,印成视余,请谓之叙。乌乎!余忍叙君之撰著也。夫君与余为文字学问之友,综其踪迹始终离合获益之效,略可忆数焉。君长余七岁。方余弱冠始识订交时,君以文采声名踔越州乡,余苦系讼求脱皇皇吏胥之间,暇理举业以自振拔。君教授近里,戢朋唱酬,益研故籍,闳其蓄蕴,岁时接对,从论训诂,旁及比偶声律之文。此一时也。余既旅食,旅客军中,君膺修方志,从容著述,劳襟逸抱,䆫以诗篇,并辔文战,败相存恤。此又一时也。渤碣之间,风云涌作,吴公招君同掌笺记,由是涉历下,道黄陲,住蓬莱,眺芝罘,方舟乎句骊,遭回于平壤。余以幕务旁皇亟肆,君才敏事理应若有余,遇感同赋,稿辄先脱,胪情托讽,豪健多君;君亦谣吟自喜,屡而无疲也。此又一时也。甲申以后,人事沧桑,一时同辈,翻飞迸散,君浮湘徂闽适鄂抵燕,书币弓旌,江甲海乙,隶属而至,未尝不壮君之游而悲君之悴也。余自吴公之殁,无意诸侯,一客汴梁,数月即去。由是展转都讲,淹逾累岁,偶玷朝籍,而官非其本怀。又奉讳遽归,遂自远于人外,感激时会而奋志农工,杂伍佣侩,开径自行,长往不顾,此数年中与君趣异,赠答不嗣,迹亦疏焉。此最后之一时也。君生平刻意好文,又好为考据雠校之学,所为书若《经史诗笺字义疏证》,若《三礼字义疏证》,若《〈谷梁传〉通解》,若《〈三国志〉校勘记》,若《〈晋书〉校勘记》,若《海门厅图志》,若《国朝艺文备志》,若《反切古义》,若《公法通义》,若《寿恺堂诗文集》,凡百有二卷,侈矣甚夥。然意所大得,在文与诗。其所倾向,不规规摹拟古人而择于尔雅。文或屈郁纵宕而尽其恺,或妍丽博赡而振其华。至其为诗,若春条扬花,谷泉送响,风日会美,而林壑俱深,其殆有会于丝竹之音者多也。君晚归里,意倦于游,每见款款,辄作深语;趣若渐近,不复以余倔强为非,而年则俱老矣。君殁而余益儃然俯仰人世,求荦确异趣如君,岂可复得。何况少壮,追维坠绪,如梦如影,其曷胜掩卷之悲也耶!南通张謇。

《人日醉卧观南窗月影》：
> 妙画出天然，非关笔与墨。
> 风弄竹枝斜，月挂梅梢直。

这首月影小诗，俨然一幅绝妙的绘画小品，令人三复其味！

《宿友人宅晨起观西山积雪》：
> 天公夜遣双玉龙，夺我窗上青芙蓉。
> 梦中掷笔与龙斗，笔落长作千丈松。
> 龙怒攫山不能举，化为昆仑白玉之双峰。
> 昔年问字渭阳宅，正有柳絮飞严冬。
> 东窗一白渺无际，五山突兀排垣墉。
> 琼瑶不意复在眼，快如佳士今重逢。
> 西峰直下一千尺，石上有我题诗踪。
> 何当著屐陟松顶，醉吟一洒寒酸胸。

前八句凭空想象，气贯长虹；后八句描绘逼真，敞开心胸。

《某翁宅观梅》：
> 翁家梅花亦奇绝，花开但见一身雪。
> 雪色弄月月色昏，雪意欲断梅花魂。
> 西邻秀才昔年少，脚踏罗浮岭头草。
> 眼中琼瑶一千本，俱言不似此花好。
> 秀才爱花手能写，翁今爱客亦奇者。
> 主人觞客容客狂，烂醉同眠此花下。

由梅及人，写主客爱梅之情，更能显示梅花之魂矣！

《小艇》：
> 小艇三人共，滔天一叶微。
> 橹声沙雁浯，帆影野凫飞。
> 窗破眠看月，篷低跪著衣。
> 诗成无处写，吟诵忍朝饥。

写小艇游乐之趣味如画,读后令人跃跃欲试!

《江宁杂咏》:

　　碧血千街绣作苔,乌衣万户散成灰。
　　青山不管人间事,白骨相从地下哀。
　　南朝王谢无家日,梁燕飞从树上栖。
　　今日并无巢树处,满城惟有草萋萋!

将江宁荒凉冷落景象写得如此逼真,令人惊心动魄!

《春雨》:

　　一春阴雨半春醒,难得开帘十日晴。
　　花气薰人如卯酒,莺声留客过清明。
　　残红恋树桃将实,新绿窥墙竹有荫。
　　谁似溪南水杨柳,乱舒愁黛管离情。

首联写春阴难得晴。颔联以卯头酒(早上起床后即喝酒)比花气,以留客过清明形容莺声的美妙动听,真是绝妙好辞。颈联以"残红恋树"写桃将结实,以"新绿窥墙"写竹将成荫,均极富诗情画意。尾联写杨柳的袅娜多姿用"乱舒愁黛管离情",也恰到好处。

《与张树人育才订交喜赋》:

　　我年二十五,长君裁七龄。赧颜为汝兄,颠倒不在形。
　　秋风吹散袤,顿我长眉青。读书眼如炬,快论新发硎。
　　四始有妙义,古训久沉冥。安得匡鼎说,豁若启重扃。
　　贱子不自量,解诗别畦町。风以国为纬,雅以世为经。
　　多持传笺古,决破章句荧。君见盛称许,谓如寐得醒。
　　古书浩烟海,助我采芳馨。但令义完美,不厌辞畸零。
　　感汝用意厚,吾道免伶仃。相期为鸾凤,振彩耀明廷。

此诗不仅写出了二人友谊之深厚,叙述了张謇对周家禄《诗经》研究成绩的肯定,表达了周家禄对张謇十分仰慕与崇敬的心情,还给我们保留了一条极重要的资料,就是张謇年轻时曾名育才,字树人。前人命名,名与字的含义往往有关联,育才与树人同义,都是培育人才的意思,由此可见张謇年轻时就十分重视教育事业。

《秋风篇寄张育才》:
  昨赋浊酒篇,束皙醉我黄花筵。
  今晨坐忆张公子,三十六鳞断秋水。
  文雄虽困翼垂天,草圣何妨头箸纸。
  闻君惛憭感秋风,邹阳枚生忧正同。
  猛将失机宝刀折,娉婷不嫁头飞蓬。
  君初髫发便知名,胜衣长揖汉公卿。
  联诗每窘太官令,太草无过张伯英。
  清虚斋前见君札,我年廿五君十八。
  麒麟笔陈已无前,玉树风姿几看杀。
  绿梅窗下休尘鞅,上口新诗吟朗朗。
  郑谷人称一字师,微之我愧七年长。
  同时才调凌青云,此日悲愁齐断魂。
  天机锦字摧落叶,中妇流黄啼市门。
  北平散卧理应尔,项籍拔山亦如此。
  蛾眉老我入中年,猿臂及君犹稚齿。
  风云转变在须臾,劝君善保千金躯。
  文章若求俗匠得,问君何用夜光之璧明月珠?

汉武帝《秋风辞》:"秋风起兮白云飞……箫鼓鸣兮发棹歌,欢乐极兮哀情多,少壮几时兮奈老何!"此诗题为秋风篇,既有感伤之意,而更多的是勉励张謇乘少壮之时应更加努力。

《送张育才并呈孙观察云锦》:
  寒梅初作花,已具霜雪色。松柏未成林,拔地先杰特。
  之子有远行,忼忾气多直。地大托根厚,犹自伤薄植。
  枝叶待发舒,英华贵藏匿。君看岩下柯,茌苒始针棘。
  当其潜滋长,相忘日夜息。人事所不至,乃见真宰力。

参天岂自由，材大终立极。萌芽未坚固，慎勿自摧折。

周家禄长张謇七岁，所以处处以大哥的身份勉励他，以参天大材期望他，以慎勿摧折萌芽呵护他，真正是关心备至啊！

《张育才临行戚戚，欲有以慰之，作明明月篇》：
明明月照君高堂之素壁，父母为君治装，兄嫂为君具食。
九洲四海从此始，君独何为涕沾轼？朝登钟山望柳西，
日影依依草堂侧。暮下白门送江水，照见诸兄好颜色。
桐城观察人中豪，必能为君生羽翼。渥洼老马产神驹，
生子惟求识者得，若将老死盐车下，何必当时伯乐识。
君有父母我扶持，君有兄弟我埙篪。秋风归娶手牵丝，
江山拜献孝子诗。劝君且去莫嗟咨，鲲鹏变化会在兹。

张謇要离家进京赴试，与家人依依不舍，周家禄不仅鼓励他，还答应照顾他的父母兄弟，期待他"鲲鹏变化会在兹"。同乡好友，情逾手足，真令人感动。

《更名篇寄张季直謇》：
严光易姓今无所，罗隐更名古有例。
君名昔与我同音，更名育才字曰季。
育才今又更为謇，不独更名兼改字。
謇之为文古通蹇，匪躬蹇蹇谈何易。
謇修为理耻自谋，謇叔哭师遭忌讳。
申繻称名古有五，以字证名识君意。
直言謇谔非所短，请君还思謇吃义。

诗从古代名人严光和罗隐改名讲起，然后着重说到他名謇字季直的含义。"謇谔"也可以写成"謇愕"或"蹇愕"，正直敢于讲话的意思。"蹇蹇"也可写成"謇謇"，忠诚正直的意思。所以周家禄说"謇之为文古通蹇"。"匪躬蹇蹇"来源于《易经·蹇》："王臣蹇蹇，匪躬之故。"意思是说，臣子们那样地忠诚而辛劳，并不是为了自身的私事。因

此，要真正做到"匪躬蹇蹇"是极不容易的。"謇修为理"出于《离骚》："解佩纕以结言兮,吾令謇修以为理。"謇修，媒人，屈原的原意是说让媒人去替他说媒。周家禄借此说明张謇决不为自己谋利。"謇叔哭师"是说爱国人士謇叔在秦国君王出兵侵略别国时嚎啕痛哭，遭到君王的痛骂。周家禄的意思是你张謇如此正直敢言，也会遭时忌讳，对你是极为不利的。古人申繻有五个名字，都是含有深意的，你用季直的字来证实你名謇的用意我是领会的。而诗的最后两句"直言謇谔非所短，请君还思蹇吃义"，用意更深刻。蹇吃，是口吃的意思。周家禄告诫张謇：正直敢言当然是优点，但有时还是假装口吃为妥。周家禄非常担心在那"风雨如磐"的环境中，正直敢言会对张謇不利。由此可见，两人的情谊是多么深厚啊！

范伯子诗歌的艺术特色

范伯子诗歌的深厚功力，在很大程度上得力于悠久的家学渊源，当然，也得力于他的广取博采，好学不倦。桐城姚莹孙女蕴素为范伯子继室。蕴素颇有诗才，著有《蕴素轩诗集》，夫妻唱和，切磋诗艺，伯子颇得其助。蕴素之弟姚永概，也是近代诗坛著名诗人，有《慎宜轩诗集》，其诗秀爽警炼，沉郁顿挫，语必生新，志在独造。他不时与姊夫范伯子讨论诗艺，互有影响。

钱仲联教授在《三百年来江苏的古典诗歌》一文中说："到了同治光绪年代，以陈三立为首的同光派诗人，展开了宋诗运动，在江苏的一面旗帜是范当世。"又说："当世诗雄才大笔，浩气盘旋，与其他同光体诗人以僻涩尖新取胜的不同。内容也比较能反映现实……近人论同光体诗，笼统地贬斥为形式主义文学，范当世的作品，正好有力地否定了这一不公允的论断。"事实胜于雄辩，范伯子是同光诗派的中坚，他的诗歌成就决定了他在中国诗歌发展史上应有的地位，任谁也否定不了。

关于范伯子诗歌的艺术特色，笔者已在《同光诗派的一面旗帜——范伯子》中作了详细论述，这里只作简略介绍。

在内容上的特色：一痛恨时局糜烂，关心民生疾苦。在范伯子诗集中，颇有愤慨时局、揭露弊端、关心民生疾苦之作。他曾自称："万语纵横惟己在，十年亲切为时嗟。"（《戏题白香山诗集》）"细思我与国何干，惨痛能来切肺肝……竟与丧家为代哭，可怜真个泪阑干。"（《夜读遗山诸作，复自检省乱来所为诗百余首，至涕不可收，愤慨书此》）他对于政局糜烂的痛心疾首，几乎无法用语言来形容。

《苦雨并闻雹伤麦，四叠前韵示梦湘》诗写道：

去年恒雨亦恒晴，四野啼号梦已惊。
正作麦秋仍有害，可怜萌庶欲无生。
檐花惨落悬无影，陇树愁兼飞雹声。
俯仰人天尽于邑，老儒何术论升平。

痛农民之所痛，急农民之所急，虽为一介老儒，并无一官半职，却为自己无术致太平而感到痛心疾首。这和杜甫、屈原等古代伟大诗人爱国爱民的感情正是一脉相承的。

二，范伯子热爱家乡的感情，在诗歌中表现得很充分。

《东郊道中》写出了家乡的美景：

碧涨回溪满，风芦对岸斜。
群鱼嬉水鸟，深草著秋花。
日午人归犊，阴浓妇浣纱。
愁闻积霖后，户户有农嗟。

秋水满溪，碧波荡漾，两岸长满芦苇，随风摆动。水中一群群鱼儿在自由地游动，几只水鸟从空中陡然落下，长喙伸向水中，似跟鱼儿相戏。溪边的杂草上缀着各种颜色的小花。正当日午，牧童牵着牛犊，放牧归来。浓密的树荫下，妇女们在忙碌地浣纱。这本是多么优美和谐的农家乐啊！可是，"愁闻积霖后，户户有农嗟"，秋雨连绵，酿成水灾，农民们正在发愁叹气呢！这首诗中既饱含着诗人对家乡美景的热爱，又饱含着诗人对家乡受灾农民的同情。

对家乡的五山，诗人更是情有独钟，屡屡见之于吟咏。

《次韵旭庄登狼山》一诗，显示出范伯子对故乡风物的情深似海：

> 乱世江山剩可怜，清游未欲妒君先。
> 一番云起藏峰出，八海潮来断港连。
> 陇麦香风仍可饵，山茶活水且同煎。
> 兹方僻远浑无事，安得凭临万里天。

竟然妒忌友人比他先游狼山。对于云起峰出、潮来港连的景象，诗人赞不绝口。他要以麦陇香风当饵，用山中活水煎茶，登临狼山最高点，凭栏临眺万里天。

范伯子诗歌的艺术特色：一，诗境鲜明生动，诗思寄托遥深。

范伯子的写景诗，能抓住所写景物的个性特征，着力刻画，使其形象鲜明，生动逼真，但又不是纯粹写景，而是具有深远的寄托。如《江心晚泊》：

> 江北江南路总非，江心一蝶背人飞。
> 空波不长浮萍草，夜色苍茫何处归。

这是一幅多么生动的"江心飞蝶图"啊！江心一只孤独的蝴蝶，背着舟中的人向远处飞去，在苍茫的暮色中越飞越远，渐渐地看不见了。忽然，诗人替这只蝴蝶担心起来，江心并不长浮萍草啊，何处是它的归宿呢？诗人不动声色地写到这里便戛然而止，余味让读者自己去体会。读者不禁要问：诗人仅仅是写蝴蝶吗？当然不是。首句"江北江南路总非"便暗暗地透露了消息，这实际上是诗人在暗示自己无路可走，在现实生活中找不到归宿啊！尽管一点痕迹也未显露，但诗人彷徨无依的苦闷心情却跃然于纸上。真是"不著一字，尽得风流"啊！

又如《清溪浅水徐舟》：

> 蔼蔼溪云澹若仙，循溪水鸟不飞烟。
> 定须阅尽风波后，回望江湖始可怜。

三、四两句是点睛之笔，人只有经历了无数风波之后，才能体会到祖国山河的可爱，其中蕴含着多么深的哲理啊！

另一类是叙事诗，在叙述日常生活事件中抒发感慨，寓有深意。如《出门所遇多京师间道流落不堪之人，舟中连榻一人谈尤痛》：

> 径从海角扬帆过，谁肯纤回路几千。
> 今日子身流落者，多言间道死伤边。
> 豺狼异域纷当户，鸾鹤中朝尽化烟。
> 草莽微臣百不晓，只知昨日是尧天。

此诗记叙了诗人曾在船上碰到的都是京师间道流落不堪之人，听到了同舟一个流落者的谈话内容，这个连榻的人说如今豺狼遍地，像鸾鹤一样的优秀人才惨遭杀戮，全都化为烟雾。可他并不知晓这种情形，因为昨天还是"尧天舜日"般的太平世界！在平常的叙述中蕴含着多么深沉的愤慨啊！

再看《伯严卒哭，同行舟中有赠》：

> 怜君似我无根蒂，仍向江山泪眼开。
> 云物徒供一身老，干戈更杀百年哀。
> 蓬风卷发垂垂尽，蜡炬烧心寸寸灰。
> 作述从容要三世，剩容泣导后生来。

此诗记载了他的亲家陈三立有一次在船上突然哭起来，这本是一件极平常的事。但一位著名诗人突然痛哭，又不寻常，特别是诗中"蓬风卷发垂垂尽，蜡炬烧心寸寸灰"两句，将诗人的极度悲愤心情抒泄无遗！

二、诗风精华内敛，令人回味不尽。

范伯子的这一类诗，精华内敛，读者往往需要经过仔细品味，才能领会其妙处。

如《留别新绿轩》写道：

> 篮舆侧放山门下，我作山人尽一餐。
> 芳树如闻啼鸟怨，残英犹恋去年看。

>   百年香火崇碑在，四海烟涛一剑寒。
>   莫复殷勤为后约，还山古有万千难。

　　新绿轩在黄泥山，是诗人青年时期的读书处，故而离别时心情相当复杂。首联是说，送他离去的篮舆已经停放在山门下面，作为山人，他在这里，已是吃最后一餐饭了。一起笔即已充满难分难舍之情。颔联是说，面对着开满花朵的树木，仿佛听到连鸟儿都在哀怨地啼叫着，因为它们舍不得诗人的离去；面对满山残英，想到去年春花怒放时那灿烂的景象，仍十分留恋。颈联是说，黄泥山具有百年香火之盛，请看那高大的石碑不是矗立在那儿吗？可诗人这次离开新绿轩将四海为家，出没于烟涛之中。贾岛有《剑客》诗："十年磨一剑，霜刃未曾试。今日把似君，谁为不平事。"贾诗充满怀才不遇的激愤，而范伯子在"一剑"后用了一个"寒"字，不仅十分含蓄地表达了怀才不遇的激愤，也预示着前途的坎坷。尾联是说，不必与新绿轩留什么后约，从古以来想再还山都是十分困难的。这首诗的感情相当复杂：既留恋新绿轩，又希望到外面去闯荡一下，展一下身手，可又为前途的坎坷担心，充满怀才不遇的激愤。而诗的表面，又似乎仅仅是惜别。全诗体现出精华内敛的特色。

　　三，气骨雄奇峻嶒，感情悲痛沉郁。这种特色，在七古中表现得尤其充分。

　　请看《叠韵再示蕴素》：

>   相与蚩蚩皆为口，多至万钟少一斗。
>   一饱以外皆可删，三时却有饥肠还。
>   正及饱时役筋力，不得填躯沟壑间。
>   吾观营营九衢上，总缘归博妻孥赏。
>   人生一世岂无情，但当画界守坚城。
>   堕地已分天一尺，涉及分外皆非荣。
>   天津一角池台里，明月梅花有妻子。

> 得钱归博亲堂欢，馔有嘉鱼妇翁喜。
> 君不见昔病家园寸步难，手枕琴徽无力弹。
> 胆落空阶秋叶响，返卧藤榻天难攀。
> 岂意飞扬有今日，颇膺拙分主青山。

劈头就说，按照世俗的看法，追求荣华富贵是永远不会满足的："多至万钟少一斗。"其实，一饱以外，夫复何求？他的原则是："人生一世岂无情，但当画界守坚城。堕地已分天一尺，涉及分外皆非荣。"现在我们在天津生活得很好，有收入可以赡养父母，体格也健壮起来，不再像以前在故乡时病体难移，无力弹琴，落叶惊魂，卧榻难攀了。诗似乎写得很平淡，却掩不住怀才不遇的悲愤！

再请看《学方老醉歌赠敬如，且俾戏示爱沧公子》诗：

> 江风海雨天正昏，酒阑灯焰人无言。
> 明星三五在云里，出没深夜孤光存。
> 尔我何为共兹世，岂不欢然令可继。
> 堕地辛酸有同异，百年强半为生计。
> 苏季欲以东周兴，哀哀王赧今无势。
> 康庄大第生荆榛，驺衍微言又谁契。
> 我历人间径途百，自求饥冻非人迫。
> 今我何从吁将伯，尔今犹是信陵客。
> 岂忍妻孥入门责，问渠应有周身策。

开头四句，以风雨大作、天地昏黑的自然景象来烘托酒阑灯焰中诗人的凄苦形象，令人震惊。"尔我"四句，直抒胸臆，书生全为稻粱谋的可悲喷涌而出。"苏季"四句，运用苏秦与驺衍的典故，反衬自身的不幸。最后六句，自我解嘲，说"我历人间径途百，自求饥冻非人迫"，仿佛烦恼都是自找的，实际上这是皮里阳秋的手法，蕴含着更大的悲愤在内！

姚倚云与范伯子的夫妇唱和诗

姚倚云是杰出的女教育家,这在中国近代史上,真如凤毛麟角,而更难能可贵的是,她诗才横溢,从小就酷爱诗歌,一生吟唱不辍。顾公毅《蕴素轩诗集序》中说:"秋初……先生正曝书于庭,检一小册示公毅,上署《蕴素轩少时诗稿》。稿蝇头小楷。谛视之,先生之手笔也,而评者为吴冀州,就所识年月考之,则已越四十年。墨迹如新,粲然夺目……冀州于其《送别二兄》'黄鹂紫燕舞春风,水碧山青绕江树。长天杳杳看归鸿,短梦依依闻杜宇'句评曰:'顿开异境,飘洒不群,吾家梅村恐尚未到此。'于《初秋闲理小园寄仲兄》'蝉噪高林际,蚓鸣砌草根。秋风穿牖冷,疏雨扑帘繁。庭树纷残叶,壁苔长细痕'句评曰:'如此方谓之情景交融。'于《中秋月夜怀二兄三弟》'秋露凝花坠,凉风掠袖生。徘徊良夜永,游骑杂歌声'句评曰:'韵味悠永。'《雪夜忆仲兄》'佳日宜人增怅望,严寒萧瑟倍思乡'句评曰:'逸气横生。'《送三弟之江阴》'儒生任穷达,励志追先哲。独念川途劳,勉慎风尘劣'句评曰:'纵横如志。'《三弟以诗来索和答之》诗凡八章,章各有评。曰:'一往情深,言情之善则也。'曰:'疏宕。'曰:'奇幻不可思议。'曰:'琅琅有声。'曰:'沉痛。'曰:'韵态天成,不事雕琢。'曰:'此篇气势尤为奇纵。'曰:'情韵深美。'而于卷端大书特书,曰:'风格高秀,体裁澹雅。绝无闺阁之态。固由毓德名家,濡染有源,亦是天挺璪姿,非复寻常所有也。'公毅披览再四,无任景慕。昔闻冀州评伯子先生诗,谓为海内无对。于先生诗,评又若此。其力任为介宜矣。先生之诗,老而益工。所历即艰苦,一视乎义命而安之。故其为言极舒迟澹泊之致,世更有冀州其人,不知作何赞叹也。"

姚倚云的道德情怀,热心教育、淡泊名利的思想品质都表现在诗歌中。她与范伯子新婚以后,有《呈夫子》诗:

岁次在己丑,其时乃孟春。万物吐宿秀,草木刚怀新。
结褵事君子,于归赋良辰。同心欣静好,燕婉愧蘩蘋。
富贵安所重,儒术惟可珍。文章增纸价,诗书未全贫。
林泉堪养志,穷达任曲伸。贤者固乐道,超然遂天真。
闻述先世德,始知堂上仁。清族传盛泽,孝弟昆季淳。
陋质虽不敏,焉敢惮劳辛?老亲择士艰,十年得斯人。
岂惜丝萝弱,千里缔婚姻。足慰生平意,冰雪谊相亲。
少君躬出汲,良妻自荷薪。续史承优召,解围对嘉宾。
懿行去以远,文采留经纶。东风展群芳,日暖名花香。
青青窗前柳,蔼蔼春山光。暝烟横翠岫,庭际余残阳。
官阁一凭栏,归鸟凌虚翔。纤月破黄昏,寒辉绕曲廊。
疏星悬树杪,幽院起苍凉。静观生意满,美景皆词章。
瞬息将三旬,何时见高堂。无违在凤夜,勉力侍姑嫜。
欲穿望云心,迢迢川路长。失恃惭妇德,思之诚恐惶。
书此聊自勖,勿作俚辞忘。

可见姚倚云对自己的婚姻极为满意,"富贵安所重,儒术惟可珍。文章增纸价,诗书未全贫。林泉堪养志,穷达任曲伸"。她找到了理想的、志同道合的另一半,她认为儒道与文章的价值最高,设想将来能与丈夫一起安贫乐道,徜徉林泉,联袂吟唱,这是何等惬意的人生!范伯子去世后,她的亲家（女婿之父）陈三立要送垦荒田给她，她坚决拒绝；通州长官送膳养银给她，她用来办学。徐昂《范姚太夫人家传》中说："越十年，而先生没于沪。婿父陈伯严入吊，赙垦牧田券，坚辞。陈挥泪去。已而王州尊致膳养银，太夫人曰：'伯子有弟，未亡人且有子，如之何其纳之？无已，其以此兴女学乎？'繇是与邑绅创公立女学校，张退庵老人僦吕家巷为校址，三年成迹炳然。张啬公复易珠媚园建女子师范校，聘太夫人为之长，历十有五年，校誉冠乡国。岁己未，姨侄方时简主政安徽实业，恳长女子职业学校，应之，周甲后，退啬二公复延之女校讲授《四书》，学子由由然如婴儿之得亲慈母也。"

光绪十四年（1888）十月，范伯子在去安福续婚的途中写有《入滩河易舟，闻舟人言往月安福使人迎探状，惭恐弥甚，心神益焦，辄复为诗十九韵》诗，诗中说："顺康元老家，乾嘉大儒系。道咸名公孙，同光诗人子。蔼蔼敦诗媛，持以配当世。"从中可看出范伯子对桐城姚氏的仰慕之情。而到了安福，还未过门的姚倚云竟写了一首长达三十多韵的诗给范伯子，表示婚后要回南通侍奉他的双亲。范伯子很激动，写了《成婚有日，内子为诗三十韵，以道其相与为善之意与其迫欲侍舅姑之忱，余亦作三十韵答之》。"虽然惮尔才，岂不恋尔德。"是这首诗的关键两句，写出了范伯子当时面对这位德才兼备的女子，心情何等激动，他已经十分具体地感受到了婚后甜美幸福的生活："与子今偕潜，静言抚琴瑟。琴瑟鸣愔愔，寒水流汩汩。服芬亦为君，与子花间逸。"

新婚以后，两人的确是琴瑟谐和，频频联唱。

光绪十五年三月，范伯子生病。姚倚云写诗安慰他，范伯子有《戏答蕴素见慰诗，次其韵》：

鸱夷腹大柱如壶，藏水盈怀滴酒无。
久病焉知药良否，怀人经见草荣枯。
春蚕漠漠初为茧，宵露瀼瀼渐有珠。

早晚庭堂与歌笑，平生志事未全输。

　　尽管生病，因有爱妻在旁歌笑，仍然很乐观，感到"平生志事未全输"。

　　姚倚云有《次夫子韵》《再次韵》：

　　　　好鸟花间唤倒壶，绮窗清兴未能无。
　　　　名山扫黛迎朝旭，沧海澄波隐夜珠。
　　　　倦眼乍开疑是醉，回肠搜索岂为枯。
　　　　怜君乡思听疏雨，拨闷哦诗兴不输。

　　　　风花尽入九华壶，近日春深景欲无。
　　　　遥对山城歌慷慨，闲看草木惜荣枯。
　　　　一宵蟾吐云如绮，十日鹃啼雨似珠。
　　　　却病勉为灯下课，愿将绵力为君输。

　　姚倚云殷勤地侍候丈夫，"愿将绵力为君输"，而她除侍候药物食品外，主要是精神疗法："拨闷哦诗兴不输。"

　　五月，范伯子病情加重。六月初，病剧，"十五年夏，吾大病而归，喑不能言，手不能作一字"（《顾师母王太恭人八十寿序》）。连医生都毫无办法，已停止用药，范伯子怀着狐死首丘的想法凄然孤身回归故乡。大概由于范伯子极力劝阻，姚倚云未能陪侍丈夫一起回通州。

　　姚倚云在临别时有《送别夫子》诗："束装归路悦庭闱，独愧私恩妇识违……银河挂户星斜度，高柳当窗萤暗飞。"心境凄然。范伯子回通州后，她又写有《六月十五夜寄怀夫子》诗："清辉万里抱城郭，白云缥缈天际薄。遐思迢迢欲飞翻，青灯焰焰慰寂寞。流萤低飞光入帏，蟋蟀凄鸣声绕阁。微风细浪漾池苹，冷露无声藕花落。空庭俯仰独萧条，忆君孤帆何处泊？"思念夫君的恳挚之情，充满字里行间。

　　七月，范伯子到家，养病于天宁寺。《题〈去影图〉塔院养病》小序中写道："吾去年病甚矣，坐此间五六月，殆如泥木人,所患苦者,虽弟及吾儿不知也。然至困而暂解,则此时便最欢。是以从宵达晨,自午至暮,亦时时有至乐存焉。盖昔人云'病中增道力,危处见天心',诚有味乎其言之也。"

光绪十六年(1890)范伯子三十七岁。春天,病还没好,精神太差,要想思考问题时,常神思恍惚,耳目眩晕,需步行至郊外努力排遣才能好些。

这年春天,姚倚云写有《春日漫题有怀夫子,信笔书来,聊以拨闷》诗八首:

二月东风展物华,莺莺燕燕又烟花。
春庭日午蜂声暖,帘卷炉香透碧纱。

曲栏杆下独徘徊,种得芳兰次第开。
花鸟宜人无限意,十分春色待君来。

幽闺子夜怯春寒,遣兴挥毫强自宽。
最是可怜天际月,不知此夕共谁看。

官斋镇日忆高堂,椿寿萱荣春兴长。
怅望空惭千里意,天涯遥祝海山康。

玉兰初放夜香寒,杏蕊将残长嫩蚕。
万斛寒光同此夕,心随明月到江南。

带雨山容秀绕城,闲憨触处总关情。
空庭一片婵娟月,凉透帘枕入梦清。

别来况味念相如?一种心情未忍书。
春自无心恋兰芷,芳香空绕绿庭除。

安得身如比翼禽,一为锦字问消沉。
谁怜苏蕙回文意,迢递空劳万里心。

情思之缠绵、真挚、深切,令人叹为观止!

四月,姚倚云有《安成孟夏寄怀夫子》诗三首。第二首写道:"独坐芸窗未展颜,最怜消息阻江关。魂乘野鹤归千里,思逐飞鹏越万山。蕉叶乍舒心仍卷,荷花初放气能娴。悠悠别恨将经岁,又见官斋孟夏兰。"后半篇托物抒怀,手法多么高超!

九月,范伯子拖着病体,强打起精神,去江西安福,想迎接姚倚云回南通侍候双亲。

到达安福后,范伯子重在休闲养病,专务嬉戏,再也不敢苦读了,因而心情比较愉快,没有途中那种戚戚之悲了。

姚倚云写有《夫子之来也,病将痊,可喜而赋此》:

霜华满院夜徐徐,别恨能消一载余。
千里道途新病后,万重辛苦到来初。
锦屏共话知何夕,银烛含辉复此庐。
药物渐除餐饭进,从今眉黛向君舒。

从冬至这一天开始,范伯子让冯小白画《平生快事图》,先画了八幅,后来增加到十二幅,分别是:《黄泥山读书》《狼山观海》《龙门夜雨》《泛舟秦淮》《水心亭宴集》《芜湖附舟》《琴台夜饮》《燕南并辔》《冀州城楼》《塔院养病》《安成玩月》《航海北渡》,总名《去影图》。"兴会既集,疾痛复来,不能更端长怀一气成咏,每以灯前小睡,薄有神思,掇拾数言而成半稿,或间数日乃为一篇。"(《诗集》卷六)姚倚云也说:"夫子以《去影图》消闷,自冬至至腊尽殆将五旬,余时时具茶果饷于冯君之画室。既成,又治酒馔以劳之,承命缀和章于图后。"(《蕴素轩诗集》卷四)

光绪十七年(1891),范伯子三十八岁,正月上旬,范伯子与姚倚云一起回南通。

元宵节那天，船靠庐陵，姚永楷一直送到这里，范伯子有《舟中元宵，叠韵再赠姚闲伯》诗。

途经南昌，范伯子与姚倚云同登滕王阁，都有诗。范伯子此前曾三过阁下没能上，这次才心愿。范伯子有《守风不行，而船得泊岸，蒲仙去之安福，内人触动悲怀，余无以慰之，乃携之游滕王阁，各为长歌一篇以取欢》：

我惭不至滕王阁，子说曾登太白楼。
闻言使我渺愁绝，何得当前懒即休？
北风一夜送南客，北客稍稍泊岸头。
我今为子毁前作，子得不与我同游。
江山城郭非异物，且复登阁览一周。
阁上金书作何语，人人秋水长天句。
阁下诸公尽有闻，不脱珠帘画栋文。
可怜韩退之澹语不成用，分明作者才，弃置无人诵。
询吾云君谓不然，勃虽三尺已占先。
谁令退之更疏懒，言语诙诡足不前。
空藉文字与人鬭，虽设百彩乌能传？
君诗莫须为我毁，君之故步真当捐。
嗟哉尔言岂不贤，吾今从谏如转圜。
但当与尔遍览名迹题山川，往至太白楼下一醉沉千年。

此诗写得很风趣。范伯子说，由于自己疏懒，至今还没有登过滕王阁，但却写过滕王阁诗。韩愈也没有登过滕王阁，却写有《新修滕王阁记》，显示了作者的才华，可惜没有人去读他的文章。而姚倚云却不同意他的看法，认为韩愈"更疏懒，言语诙诡足不前。空藉文字与人鬭，虽设百彩乌能传？"姚希望范不要毁去自己的诗，应当去登阁。范说我接受你的意见，从此以后，"但当与尔遍览名迹题山川，往至太白楼下一醉沉千年"，结果陪姚一起登阁吟诗。

于是，姚倚云的《随夫子登滕王阁》写道：

> 我离膝下悲不释，况复阻风三四日。
> 章江门外阁腾空，乃是滕王古遗迹。
> 夫子慰我携登临，快览凭高爽心目。
> 春云渺渺压檐低，杨柳依依当户绿。
> 临高下视尘寰小，万里苍茫入怀抱。
> 朱颜绿鬓不常好，文彩风流乃为宝。
> 当年胜事安能讨？只今寥落余文藻。
> 离愁涤尽消烦恼，从君共返家山道。
> 回舟酌酒但高歌，试听长江声浩浩。

她登阁吟唱，一扫愁绪，酌酒高歌，听江流浩浩，"回舟酌酒但高歌，试听长江声浩浩"。这真是夫唱妇随的一段佳话啊！

范伯子夫妇回通时真可谓是盛况空前。据范子愚《伯子诗文选注》："先继祖母抵通后，照例第一次拜访亲朋，乃一大典。寺街徐姓乃通之首富，因有亲戚关系，又彼家慕范、姚两姓之名，遂具请帖相邀，大会宾客。及期，该长巷居户，家家门外伫立男女，如迎神会。盖先继祖母能诗之名久为南通人所钦佩，而美丽之名，众亦欲一睹为荣。彩舆抵徐家门，鞭炮万声，更为热闹。众谓百年来无此盛也。"

回通州以后，范伯子曾带她饱览家乡优美风光。姚倚云有《从夫子游琅山归而戏为长句》：

> 跳珠日月摧华年，薄游南北常更迁。
> 自秋归来近一载，心烦思拙家之缘。
> 陌上落花已如雪，可怜辜负春风天。
> 又值阴阴夏木长，誓探幽兴登层巅。
> 一塔孤耸出云际，一江回合如长川。
> 临高下视众物小，极目片片惟沙田。
> 照眼云光畅磨洗，顿脱烦嚣觉浩然。
> 嗟我微生惜其影，造物由来那得全。
> 与君百年慎莫负，有如池水投青钱。

天地清淑本自在，要能领取殊凡仙。
君才讯我石钟势，较若此山谁后先。
名山钟秀各异态，自有奇气何愚贤。
兴阑思倦各归去，望海楼中稍憩延。
我留不可乘舆返，君留小住权谈禅。
布谷声声啼不竭，田蛙阁阁鸣相连。
乔林飞集群鸟噪，平芜渐没朱轮悬。
遥看灯火满城郭，蛾眉新月方娟娟。

眼前景，写来历历如画；心中情，抒来娓娓如诉。情景谐和，水乳难分；语秀韵美，百读不厌！

范伯子在天津李鸿章幕府时，姚倚云写有一首怀念他的长诗《夫子去岁孟冬复来甥馆，以欧公四十韵作诗相赠，历陈病中艰苦，雄文健句，字字酸辛。倚云览之涕下，不能和也。开岁随夫子归谒舅姑，而夫子橐笔北游，以应李相之聘。秋抄吾又随伯兄归宁，舟中小暇，追述别后情辞，次其元韵，语质无华，不自知其美恶，聊寄津门，一破客中之闷，亦因以道舅姑隐衷云》：

忆昨送君时，风光正春日。别离那可论，此心良忽忽。
虽有千万言，心悲不能出。深恐扰君思，回肠忍泪没。
自君远行役，承欢双亲膝。黾勉敢惮劳，夙夜怀懔慄。
初来未尽谙，儿女相辅弼。惭惶提斯心，安得往时逸。
风月非无趣，每每看令失。时或有佳致，十不能得一。
感念高堂慈，遇事必宽恤。有时怜其长，命之和新律。
亦欲博清欢，苦思真咄咄。流光何迅速，夏去秋风疾。
相思惟自知，乌能向人述？忽得桐城书，青山已卜吉。
览之涕交流，岂敢望归必。老人竟颔头，许其返蓬荜。
又得津门书，周旋语意密。极论劬劳恩，去日若鞭挟。
汝心苟不从，遗恨当斧锧。故尔辞两亲，脱身不用乞。
在道感君怀，反复视君笔。忧思安能已？徒有泪横溢。

君诚不自聊，尚恐吾心郁。何以报深情，珍重为君匹。
倦极入幽梦，相见在髣髴。忽为晨钟醒，劳生待谁嫉。
茫茫大块中，尔我定何物。好留泡影嬉，只待白头毕。
从兄复登舟，亦任风涛飐。万里若乘槎，苍茫近太乙。
云际山迢迢，枫林秋瑟瑟。寒沙群雁嗷，荒渚幽虫唧。
皓月一周天，片帆抵官室。悲喜涕重闻，亲情绕诸侄。
旧日闺阁中，妆台尽散佚。芙蓉尚含苞，丹橘犹结实。
依依我亲傍，留连复惕怵。聊慰罔极恩，寸心终自劾。
且复爱年华，新妆待君栉。翱翔好致身，憔悴嗟吾质。
不然陶翟耳，吾岂慕高佚。堂上七十年，人情三百绠。

诗从当时离别的场面写起，说当时为了免于引起你更大的悲哀，我是"回肠忍泪没"；接着写她如何在双亲前承欢，如何辅弼他前妻留下的儿女，并说到范的父亲如何叫她和诗，如何以宽大的心胸同意她回桐城侍奉父亲；最后写到她在回桐城的舟中思念范伯子的情景："倦极入幽梦，相见在髣髴。忽为晨钟醒，劳生待谁嫉。茫茫大块中，尔我定何物。好留泡影嬉，只待白头毕。"娓娓叙来，如当面诉衷肠，极恳切，极缠绵，极悲哀，极真挚。

以后，夫妇二人，或异地相思，或当面唱和，几无虚日。因数量太多，兹不赘述。如读者感兴趣，可以翻阅《范伯子诗集》和《蕴素轩诗集》。但这里要特别提到的是范伯子临终前二人的唱和诗以及范伯子去世后姚倚云所作的悼亡诗。

姚倚云《夫子肺疾渐愈，私心稍适，偶作短章，以博一粲》：

寒风透幕才知劲，乔木萧疏叶脱林。
杲杲日光人病起，鬖鬖素发老来侵。
危机世局空成愤，厚味诗书独恋心。
健饭祝君常勿药，江湖挈我共长吟。

姚倚云希望范伯子病好起来，能吃饭，不服药，带着她一起旅游，一起吟诗。

范伯子《次韵内子见慰之作》：

> 九秋晴日飞蝴蝶，一夜微霜枫满林。
> 吾病初无毫发损，君愁坐向鬓毛侵。
> 形骸不隔当前意，气候难回万古心。
> 与子同牢至今日，差强短晷有长吟。

诗后自注："内子读吾《自谛》，不语者久之，故五句云然。"范伯子曾写有《自谛》诗，诗中写到他不信仙，不信佛，认为"霞外珠宫那可得，云中鹤驾无由传。十洲三岛尽虚妄，徒见下有深深泉"。又说："人为万物灵，何术能绵绵。"所以才有五、六两句。由此可见，范伯子是以唯物的态度面对死亡的，但作为妻子，读了这样的诗，怎能不五内俱焚呢？所以范伯子在诗的结尾用庆幸自己一生能夫妇联唱来安慰她。

范伯子去上海看病时写有《况儿以伯严、叔节皆在沪，请速就医，夜出江，口占示内子》：

> 一病艰危岁再迁，尚能携手到江边。
> 帆樯出没沧桑地，星斗迷离上下天。
> 岂有神方通绝域，但教死友值生年。
> 明朝涕笑申江浦，应使陈姚有俊篇。

他希望自己能好起来，他的亲家陈三立和舅子姚永概都会用好诗来祝贺的。而姚倚云则写有《侍夫子就医沪上，候轮旅舍，酬其见示原韵》：

> 久病深愁那有边，求瘳愿速虑时迁。
> 风号旷野搏高树，鸡唱寒宵渐曙天。
> 已去韶华悲旧日，觅来灵药可长年。
> 江干旅舍聊相慰，漫擘云笺和短篇。

用写诗来安慰丈夫，真是既恳挚又浪漫啊！

而当范伯子去世后，姚倚云所写的《悼亡》诗就更加惨不忍睹了。

《悼亡二十首(并序)》(选前七首):

萧瑟金风,百感难消。今日凄凉,玉露千端。怯忆向时,援笔书来,写我哀思无已。引杯浇恨,哭君硕学徒宏。中正琴声,只许年华。十五和平,诗教那堪。历劫三千,已矣斯人。文墨于兹,运绝伤哉!弃我余生,难待精消。痛至于斯,万难自已。聊写哀词,以志余悲。

医学中西孰劣优?卫生无术愧推求。
兔毫莫写吾心恸,此恸绵绵到死休。

情协金兰太可怜,回思去影泪如泉。
唱随十五年间事,今日何期化作烟。

行年四十虽云暮,顾影茕茕悔独存。
惟有梅花知此恨,冷香和月伴黄昏。

风雪归招爱国魂,雪光惨照泪光深。
最怜第一伤心事,辜负生平教育心。

琴瑟因缘文字师,永怀真感寸心知。
米盐毕竟能妨学,朽木难雕悔已迟。

庭院凄清秋鹤飞,可能夜月有魂归。
闺中枉卜他生愿,不道今生愿已违。

最怜素志未能偿,知道泉台隐恨长。
危世病驱徒弃我,自嗟云鬓亦成霜。

　　第一首写中西医都无术能起死回生,造成诗人此恨绵绵,至死方休。第二首写诗人结婚十五年来,"情协金兰",可现在一切都化为烟雾了!第三首写自己茕茕独存之哀无人知晓,只有梅花和月亮陪伴她度过一个个难挨的黄昏!第四首痛惜范伯子办教育的爱国理想还未彻底实现,便英年早逝!第五首谦逊地表示自己因柴米油盐等生活琐事,耽误了她好好向范学诗的机会,深感可惜。第六首写她本希望来生再为夫妇,没想到今生这么早就分手了!第七首说丈夫在阴间因素志未偿而引恨绵长,自己在阳间因范过早弃我而去而双鬓成霜。组诗哀感动人之情扑面而来,令人不忍卒读!

直到晚年,姚倚云重读范伯子的诗稿,仍会哀痛不已。《夜读先外子遗诗有感,示次孙增厚》诗中写道:
>夜读遗篇百感来,文章识度惜君才。
>丈夫不遇寻常了,埋没荒丘太可哀。

她对着孙子说,可惜了,你爷爷那么具有才华,却早已埋没在荒丘了。此情此景,将何以堪!

王国维吟咏南通的三首诗

王国维在1903年至1904年任职通州师范期间曾写了三首诗。这三首诗均载于《静庵文集》所附《静庵诗稿》。

先看《游通州湖心亭》：

扁舟出西郭，言访湖中寺。野鸟困樊笼，奋然思展翅。
入门缘亭坳，尘劳始一憩。方愁亭午热，清风飒然至。
新荷三两翻，葭菼去无际。湖光槛底明，山色樽前坠。
人生苦局促，俯仰多悲悸。山川非吾故，纷然独相媚。
嗟尔不能言，安得同把臂。

此诗分三层。前四句为第一层，写他乘船去游湖中寺。"野鸟困樊笼，奋然思展翅"，即景抒情，既是描写客观景象，也是抒发诗人的主观情怀。王国维胸怀大志，不甘心当一名师范学校的教员，他想要展翅奋飞。中间八句为第二层，写在湖心亭所看到的景色。诗人一走进亭坳，顿觉疲劳全消。正愁夏日的中午，在亭子里休息一定很热，却有一阵阵清风飒飒吹来，炎热一扫而光。湖中芦苇很多，向远方伸展，显得无边无际。初生的三两株荷花，在水面翻动着娇嫩的叶子。槛外湖光明媚，樽前山色空濛。这是一幅多么美的景色啊！末六句为第三层，诗人抒写游湖感想。他感叹人生短促，生活中充满着悲哀。山川风物虽然不是老朋友，但却跟老朋友一样显得十分亲切可爱。可惜山川风物不会讲话，否则的话就可以与其把臂出游了。由此可看出，这首诗抒写了王国维极其苦闷的心情。

再看《重游狼山寺》：

> 不过招提半载余，秋高重访素师居。
> 揭来桑下还三宿，便拟山中构一庐。
> 此地果容成小隐，百年那厌读奇书。
> 君看岭外嚣尘上，讵有吾侪息影区。

首联写诗人已有半年多没有到狼山广教寺来了，现在，正当秋高气爽，又前来拜访住持高僧了。颔联是说，来到山寺住了三宿，就想在山中构一茅庐，长期居住下来。"桑下三宿"是用典，唐白居易《答微之咏怀见寄》诗："分袂二年劳梦寐，并床三宿话平生。"表达了他与元稹的深厚情谊。王国维用此典正是抒发了他与住持高僧的深厚情谊。而佛教又有出家人不三宿桑下，以免妄生依恋之说，则此处是反用佛典。正用俗典与反用佛典融化在一起，体现了王国维深厚的文学功底。颈联是说，这里如果能容纳我隐居（小隐，指隐居山林）下来的话，我将一生安心于此阅读各种书籍（奇书，照字面指奇异的书，实指各种书籍）。尾联用当面对着住持高僧的第二人称的口气说：您看山外那个喧嚣的尘世，哪里有容得下我们身影的一片净土！由此可见，这首诗同样抒写了王国维对现实的强烈不满。

最后看《登狼山支云塔》：

> 数峰明媚互招寻，孤塔崚嶒试一临。
> 槛底江流仍日夜，岩间海草未销沉。
> 蓬莱自合今时浅，哀乐偏于我辈深。
> 局促百年何足道，沧桑回首亦駸駸。

首联是说，几座山峰，山色明媚，朋友们互相招寻，看到高耸的支云塔，试着登塔眺望。颔联是说，在宝塔的栏槛底下，长江仍在日夜不停地奔流；正当秋季，岩石间的海草还没有凋零。颈联上句用典。晋葛洪《神仙传·麻姑》："麻姑自说云：'接侍以来，已见东海三为桑田。向到蓬莱，水又浅于往者会时略半也，岂将复还为陵陆乎？'方平笑曰：'圣人皆言海中复扬尘也。'"诗句的意思是说，根据事物的变化规律，蓬莱仙山附近的大海到现在理应变得很浅（即沧海变成陆地之意）了。这句是为了衬托下句：而我们这一代人为什么偏偏悲哀（"哀乐"是偏义复词，偏于"哀"）如此深重呢？尾联是说，人生短促的百年又有什么可说的呢，转眼便是沧海变为桑田（骎骎，原义是马快速行走的样子，这里指光阴迅速）啊！此诗慨叹人生短促，充满悲哀，让人感慨百年如梦。

　　王国维写这三首诗期间，邹容、章太炎等在鼓吹革命排满的主张，黄兴、宋教仁等在组织华兴会，清朝政府更加腐败无能，在日本舰队袭击旅顺、争夺我国东北地区的日俄战争爆发后竟然宣布什么"严守中立"。王国维看不到国家的前途，再加上他自己壮志难酬，当然会感到"俯仰多悲悸""讵有吾侪息影区""哀乐偏于我辈深"了。

《狼山志》书影

吟咏五山之作

狼、军、剑、马鞍、黄泥五山，是南通的屏障，崇川的胜景，历代文人吟诵不辍。此处单独列出，以成专栏。一些不宜单独列出者，仍置于专人名下。

《五山全志》书影

铁骨铮铮官员吴及的咏狼山诗

北宋时期,朝廷里出现了一位铁骨铮铮、直言敢谏的官员,名叫吴及(1014—1062),字几道。

吴及是通州静海(今江苏南通市)人。十七岁时以进士起家,任侯官尉。嘉祐三年(1058),升任秘阁校理,几月以后,改右正言。他自己上疏要求分校馆阁图书,并向全国各地征求遗书。嘉祐四年正式上表说:"近年用内臣管图书库,久不更,借出书籍,亡失已多,又简编脱落,书史补写不精,请选馆职三两人,分馆阁吏人编写书籍。"二月,皇帝批准奏呈,设置馆阁编定书籍官,以秘阁校理蔡抗、陈襄,集贤校理苏颂、馆阁校勘陈绎等人,分史馆、昭文馆、集贤院、秘税而编次检校之。嘉祐七年三月,又诏参知政事欧阳修提举三馆秘阁图籍,规模巨大,经营数年,使许多珍贵的图书得以保存。

他写有《题狼山》:

> 郡僻山更远,尘喧与世违。
> 水横观雁渡,天静见龙归。
> 落叶霜凝树,思亲泪湿衣。
> 西风怕回首,不忍白云飞。

此诗写出了秋冬之交狼山肃杀寥廓的景象,诗中"落叶霜凝树,思亲泪湿衣"一联情景交融,感人至深。

姚辟别有寄托的《游狼山》诗

姚辟，字子张，北宋金坛（今属江苏）人。皇祐元年（1049）进士。曾担任过通州通判。有诗六百多首，大多散佚。他有一首《游狼山》诗留传下来：

　　　　清浅溪流送断槎，暮云深处见僧家。
　　　　龙居碧海云无迹，凤老苍崖竹有花。
　　　　潮卷乱峰横几席，沙填重险变桑麻。
　　　　人间陵谷犹如此，身外穷通空自嗟。

首联以浅溪、断槎、暮云深处等来点染狼山寺庙的周围环境，给人一种苍凉之感。颔联以丰富的联想写海与山：龙居住在海上，但远远望去，只见白云茫茫，却了无踪迹；凤老于苍崖上，有竹子开花可以为证（竹子中有一种凤尾竹，叶子像凤尾。又传说中凤以竹花为食，故以竹子开花比喻凤老于苍崖）。颈联写横卧于几席上可以看到潮卷乱峰的景象，沧海被沙填平即成为桑田。此联寓情于景，一笔两用，十分精彩。尾联自然归结到应看淡人生的穷通得失这一观点上来。整首诗写得自然而警策，寄慨遥深，令人回味无穷。

任伯雨的《狼山远眺诗》

任伯雨（1047？—1119？），字德翁，眉州眉山（今属四川）人。元丰五年（1082）进士。因得罪奸相蔡卞，被贬到通州，故有《狼山远眺诗》：

狼山青青迹已陈，唯余楼阁向南薰。
蓬瀛气象群峰在，吴楚封疆一水分。
野色西南平接日，潮声东北怒穿云。
登楼更有超然兴，回首尘埃不足云。

此诗意境开阔，兴味悠然。首联是说，虽然狼山历史久远，看上去显得有些陈旧，但寺庙的楼阁朝南，仍有蓬勃的气象。颔联是说，狼山峰峦耸立，有蓬莱、瀛洲一样的峥嵘气象。江南、江北（吴楚是借代性的，并非确指）靠长江一水分界。颈联是说，向西南望去，苍茫的野色与即将下山的太阳连成一体；向东北望去，汹汹的涛声仿佛在发怒，想要穿透云层（北宋时狼山仍在大海中）。尾联归结到登高远眺时的悠然心情，这种由登高而产生的"超然兴"，令人觉得尘世间的一切是非烦恼都不必萦系于怀了。

一首风格浪漫的吟咏狼山之作

吴宗卿,宋代永康(今属浙江)人,生卒年与生平事迹不详。他有一首《登狼山》诗:

狼山巍巍如虎踞,雄镇淮东作天柱。
大江日夜走山足,万古洪涛流不去。
五峰削出青芙蓉,白云隐见金银宫。
下有九秋不涸如龟之灵壤,上有千年不死化石之长松。
自从玉女去岩谷,鬼神呵禁不许仙凡通。
我生家在江南住,朝岚夕翠恒相逼。
隔江唱断小山词,但见一抹遥青浮水际。
仙姑洞,真人台,洞门石壁对苍苔。
宝塔亭亭耸霄汉,云是当年海上之飞来。
神仙之说吾不省,但觉松露侵衣冷。
野鹤巢边山霭浓,沙鸥起处江天迥。
兴来扫石坐,酌酒还吟诗。举杯一饮三千卮,
醉后把笔扫尽长江万里之涟漪。
长江之水自东注狼山,狼山不常会。
人生踪迹等浮云,今夕来游偶然遂。
偶然遂,其奈何,便欲我歌镵向狼山万仞之嵯峨。
狼山不随东逝波,此诗长在不与山石同销磨!

这首咏狼山诗,与一般写狼山的作品不同,诗人想象奇特,例如"举杯一饮三千卮,醉后把笔扫尽长江万里之涟漪","便欲我歌镵向狼山万仞之嵯峨。狼山不随东逝波,此诗长在不与山石同销磨",用笔扫长江浪,用歌镵狼山石,诗歌永不销磨等描写,都具有较浓郁的浪漫风格。

元代陈基的《狼山口观兵》

陈基,字敬初,天台人。有《狼山口观兵》：
　　官军野次狼山口,铁骑犀舡尽虎貙。
　　杼轴万家供饶饷,旌旗千里亘江湖。
　　膝行拟伏诸侯将,面缚行巾两观诛。
　　淮海父兄争鼓舞,将军恐是汉金吾。

此诗首联以"铁骑""虎貙"写驻扎在狼山口的官军威武雄壮。颔联又以"杼轴万家"写军饷的富饶,以"旌旗千里"写水军声势之浩大。颈联用了一个典故,写这支军队能像周武王打败殷国那样打败敌人。《史记》载:"周武王克殷,微子乃持其祭器造于军门,肉袒面缚,左牵羊,右把茅,膝行而前以告。于是武王及释微子,复其位如故。"尾联写江淮一带老百姓深受官兵鼓舞,赞扬率领这支部队的将领是汉代的金吾将军。

想象丰富、气势浩瀚的狼山送行诗

成廷珪为通州人,有《长江送别图送周平叔之通州丞》诗:

> 福山苍苍倚天碧,狼山巉巉生铁色。
> 两山当江作海门,力尽神鞭驱不得。
> 沧波万里从西来,楚尾吴头天一壁。
> 阴风转地鲸怒翻,黑雾连空龙起立。
> 来舟去楫不敢动,袖手旁观唯叹息。
> 扶桑浴日飞上天,百怪潜消杳无迹。
> 水光镜净山亦佳,目送云帆高百尺。
> 青霄要路君既官,白首穷途我犹客。
> 烟中隐隐见孤城,令我思乡心转剧。
> 《骊驹》歌罢将奈何,倚杖江南望江北。

此诗想象丰富,气势浩瀚。前十句为第一层,写狼山一带江面的风光,"沧波万里从西来"六句,以想象和夸张的笔墨,写出了长江惊涛骇浪、令人震恐的景象。中间"扶桑浴日飞上天,百怪潜消杳无迹。水光镜净山亦佳,目送云帆高百尺"四句为第二层,景象从惊涛骇浪转为水静波平,情绪从惊惧震恐转为恬适平静,为下文抒写送别与思乡之情作铺垫。最后六句为第三层,写送行触动了诗人思乡之情,令其感慨不已。

顾磐的咏狼山诗

顾磐，《康熙通州志·文学传》载："顾磐，字子安，一字安国。父能，起家称闾右（深受邻里称赞）。母徐祷东岳，生磐。磐甚颖异，未期（不满周岁）即能展书（翻书），三岁识字，七岁作文，九岁选入州学，十二岁考食廪，前后学使者至必褒。然居首选，初治诗，五试不得。有司推择，乃从林尚书棨授《春秋》，遂中应天试。刻文以式多士（刻他的文章为应试考生作样本）。时杨果姚继严俱以人望居吏部，读乡书得其名，喜曰：'南国隽佳士矣'，至赋诗相贺。于是磐名大噪于公卿间，谓当秉用，昭代称伟人。乃复屡困公车，意落落不自得。母氏谓儿生奇，又稚自负，当终显，奈何不与。计吏偕强之北上，至潞河，竟客死。磐丰仪峻整，言笑不苟。至礼下贤豪，接引后进，惟恐不及。博学强记，藏书万卷，精粗巨细，靡不研究。为诗文有气骨，务尚体裁，不徇时好。储文懿雄尝谓其不独江北之雄云。磐尝著盐法、钱谷、马政、水利诸论，皆凿凿中当世务。及顶名宦乡贤，考甚严核，曰是将树之风声，何溷冒为？郡大夫倾心下之。惟与图议政事得失，一无所关。说以故人，皆严重之（都十分尊重他们）。平生笃孝友、修信义、广惠爱，乡国效法，四方知名，诔之者有曰'厚德在人，贤愚共惜'。士林谓之实录。论曰：余闻之沈生云，磐一日南渡江,有群盗,掠其舟物货尽去。磐独著绣衣,嬉啸其上,略无悸色。盗惊问:'绣衣白面者是何物?'舟子谓为通州顾家郎子安也。盗乃复呼群登其舟,罗拜谢罪曰:'小人不知,乃至惊动郎君。'致布百匹去。磐乃尽以布散同舟人。此一事不足尽磐,然以世态龊龊者当之,不知尔时作何丑况。真文人不同于俗正如此。"

《四库全书总目提要》卷一百七十六评论顾磐的作品:"大致以流利为主,故不为诘屈,亦不造精深。"

请看《同高编修游狼山》:

海天东望接蓬莱,胜处真宜着史斋。
风月满庭尘界远,江山如画好诗来。
泉分曲涧花香细,岫出晴空豹雾开。
竹院逢僧浑偶尔,紫薇钤制正怜才。

首联以蓬莱仙山比拟狼山,强调狼山的风光秀美。颔联写如此秀美的江山,孕育出无数好诗。颈联具体写出泉曲花香、雾绕山岫之美。尾联祝颂高编修升官,是和诗题中应有之意。紫薇,封建社会中中枢机要官署的简称。

窦承芳的七古佳作

《乾隆南通州五山全志·窦承芳传》载:"性鲠直,重气节。永乐丙戌,辟荐为监察御史,以言事得罪下锦衣卫狱,寻赦出,复言事被谪,屡挫益奋,纠劾不少避。后补浙江佥事。年七十致仕,萧然一稿、一苍头携归。人谓赵清献尚多琴鹤之累也。归来之日,登狼山,慷慨赋诗,屏迹林泉以老。"

他的《登狼山诗》,是七言古风中的佳作:

狼山高突千丈强,五山此独居中央。螺头翠色秋光芒,壁立万仞恒苍苍。上耸凌云插汉七级之浮图,下走翻涛卷浪万里之长江。苍虬舞罢鼋鼍出,玄鹤飞来燕雀藏。东连蓬岛隔弱水,西接金焦拱帝乡。山川亘古不磨灭,人生百岁徒悲伤。我今游览不知其几度,未有如此会携佳宾而徜徉。登燕真人之丹台,寻秦始皇之剑迹。履巇嶬,经险阻,过大士崖,渡危桥,走荒径,坐宝陀石。参僧伽殿而致敬,穿仙姑洞而憩息。逍遥乐有馀,行散情何极。入方丈,乐更饶,陈绮席,列佳肴。胡麻饭抄白云母,松花酒酌红葡萄。弄瑶琴,吹洞箫。忘怀饮,皆酕醄。拍手大笑歌且谣,鬓边白发何萧萧。功名已就归蓬岛,安得神仙来见招,乘鸾跨鹤升云霄!

此诗意气豪迈,想象丰富,不仅写出了狼山雄伟壮阔的气势，还将自己一腔看破世情的悲愤之情寄寓其中，由此可见诗人的高尚情怀。

《五山全志》书影

屠隆的狼山题咏

《乾隆南通州五山全志》卷十:"屠隆,字纬真,号赤水,浙之鄞(今宁波)人也。博览强记,为文下笔,缅缅千言不竭。登万历丁丑第,令青浦,已擢仪部。与郡之顾陈雨大司马善。暮年好道,有唐江州司马风。尝以野服往来狼山,遇名胜处,辄有题咏。"

《登狼山绝顶》:

高凭木末睨乾坤,绝顶清秋云雾屯。
风起欲乘黄鹤舞,潮来疑卷白狼奔。
地形浩荡开天堑,山势巃嵸夹海门。
一望直通穷发国,扶桑万里见朝暾。

此诗全部写景。首联写诗人在秋高气爽的季节,登上云雾缭绕的狼山绝顶,俯瞰整个天地。起笔便气势不凡。颔联写天空刮起大风,诗人欲乘鹤飞舞;江面潮水汹涌,好像无数白狼在奔跑。白狼之喻,一语双关,切合有关狼山得名之传说。颈联以"浩荡"与"巃嵸"二词非常精确、非常生动逼真地显示了狼山一带的地形与山势。尾联写向北瞭望,可以望到极北极寒的穷发之国,向东瞭望,可以望到极东边的日出之处。穷发,《庄子·逍遥游》:"穷发之北有冥海者,天池也。"扶桑,传说中的神树,为日出之处,借指朝阳。这个结尾不仅扣题,且想象丰富,能发人遐思。

他另有一首《狼山总兵王大将军羽卿邀同陈如冈顾冲庵两司马登狼山,席间赋赠》诗:

> 一带楼船控百蛮,高秋明月照刀环。
> 微茫绝岛鲸鲵窟,陡削悬崖虎豹关。
> 上将鹰扬天北极,大人龙卧海东湾。
> 销磨不尽英雄气,好向安期觅九还。

此诗首联写狼山驻军的威武雄壮:江面一队战船控制着长江要塞口,船上战士腰间佩刀被月光照得闪闪发亮。颔联以精工的对偶句显示了狼山要塞地形的险峻。颈联以"鹰扬"与"龙卧"二词高度赞扬了狼山总兵王羽卿将军的英武和指挥有方。尾联继续赞扬王将军的英雄气概并以安期生的典故祝贺他长寿。安期生,仙人名,秦、汉间齐人,一说琅琊阜乡人。传说他曾从河上丈人习黄帝、老子之说,卖药东海边。秦始皇东游,与语三日夜,赐金璧数千万,皆置之阜乡亭而去,留书及赤玉舄一双为报。后始皇遣使入海求之,未至蓬莱山,遇风波而返。一说,安期生与蒯通友善,尝以策干项羽,未能用。后之方士、道家因谓其为居海上之神仙。事见《史记》与《列仙传》等。道教又有"七返九还"的说法,指以火炼金,使金返本还原,成为仙丹。以"七"代表火,以"九"代表金。邵潜《州乘资》卷三有《王鸣鹤传》云:"王鸣鹤,字羽卿……万历丙申,海氛东煽,推公提督江北狼山副总兵。沉雄果毅,周慎安详,前此一切衅窦利孔,公悉汰之。复节损驺从供应之费,水陆苞苴绝不敢前饬……裁冗滥,禁科敛,大要军威以实不以虚,而士必归伍,食必归士……又惠以按下,信赏必罚,有古良将风……"由此可见,屠隆此诗绝非阿谀之辞。

明代著名小品文作家王思任的《狼五山诗》

　　王思任（1574—1646），字季重，号谑庵，山阴（今浙江绍兴市）人。明末著名文学家。他自幼即有文才，所写文章不拘格套，名重一时。万历二十二年（1594）中举，明年登进士第，陆续担任过兴平、当涂、青浦等地知县，迁袁州推官，南京刑部主事，改工部，历郎中，后又出为江西佥事。他的《狼五山诗》，大概是当青浦知县时所写：

　　　　历览五山胜，超然金与焦。
　　　　大江浮纡野，高塔矗青霄。
　　　　狼踞千重槛，鲸翻百迭潮。
　　　　一方谁作柱，家有汉飘姚。

　　此诗首联赞狼五山超过润州（今镇江）的金山与焦山。颔联写大江在宽广的原野上浮动，支云高塔直冲云霄。此联选取登狼山所见两样最典型的景物即山前的大江和山顶的高塔来写。颈联"狼踞千重槛"写山，是想象之词，"鲸翻百迭潮"写江，是目见之景。而以"千重"形容山岭重重叠叠，以"百迭"形容浪潮汹涌澎湃，极其生动贴切。尾联赞扬狼山副总兵王扬德将军是一方砥柱。

卢纯臣、卢纯学兄弟关于五山的诗

邵潜《州乘资》卷四载:"卢纯臣,字子敬。家学相承,博综书史。父子兄弟,自相师友。其诗新而秀,文富而藻,皆能树艺范标。有《苍虬馆集》藏于家。"又载:"卢纯学,字子明,纯臣弟。其两兄一弟皆能诗,而先生则过于刻苦,尝聚书千余卷于狼山中读之,十余年未尝释手,繇是知名。当事者亲聘修州志府志,皆典赡可视。性醇谨,澹然无所营,顾于孝义事则行之惟恐后。少推其产以葬父,并分给两弟之不能自给者。至于人有寸长片善,必揄扬之不置口。所选《类林探赜》《明诗正声》《广陵诗》,大有劘砺功于世。郡守屡以乡饮宾延之,仅一往。有《子明集》《白下吟著》。行年七十八卒。"

卢纯臣的《狼山诗》写道:

　　谷雨春初晚,城南十里行。
　　平原花半落,乱树鸟争鸣。
　　塔影浮空下,潮声到岸平。
　　层峦看不尽,随处酒频倾。

　　百转扪萝磴,壶觞入翠微。
　　灵岩苍霭动,珍木绿阴肥。

　　　　海气吞禅刹，岚光上客衣。
　　　　深情浑不倦，高柳驻斜晖。
　　第一首首联写诗人于谷雨那天傍晚，出城南十里去游狼山。中间两联写登上狼山所见景色：平原上花已有一半凋谢，鸟在树上乱叫，将要归巢；支云塔在夕阳斜照下，颀长的影子悬空挂下，长江澎湃的潮声刮到岸边逐渐平静。诗人抓住这些富有特色的景物细致描写后，立即打住。尾联以饮酒继续赏景作结，而"层峦看不尽"五字将无数美景留给读者去想象，使人感到余味无穷。
　　第二首写饮酒以后继续游山的情景。前三联全是写景：攀着藤萝，转过石磴，带着醉意，身影已融化进翠绿的美景之中。山岩上苍茫的暮霭在浮动，珍贵的树木形成偌大的树荫。海气弥漫，寺庙仿佛被吞没了；岚光秀美，染上了游客的衣衫。这三联景物描写中，融进了诗人极其喜悦的心情，所以尾联说"深情浑不倦"。最后，用"高柳驻斜晖"景句结束，既点明时间，以与第一首开头的"春初晚"相呼应，又给读者留下了更多想象的余地。
　　卢纯学的《春日同游五山》诗写道：
　　　　江清云澹澹，树绿午阴阴。
　　　　次第上危磴，从容穿茂林。
　　　　缘山偕逸赏，遵海恣幽寻。
　　　　结庐悬崖下，穷居是夙心。

　　　　竹杪慈云度，松梢慧日悬。
　　　　一筇沿觉路，诸想断尘缘。
　　　　法胜无狼迹，坛空有虎眠。
　　　　宝陀山背石，趺坐好谈禅。
　　第一首首联以写景起笔：江水澄清，江面上笼罩着澹澹的云气；山树碧绿，正午时树荫下十分阴凉。中间两联写人们游山的活动：爬上危磴，穿过茂林，既欣赏山上美景，又探寻海上陆区。（明朝时狼山、军山都仍在江中，故由江而联想到海。）尾联以想结庐隐居于此来结束，实际上是以此暗示山中景色的迷人。

　　第二首每句都用了佛教术语。先来解释这些术语。慈云，譬喻慈心广大，覆于一切，譬如云也。《鸡跖集》曰："如来慈心，如彼大云，荫注世界。"慧日，喻佛的智慧如太阳，能照亮一切黑暗。觉路，佛教术语，正觉之道路，菩提之道。《楞严经》六曰："无上觉路。"尘缘，佛教指色、声、香、味、触、法六尘。因六尘乃是心之所缘，能染污心性，故称尘缘。俗语谓尘世的因缘。法胜，佛法胜利。坛，佛坛。宝陀，指宝陀岩，即补陀落迦山，观音菩萨的住处。狼山背面有观音岩。趺坐：全称是结跏趺坐，是坐禅入定的姿势。其法：盘膝交叠双腿（结跏），用足背（趺）放在股腿上。单以一趺置一股的，称半跏趺坐；交叠双趺于两股的，称全跏趺坐。谈禅，禅的本义是伏除欲界烦恼的色界"四禅"，意谓心中寂静，没有杂念，通常习惯与"定"合称为"禅定"。禅宗的"禅"即达摩来华所传的"祖师禅"，亦称"涅槃妙心"，包括"定""慧"两方面，与"禅定"之"禅"是有区别的。如清梁章钜《归田琐记·庆城寺碑》："暇日，至庆城寺，与僧滋亭谈禅。"随着禅文化的发展，产生了许多与"禅"有关的用语，如禅房、禅杖、禅林等。又如，因禅而得轻松安逸，谓之"禅悦"；懒于修道，谓之"逃禅"。

　　此诗的意思是说，竹林上空慈云浮动，松树梢头慧日高悬。拄着拐，沿着正觉之道路行走，断绝一切尘世的因缘。

张元芳吟咏五山名胜的诗

《乾隆南通州五山全志》卷九载:"张元芳,字扬伯,号完璞。性敏才捷,为文若风樯阵马,时称为才子。登万历丙辰第。出参楚藩,寻摄学政,迁粤宪副,以廉能著。时貂珰势炽,遂乞归。生平刚直不合于人,故不克竟其用。居郡任,寻置港闸,缮学宫,改建风水新狼山诸殿阁。尝结庵黄泥山,与王扬德、范凤翼辈流连诗酒。足迹所经,辄有题咏。著有《五游草》行世。"

《登雄跨亭》:

千盘磴折岭之西,危亭俄构欣攀跻。
径辟层冈地维转,星拂飞檐天柱低。
崩涛山立涌蛟虺,颓崖云补流虹霓。
乘风几人鞭霆去,中原碾破雌雄齐。

《乾隆南通州五山全志》卷二载:"雄跨亭,在狼山东南白虎祠左,一名饮虹亭。明总兵王扬德建,自为记。今圮。"首联写诗人高兴地攀登上雄跨亭。颔联展开夸张的想象,以"地维转""天柱低"形容此亭的地处险要和高耸入云。颈联写江面上波涛汹涌,蛟虺出没,山崖上云彩飘流,色似虹霓。尾联揭示此亭命名的含义:希望登临者像刘宋朝宗悫那样乘长风破万里浪,有鞭打雷霆的勇气,碾破中原的气概,而不要道家那样韬晦自处。

王扬德在《雄跨亭记》中写到建亭的意义说:"为王锁钥,备镇东南。藉圣明之威赫,庆海波之不扬。风日晴美,云树依稀。或对汪洋以洗兵,或睨以饮羽,快哉登临,能与士民熙然游咏太平者同一襟期也。若夫知雄守雌(道家提倡的一种韬晦自处的处世哲学),处跨之之下,返照回光,亭何有焉?"

《濯足亭》:

> 一沤空大海,双足净长江。
> 未水神先远,无尘气自降。
> 不愁波乱沸,只愧意多咙。
> 濯矣还须濯,澄清共此邦。

《乾隆南通州五山全志》卷二载:"在狼山西南麓,今圮。"濯足,语出《孟子》:"沧浪之水清兮,可以濯我缨;沧浪之水浊兮,可以濯我足。"本谓洗去脚污。后以"濯足"比喻清除世尘,保持高洁。此诗重点落在尾联两句上。

《仙姑洞》:

> 姑射何时去,窅然一洞间。
> 冼鬟山积翠,拂面花生颜。
> 石㐲窥人下,琼霜藉草斑。
> 飞仙如可即,即此掩玄关。

《乾隆南通州五山全志》卷二载:"仙女洞,在马鞍山极西通济闸东。即仙姑洞。洞小而灵,自北侧入,直南而出,一名穿江洞,又名一线天。昔一女子从龙舒来,年七十余,居此洞。"此诗从仙姑身份展开想象,写得生动活泼。

《香炉峰》:

> 奇峰天所设,望望御香浮。
> 帝座通呼吸,仙风想去留。
> 巉岩云暗度,澹汉雾微流。

斧凿何为者，山含万古愁。

《乾隆南通州五山全志》卷二载："香炉峰，在狼山北天祚岩左，峰巅巨石突起，形若香炉。天阴晦欲雨时，有云气从石罅中喷出，如炉烟缥缈。下镌'五山拱北'四字，大径丈。"此诗写香炉峰如画。

《朝阴洞》：

　　山阴时纵步，此洞较清幽。
　　天雨天常漏，将风露已流。
　　云深迷出处，苔渍阅春秋。
　　昼暝疑长夜，仙踪未可求。

《乾隆南通州五山全志》卷二载："在狼山东北麓葫芦峰左，高二丈，广三四丈。幽清旷朗，可布几席坐卧。一名千人洞。洞口西向，虞泉日入，余光满洞。又名夕阳洞。"

《朝阳洞》：

　　太阳流率土，旦旦到岩扉。
　　五色云光荡，千峰旭彩飞。
　　烛笼何闪烁，慧照自熹微。
　　吐纳随时变，乾坤此驻晖。

《乾隆南通州五山全志》卷二载："朝阳洞，在狼山东北麓狮子石左，广丈余，高倍之，深三四丈。若木光生，此洞受照独先。"一个朝阴，一个朝阳，两首诗逼真地写出了两个洞的特色。

汤不疑的《游军山》诗

邵潜《州乘资》卷四："汤不疑,字袭明,博雅君子也。文词超乘,雄长艺林,下笔数千百言,能抉其胸中所欲吐,博大爽朗,若江河流而云霞丽也。先生虽多贵人交,了无婥阿态。所言公言,即无所隐。人以私托之,罄竭其心力,与之扬扢风雅,缅缅不倦,有所叩,知无不言。颇善饮,饮终夕无酒容。晚以明经应制公车,逾明年而卒。"

《游军山》:

> 危梯蹑尽觉身轻,两腋天风八翼生。
> 直上鸢崖擎日月,还扶羊角到蓬瀛。
> 潮头鲸喷千峰晦,雨脚龙垂半海晴。
> 地坼东南填巨石,汪澜倒泻赖长撑。

首联写登军山仿佛两腋生风,轻快无比。颔联用夸张手法,写登到山巅可以擎托日月,驾着山风可以到达蓬莱。颈联写大海中浪涛汹涌澎湃,似乎让山峰变暗了,天边还垂着雨脚,而大海一半已经放晴。尾联是想象之辞:地坼东南,幸亏有军山这块巨石填补;如果汪澜倒泻,可以靠军山将其挡住。

范凤翼的狼山诸景诗

《狼山晚眺二首》：
　　隔岁看山难撒手，凭高瞪眼尽扶桑。
　　空江浩渺浮元气，万树萧森淡夕阳。

　　开拓灵心万景收，尊前紫气接丹丘。
　　峰回片月半亏蔽，江冷浮云冻不流。

　　第一首从朝暾（虽是想象）写到夕阳，只有四句，简练而又耐人寻味，颇为不易。第二首写到月下之景，由"江冷"居然想到"浮云冻不流"，亏他想得出。

《狼山道中》：
　　南山有佳气，载酒寻小春。柳似抱疴者，枫如沾醉人。
　　野云伴独往，江鸟来相亲。潭底照双鬓，追游未老身。
　　尚有人喧渡，何如鸟定林？寻思生趣薄，伏枕且高吟。

　　一、二句写游山之兴。三、四句比喻独到、贴切。"抱疴者"是说柳树瘦弱苗条，"沾醉人"写枫叶颜色红艳。五、六句写野云、江鸟富有人情味。七、八句庆幸此身未老，呼应一、二句。九、十句暗示已至傍晚，来不及游山了。末两句写干脆打消游山之念，去伏枕吟诗了。仅写进山途中，却如此曲折耐读。

《同朱君扬诸子山中酌月》：
入暝山逾静，飞涛树杪闻。江空争片月，崖缺补颓云。
杯外三吴尽，窗中九野分。难禁此幽绝，能不藉微醺？

首联写夜间山中幽静至极，只有江涛声从树梢间传来。颔联写明月悬挂在辽阔的江空，山崖间布满了浮云。颈联写饮酒观景，三吴与九野全在观照与想象之中。尾联是说，面对如此静谧美丽的夜景，怎能不醉呢？

《狼山萃景楼远眺》：
　　万顷烟峦涌画楼，四周灵气学丹丘。
　　山驱骤雨来无次，江曳长空去不收。
　　离立云屏盘日月，阴森岩树变春秋。
　　生涯已许沧波老，绿酒黄庭一钓舟。

丹丘，亦作"丹邱"，传说中神仙所居之地。首联是说，萃景楼坐落在烟云缭绕的山峦之中，四周充满灵气，仿佛是神仙所住的地方。颔联是说，山中阵雨，毫无规律，江流天际，一望无边。颈联是说，云屏似的矗立着的山峦，盘送着日月；阴森茂盛的岩树，变更着春夏秋冬。尾联是说，只要一壶美酒、一卷道经、一叶钓舟，逍遥于沧波之上，便可终老了。

《江天阁晚作》：
　　斗绝孤峰势欲摧，茫然万顷自西来。
　　尊前暝色长江雨，枕上涛声众壑雷。
　　片月镜悬群籁寂，三山鼎立五丁开。
　　登临恨少惊人句，独倚青天命酒杯。

首联用夸张法，写万顷波涛从西边奔来，势欲摧垮这座孤峰。颔联写在暝色中边饮边听长江的雨声，入睡以后，还听到如雷的涛声，真是一种享受。颈联写一轮明月朗照着，万籁寂静无声，狼、军、剑三山鼎立，这是五丁（神话传说中的五个开山劈岭的大力士）开辟出来的。尾联以恨少惊人句,进一步烘托景色之美。

《秋日招李大生、陈天叙诸子登狼山,次韵二首》:
　　半壁乾坤大浸中,楼台结蜃幻高空。
　　轻舠割浪玄洲近,孤塔梯云帝座通。
　　魍魉骄秋防出没,鼋鼍抱日走西东。
　　招邀快尔豪吟客,醉洏淋漓尽化工。

　　支筇陡立沸云中,孤啸能生万壑风。
　　昼雾昏黄天地合,秋槎依约斗牛通。
　　烂柯石上棋初罢,鼓瑟峰前曲未终。
　　眼底如君才独横,将无千古谪仙同。

以谪仙李白来比拟李大生陈天叙诸人的诗才,一方面是唱和诗应有之义,另一方面以此来衬托狼山景色之美。

《五山全志》书影

余东探花崔桐的狼山诸景诗

　　崔桐（1478—1556），字来凤，号东洲。出生在海门余东镇。崔桐从小聪颖，以"奇童"闻名，九岁时就能写出一手好文章。明正德十一年（1516），他参加乡试获第一名。次年（1517），殿试又中进士第三名（探花），授翰林院编修，时年三十九岁。性刚直，敢言事，不为利动势夺。累官至礼部左侍郎。后来有人造谣中伤他，幸而皇帝下旨宽宥，冠带归里。嗜五山山水，尝登临留恋不能去，诸胜景多所题咏。著有《崔东洲集》和《海门县志》。

　　《狼山五首》：

　　　　澹云千顷带江城，萧寺阑干倚昼晴。
　　　　亭殿岚飞深树色，鱼龙风动送潮声。
　　　　烟中吴舫冲波渡，天外虞山对岸横。
　　　　江北江南瞻气象，一声长啸尽平生。

　　　　招提何代布黄金，松桧萧森昼亦阴。
　　　　佛拥幢葆丹阁迥，塔悬珠影碧潭深。
　　　　风江元气连吴楚，绣岭灵光峙古今。
　　　　暇日登临成胜赏，沧洲牵引故乡心。

迭嶂冥冥雄古郡,澄江晶晶浸秋屏。
台虚鹫岭隋梁迹,岩俯龟田卦画灵。
牛女深官浮素霭,姑苏遥景借余青。
何当一棹玻璃月,倒看芙蓉映玉瓶。

混茫银汉千流会,崔屼青螺五岭参。
已爱遥阴开海甸,更招空翠过江南。
伤心金地曾兵燹,对景瑶觞暂佛龛。
拟卜夜关成旧约,未妨颓日送高谈。

危峰森列峙江边,淼淼寒流秀色连。
翠野三秋金壁削,青天万顷雪涛悬。
风烟对岸开南北,塔宇逢僧话岁年。
我亦白蘋洲上客,石楼还拟借高眠。

　　第一首总写狼山景色之美,并以"烟中吴舫""天外虞山"来烘托,最后以登山长啸来抒泄胸中的壮志豪情。第二首先写寺庙和宝塔,然后用"连吴楚"与"峙古今"从时空上拓展狼山的文化底蕴,最后归结到对诗人思乡之心的牵引。第三首重点写"迭嶂冥冥"和"澄江晶晶",并以牛女深宫和姑苏遥景来烘托,最后以乘着月色泛舟于长江会看到"芙蓉映玉瓶"的美景作结。第四首对狼山曾受到战争的破坏表示惋惜,并希望今后能借这个佛教圣地来与朋友聚会、赏景、谈心。第五首又以写景来小结,并希望能经常到此作客以至住宿。所以这组诗的确证明了崔桐"嗜五山山水,尝登临留恋不能去"的性格。
　　《登萃景楼》:
珠龛绮阁青冥上,老眼轻开兴不孤。
龙涌潮声归洞湿,雁涵秋色入云无。
幽燕天迥瞻星斗,吴楚江分对画图。

海内壮观经大半,好怀还向此中舒。

诗人登上高高的萃景楼,兴味盎然,听到潮声,想象老龙归洞时湿淋淋的情形,放眼远望,一群大雁飞入云层,不见了踪影。向北瞭望,高迥的天宇,悬挂着北斗星座;向南瞭望,江流将吴楚分开。面对的是一幅多美的图画!诗人感慨地说:我饱览了国内大半酌景观,看来看去,还是家乡的山水美啊!

《过山腰官阁》:

江海名邦应斗缠,东来灏气五峰连。
望迷烟际疑无路,行到山腰忽半天。
瑶石砌迥丹璋合,珠林宫出碧岩悬。
更攀绝顶虚无处,一笑凭栏思洒然。

我国古代星占学的迷信观点认为,人间祸福同天上星象有联系,因根据星辰的十二缠次将地上的州、国划分为十二个区域,使两者相对应,并根据某一天区星象的变异来预测、附会相应地区的凶吉。这种划分,在天称"十二分星",在地称"十二分野"。按其对应情况,则星纪对应扬州、吴越。首联是说,通州属于扬州府,所以是江海名邦,与十二缠次是对应的。东来的灏气形成了五山。颔联是说,远望烟雾弥漫似乎无路可通,走到山腰看到官阁却别有洞天。颈联是说,红色的官阁悬挂在碧绿的山岩间。尾联写凭栏远眺,思绪洒脱,更想向绝顶攀登。

曹大同有关狼山的诗

《游山寺至夕阳洞》：
　　　　法门残照挂岩斜，开遍昙花佛子家。
　　　　漠漠烟霞迷两屐，萧萧钟磬演三车。
　　　　披林先自寻支径，悟道谁同啜羽茶？
　　　　试看此中云母乳，愿生兜率度年华。
　　此诗写游完寺庙和夕阳洞，希望能悟佛法，去居住兜率天。"三车"，佛教语，喻三乘。以羊车喻声闻乘（小乘），以鹿车喻缘觉乘（中乘），以牛车喻菩萨乘（大乘）。见《法华经》。佛教认为天分许多层，第四层叫兜率天。它的内院是弥勒菩萨的净土，外院是天上众生所居之处。

《过狼山寺》：
　　　　碧树香台兵气缠，怒涛来往寺门前。
　　　　乱余僧去知谁在？尚有钟声破暝烟。
　　此诗写狼山寺庙受到战争的破坏，僧去庙空，十分荒凉冷落。

《狼山报捷》：
　　　　万镞千锋杀气多，鲸鲵初剪海澄波。
　　　　凯旋马上纷横吹，乐部新翻水调歌。
　　侵犯狼山的倭寇被歼灭，诗人特写此诗，欢呼庆贺。

颇有政绩的州守林云程有关狼山的诗

邵潜《州乘资》卷三记载:"林云程,字登卿,泉州晋江人。嘉靖乙丑(1565)进士。善古文词。万历乙亥(1575),自南刑部郎出守。黜邪崇礼,兴学诲徒,诸服饰之不衷者禁之。又置学田以赡贫者。俗嚚讼,公听微决疑,人人厌服。有陈亮之仆,以追逋杀人。亮之犹子,贵人也,力为请,公卒挡之。通所最苦者徭役,时初立条鞭法,公剔蠹搜奸,俾贫富无轻重之弊,且虑催科吏缘以为奸,乃立四限,令输赋者按季而输。已复振举废坠,缮城墉,缮州治,缮学宫,其州治则自皋门以及堂庑悉撤而高大之,而境内之衢巷淖且崤者,皆次第甓之若一,行者称便。市河淤,下令浚治。民钱俭,恃其家有孝廉诸生,实土侵河而屋其上,公立惩之。又北开岸河,南浚潘港,俾旱则引江潮入,涝则泄河水出。至狼山之支云塔,及诸祠殿楼榭,旧毁于倭者,皆造饰一新。州志久不修,文献莫征,公亟聘鄞人沈明臣属之,即损千金勿惜也。其勇于任事类如此。越六载,庚辰(1580)以工部屯田员外郎迁去,官至汝宁知府。"这个林云程,共当了十五年通州"一把手",不仅声誉、政绩很好,还留下了不少诗作。

《九日登狼山》:

　　一从铩羽谪维扬,摇落犹逢山水乡。

　　　　　黄菊杯光开二妙,白狼秋色媚重阳。
　　　　　逐臣气转风涛壮,词客名标云汉章。
　　　　　但得登高常作赋,不知此地是潇湘。
　　铩羽,摧落羽毛。常比喻不得志。首联是说,自己不得志被贬官到扬州府来,幸运的是被安排到山水秀美的通州。颔联是说,狼山的秋景使重阳节的节日气氛更浓,菊花酒斟在夜光杯中,二美并存,心情就更愉快。颈联是说,被降职放逐的臣子,由于风涛的激励,气势变得雄壮了;作为词客诗人,声名也像银河一样地高了。尾联是说,在通州常登高作赋,也不觉得这儿像放逐屈原的潇湘之地了。
　　《同总司登狼山》:
　　　　　屹立青山跨上游,楼船队队列貔貅。
　　　　　江田遍绕千层迥,云塔高悬万里秋。
　　　　　瀑散雨声喧绝壁,虹乘蜃气接飞楼。
　　　　　江光一望平如掌,影带荆吴巩玉瓯。
　　登上狼山,看到江面上一排排楼船上的士兵威武雄壮。梯田层层,绕遍狼山,宝塔高耸,秋空万里。绝壁上传来喧腾的瀑布声,天空中彩虹连接着蜃楼。远望江面,平如手掌。以荆吴作为腹地,国防得到巩固。
　　《游狼山用王中丞韵》:
　　　　　飒飒江涛动早秋,我来惊飔忽全收。
　　　　　山如燕子矶中见,寺似金焦浪里浮。
　　　　　师帅惭予非锁钥,江淮藉尔作咽喉。
　　　　　登临一啸真幽旷,不数当年岘首游。
　　早秋季节,江涛汹涌澎湃。当我到来的时候,飓风忽然停息。狼山就像燕子矶,寺庙就与金山焦山上的相同。不能作锁钥,我作为师帅感到惭愧。江淮却要靠你狼山作为咽喉。登上狼山,高声一啸,多么高旷,不差于西晋羊祜镇守襄阳时登岘首山之游。

《同游狼山用梁间韵》：
　　　　海门新颁甲子秋，濛烟霭霭望中收。
　　　　云封宝刹双幢动，日浴金川五色浮。
　　　　衔棹鱼盐输海口，凌波砥柱抗江喉。
　　　　地灵况属阳春候，幸陟仙踪结胜游。

在新甲子到来的秋天，向大海的门户望去，烟气濛濛，雾霭沉沉。寺庙被浓重的云气封住，双幢在飘动。阳光在金色的江流中跃动，显得五彩缤纷。装运鱼盐的船驶出海口，狼山像中流砥柱一样扼守住长江咽喉。正当春天到来的时候，我有幸踏上留有仙踪的狼山去游览。

狼山副总兵王扬德咏狼山军山之作

邵潜《州乘资》卷三："王扬德,字心抑,绍兴会稽人。兼明五经,尤善三式之学,以诸生登庚戌武进士第。天启六年（1626）,自昭江参将稍迁提督江北狼山等处副总兵。先是,公尝为狼山把总,习知地之要害与管弁之奸利也,至则以清白自矢,例有一切公费公馈,悉汰除之,著为挈命。于是布恩信于诸部将士,严会哨之期,核役占之卒,选补必慎。自材官而下,靡需半镪,简练惟勤。即屯军之属,亦备一师。至增修战具,若戈船,若戎器,务坚且工,而无容乾没。摘发镜考,事事期臻实效。居亡何,巨寇彭老将招亡命数十艘,椎剽于江南北,公授诸稗将方略,悬赏格,宥胁从,遏其接济,捕寇累百三十级,余溃去,而商旅始利有攸往焉。崇祯二年（1629）冬,大房阑入我内地,京师戒严,趣召天下兵以备缓急,公应援将兵抵都下。越四月,会吾通奸民乘间而起,藉口报怨,焚掠诸乡绅甚酷,一州骚动。事闻,诏公班师镇之。公亮直忠诚,有识力。居恒清俭,衣粗食菲,然雅好宾客,暇则与诸文士容与狼五间,称诗赋,而五山之亭台、殿宇、桥梁、道途,或开创,或缮饰,一时而新,公皆一一记而志之。御史岐山曹公遄按部,荐于朝。三年冬,擢公南锦衣卫掌卫事都督佥事,寻转广西挂印总兵都督佥事。公去狼山时,将士遮留不获,为立祠祀之,以志不朽云。"

《仙姑洞》:

自是山深处,飞琼一洞天。有身不化石,无王亦成田。
果种千年药,花开十丈莲。裁云缫道服,鹤驾挟飞仙。

首联写仙姑洞的位置。颔联用典:化石,南朝宋刘义庆《幽明录》:"武昌山上有望夫石,状若人立。古传云:'昔有贞妇,其夫从役,远赴国难,携弱子饯送北山,立望夫而化为立石,因以为名焉。'"这里反用此典,是说仙姑不会化为石头。王田,西汉末王莽新朝把天下的田地称作王田。《汉书》:"(王莽)下令曰:'汉氏减轻田租,三十而税一……今更天下田曰王田,奴婢曰私属,皆不得卖买。'"后亦以泛称须纳田赋的耕地。这也是反用典故,是说仙姑洞中的土地是不纳税的。颈联用夸张手法写仙姑洞中的花果与众不同,果是千年药,花是十丈莲。尾联想象仙姑穿着用云彩缫边的道服,驾着仙鹤在飞翔。写仙姑洞全用非现实手法,恰到好处。

《振衣亭》:

迂回百曲道,丹榭白云封。一鸟迎风落,千樯破浪逢。
身疑通帝座,啸更应华钟。济胜衣相振,诗惊落雁峰。

振衣亭坐落在曲曲折折的山路上,红色的亭榭缭绕着白云,环境真美。远望江面,无数船只在破浪前进,有一只鸟迎风从高空陡然落下,停在船舷上。身处振衣亭中,仿佛能通向天帝之座;长啸一声,应和着寺庙中的悠悠钟声。振衣览胜时做成的诗歌,居然使飞雁惊落于峰巅。现实的写景手法加上丰富的联想,使这首诗显得很出色。

《军山》:

渡海攀藤上,登高云气深。尘嚣浑不接,苍翠郁相侵。
空里钟潜下,岩边潮自音。坐移浑入定,风雨忽龙吟。

明代军山还在江中,那时是长江出海处,一般也称为海，故上军山称"渡海攀藤上"。军山上云气深厚，一点儿没有尘嚣，显得郁郁葱葱。空中传来钟声和江潮撞击岩石的声音。坐的时间长了，好像僧人入定一样，听到的风雨声像是龙吟声。

《登狼山》：

海上狼山旧有名，林峦如画枕重城。
半空台殿霏丹翠，千尺浮图拂紫青。
槛外帆樯从出没，尊前组练任纵横。
时平藉作登临地，肯许鲸波一点惊。

狼山自古以来就比较出名，树林、山峦美丽如画，还有通州城作为背景。殿台高耸于半空，翠碧丹红，千尺高的宝塔上空有彩云拂荡。饮酒时看到槛外无数船只出没于江面，精锐的部队乘坐着战舰在纵横驰骋。组练，《左传》："（楚子重）使邓廖帅组甲三百，被练三千以侵吴。"孔颖达疏引贾逵曰："组甲，以组缀甲，车士服之；被练，帛也，以帛缀甲，步卒服之。"组甲、被练皆指将士的衣甲服装。后因以"组练"借指精锐的部队或军士的武装军容。诗的结尾说，如果在太平时期，狼山是不会驻军的，只能成为登临观景的一个胜地，决不会让出没于波涛中的鲸鱼受惊。

《支云塔》：

山顶浮图甲一方，沧溟旭日耀琳琅。
晴看吴越重云树，遐睇徐淮古战场。
脉自祖陵余气结，言传东海巨鳌昂。
参天胜概连雄镇，不数崆峒倚剑芒。

狼山上的支云塔雄甲一方，大海中旭日升起时金光耀眼。晴天丽日，朝南向吴越一带瞭望，云树重重，朝北向徐淮古战场瞭望，雾霭沉沉。狼山是南京祖陵余气的凝结，是传说中东海巨鳌昂起的头颅。参天的胜景一直连接到江海重镇通州城，这里并不差于倚剑天外的崆峒山。

袁宗道的《饮白云洞口》诗

袁宗道(1560—1600),字伯修,号石浦,公安(今属湖北)三袁之一,明代著名文学家。曾经到过通州,留下《饮白云洞口》这首诗:

浓云起尊前,雨足森森去。

洒酒入云中,人间闻酒气。

在白云洞口饮酒,诗的重点就写云和酒。诗人端着酒杯,浓云在前后左右浮动,又带着森森的雨脚,向空中飘去。诗人将酒洒向云中,雨降落下来,让人间到处都能闻到酒香。此诗构思非常奇特浪漫,也非常美妙。

周伯琦关于狼山的诗

《二十二日狼山口观兵》:
　　官军野次狼山口,铁骑犀船尽虎貙。
　　杼轴万家供馈饷,旌旗千里亘江湖。
　　膝行拟伏诸侯将,面缚行申两观诛。
　　淮海父兄争鼓舞,将军恐是汉金吾。

　　官军驻扎在狼山口,无论是陆军还是水军,都虎气腾腾。千家万户供应军饷,千里旌旗飘扬于江湖,使得敌国将领(以诸侯代称)跪着行走。对乱臣贼子执法行刑。面缚者,缚手于背而面向前也。两观诛,语本汉刘向《上灾异封事》:"自古明圣,未有无诛而治者也,故舜有四放之罚,而孔子有两观之诛,然后圣化可得而行也。"后遂以"两观之诛"喻指为了国家安定而对乱臣贼子所施行的必要的杀戮。于是,淮海一带的父老兄弟都欢欣鼓舞,狼山总兵简直就是汉朝的金吾将军。

　　《游狼山寺》(三首):
　　天风吹上狼山顶,看见扶桑日出初。
　　淮海北来吞两楚,江湖南去控三吴。
　　珠官贝阙冯夷宅,古木苍藤帝释居。
　　为访祖龙鞭石处,捋棄履迹定何如。

鲸波渺渺四无涯,阊阖天低手可排。
一塔倚空凌浩劫,两潮争港撼层崖。
半晴半雨龙归海,冲暖冲寒雁度淮。
安得乞身依佛日,遍寻灵迹访齐谐。

五峰相顾若枝撑,力障狂澜与海争。
下界人居龙伯国,上方僧住梵王城。
佛庖香讶山无蕨,公膳腥嫌市有蛏。
王事匆匆骑马去,落花啼鸟总关情。

第一首写登上狼山山巅,可以看到旭日初升的景象。狼山可以北控淮海,南控吴楚。山寺中有珠宫贝阙,是河神的住宅,有古木苍藤,又像是天帝佛祖居住的地方。到处寻找拇窠履迹,访求秦始皇鞭石之处。

第二首写向下一望,长江中波涛滚滚,无边无际;向上一望,天宇低垂,好像用手就可排开天门。支云一塔凌空耸立,江潮海潮争港撼崖。半晴半雨的情景像是龙归大海,冲寒冲暖的季节大雁度淮南来。如能皈依佛门,就可寻遍灵迹和神怪。

第三首写五山相互照应,相互支撑,与海争斗,想要力挽狂澜。普通俗人住在龙伯国(古代传说中的大人国),而上方僧人却住在梵王城(指佛寺僧舍)。僧人素食,厨房中却无蕨菜,公家的膳食不避腥臊,所以有蛏子。虽然落花啼鸟令我恋恋不舍,但为了王事只好骑马匆匆离去。

顾养谦的《和林震西登山腰官阁韵》

崔嵬曲磴盘青霄，幽亭巧结山之腰。
仰摘星辰芒角近，俯拾岛屿烟波遥。
浮杯欲度白鸟海，拄杖可作青龙桥。
金光错落扶桑下，姑射仙人待尔招。

首联以写景起，颔联、颈联用夸张手法，以"仰摘""俯拾""浮杯""拄杖"四个动作写出官阁之高，观景之远，尾联以神话故事作结，使人遐想绵绵。

汤有光游黄泥山和军山的诗

《游黄泥山》：
> 谁立五芙蓉，游探到夕春。黄泥更奇绝，绿酒且从容。
> 野鸟听为曲，江云截作供。已将尘境隔，或可异人逢。
> 塞涧生灵草，支崖偃怪松。林红枫万片，岩碧树千重。
> 喘历逶迤岭，危攀岈嵝峰。飞梁盘蜿蜒，悬溜滴琤琮。
> 石讶蹲苍虎，涛疑卷白龙。壑幽青霭积，洞古紫苔封。
> 排险宁忧足，呼奇各拊胸。思深通玄渺，谈捷斗机锋。
> 才子凭长句，衰翁信短筇。七贤都复尔，二客不能从。
> 拟遣区中景，而追物外踪。肯教猿与鹤，他日怨周颙。

开头四句写黄泥山在五山中显得很奇绝，所以带着酒去从容地游览。接着写入山后，将鸟鸣声当作曲子，将江上的云当作食品，已经隔离了尘境，希望能碰上异人。山中有灵草、怪松、红枫、碧岩、森林等，可供欣赏，有逶迤岭和岈嵝峰可供攀登。飞梁蜿蜒地盘屈着，悬溜琤琮地滴出声响。山中的石头像蹲着的猛虎，江中的波涛怀疑是卷动的白龙。幽静的山壑中，积满了青霭；古老的山洞，被紫苔封住。游客们或在排险，或在拊胸，或在深思，或在辩论，或在吟诗，或在拄杖。不能只迷恋于景物，而应追求物外的意趣。决不能做假隐士，遭到猿与鹤的埋怨。

227

《月夜登军山寻燕真人炼丹台》：
秋风高不极，吹我下江门。波冷鱼龙卧，山空雾露昏。
四围天堕水，东望月如盆。已与尘寰隔，求仙事可论。
水落峰峦出，江平吴楚连。杯边俄入暮，洞里别开天。
石壁云孤袅，沧波月倒悬。时闻笙鹤度，隐隐隔苍烟。

此诗将军山月夜的景色细致逼真地描绘出来，是一幅极美的军山夜月图。

执法严厉的邵旻有关狼山的诗

《乾隆南通州五山志》卷九载:"邵旻,字天民,性直不阿,永乐甲辰登进士,授大理寺评事。数折大狱,执法严谨。尝曰:'吾官可舍,吾法不可犯。'虽巨珰贵戚,不少顾也。卒坐忤,落职,恬然归山,莳花艺木以娱晚节。凡岩岫名迹,多所题咏。"

他的《登狼山诗》写道:
束发慕五岳,幽寻竟莫展。兹山孰云小,晨夕足怡衍。
春风柔且嘉,千楚绿如剪。容与坐阳崖,萦纡陟阴巘。
吴岫连空青,淮流抱城转。江海日汤汤,闲云舒复卷。
目睢隘八埏,蓬莱几清浅。仰天发浩歌,尘累一以遣。
冥心恋景光,延伫数忘返。嗤彼向子平,役身徒偃蹇。

此诗开头四句用烘托法,写诗人从小仰慕五岳,想去游览而没有机会。狼山虽小,早晨与傍晚去游览一下,也能令人心旷神怡。中间十句具体描写登狼山所见的美景:春风柔和而美妙,刮得吴楚大地如绿色的剪彩。或舒坦安逸地坐在向阳的山崖边,或经过萦回曲折的山路转到向阴的山背后。向南瞭望,隐隐看到江南山峦直冲蓝天;向北瞭望,可以想象淮河拥抱着城市在流转。长江大海日夜滔滔东流,天上浮云在悠闲地舒卷飘动。登上山顶可以眼观八方,可以想象到蓬莱仙岛的沧桑变化。最后六句写游山的心情和感想：在山上仰天高歌，将所有的疲劳和不愉快一扫而空。心恋着美景，一再拖延不想回家。结尾两句用了向子平的典，据《后汉书·逸民列传》载："向长，字子平，河内朝歌人也。隐居不仕，性尚中和，好通《老》《易》。贫无资食，好事者更馈焉，受之取足而反其余。王莽大司空王邑辟之，连年乃至，欲荐之于莽，固辞乃止。潜隐于家。读《易》至《损》《益》，喟然叹曰：'吾已知富不如贫，贵不如贱，但未知死何如生耳。建武中，男女娶嫁既毕，敕断家事勿相关，当如我死也。'于是遂肆意与同好北海禽庆俱游五岳名山，竟不知所终。"意思是说，何必像向子平那样去刻意追求隐逸，应当随遇而安。

明末才子邵潜关于五山的诗

邵潜（1586—1665），字潜夫，通州布衣。他是明、清易代之际的文学家，在文学、政治学、交游学、方志学、文字学、印章学等方面均有很深的造诣。

他是一位学识渊博、拥有多种著作的学者。在一九八五年南通市图书馆据静海楼藏明弘光乙酉刻本影印的《州乘资》卷二"著述"栏中，明确记载邵潜著有《眉如草》《友谊录》《循吏传》《引年录》《志幻录》《州乘资》《字书考误》《皇明印史》共八种著作。单从书名来看，就可以知道邵潜在文学、政治学、交游学、方志学、文字学、印章学等方面均有很深的造诣。邵潜在当时曾与很多著名诗人交往。当时文坛领袖王士禛曾在《池北偶谈·谈艺八》中记载道："邵潜字潜夫，自号五岳外臣，南通州人。性傲僻不谐俗，好嫚骂人，人多恶之。及与李本宁、邹彦吉、黄贞父、陈仲醇诸公游，所著《友谊录》《循吏传》《印史》诸书，多可传者。年五十无子，娶后妻成，久之，嫌其贫老，弃去。一婢又为势豪所夺，遂只身客如皋城西门，年八十矣。康熙乙巳，予过皋访之，茅屋三间，黝黑如漆。邵筋骨如铁，白发鬖鬖被领，双眸炯然。具果蔌留予饮。尚尽数觞，与修褉冒氏洗钵池，尚能与予辈赋诗。陈其年（维崧）云：'古今文人多穷，然未有如邵先生者，听其言，怆然如刘孝标所自序也．'予去广陵，闻邵即以是岁下世矣。"王士禛又在《香祖笔记》卷五中记载说："余康熙乙巳春将去广陵，偶以公事至如皋，冒辟疆（襄）约余修禊水绘园别业。时通州八十老人邵潜潜夫及宜兴陈维崧其年、县人许嗣隆山涛及冒氏诸子咸在坐，分体赋诗。"这两则资料不仅表明了邵潜在学术方面的诸多成就，还记载了他与王士禛、陈维崧、冒襄等名人在水绘园分体赋诗的情景，表明了邵潜的诗才。由于这一次交往，地方官还免除了邵潜的赋税，在清笔记书中多有记载。如《郎潜纪闻三笔》卷五"王渔洋谒邵潜夫布衣"条："通州布衣邵潜夫，明万历间已以诗歌名江表。康熙初，年八十余矣，家贫，苦徭役，值渔洋司李扬州，按部抵境，首谒邵。邵所居委巷，乃屏舆从，徒步而入。邵曰：'适有酒一斗，能饮乎？'渔洋欣然为引满，流连移晷始别。有司闻之，立除其役。"

他的诗歌创作曾得到当时许多一流诗人的赞誉。钱谦益《有学集》卷十九《邵潜夫诗集序》曾对他的诗歌作了高度赞扬：

通州邵潜夫以诗名万历中，为云杜李本宁、梁溪邹彦吉所推许。乙卯之秋，潜夫挟彦吉书谒余，不遇而去。迨今四十五年，潜夫附书渡江，以诗集见贻。开函抚卷，彷徨太息者久之。

当鸿朗盛世，本宁以词林宿素，自南都来访彦吉及余，参会金昌、惠山之间。彦吉山居好客，园林歌舞，清妍妙丽，宾从皆一时胜流，觞咏杂遝。由今思之，则已为东都之燕喜，西园之宴游，灰沉梦断，迢然不可复即矣。而潜夫犹矍铄善饭，抵书相闻。吾家覆釜山，与狼五并江对峙，估贩往还，如渡沟水，白头新知，抚今道故，举酒相劳，其欣喜为何如？余尝谓丁令威化鹤来归，徘徊华表，独立无伴，不若蓟子训见霸城铜人初铸，近五百年尚有一老翁摩挲对语，今吾两人何以异此也？

潜夫诗和平婉丽，规摹风雅，自以七叶为儒行歌《采薇》，而绝无嘲哂噍杀之音。读潜夫之集，追思本宁、彦吉，升平士大夫儒雅风流，仿佛在眼。於乎！其可感也。

余每过彦吉园亭，回首昔游天均之堂，塔光之榭，往者传杯度曲，移日分夜之处，胥化为黑灰红土，与旧客云间徐叟杖藜指点，凄然别去。潜夫老而诗益健，挝西州之策，操雍门之琴，缠绵恻怆，临风浩歌，庶几有以挐悲献吊，抒写余之哽塞乎？余尚能抽枯肠，奋秃管，摇头曳足，为君和之。

这篇诗序，不仅对邵潜诗歌的评价极高，而且字里行间，充满了感情。由此可见，一代文豪钱谦益对于通州一介布衣邵潜是怀着多么崇敬的心情啊！

据王士禛《池北偶谈》中的记载，康熙乙巳他在如皋西门见到邵潜时，邵已八十岁，当年即去世。康熙乙巳即康熙四年，公元1665年，为邵潜卒年。上推七十九年即为邵潜出生之年。那么，邵潜生于明万历十四年，公元1586年，享年八十。他生当明末清初，跨越了两个王朝，易代之际的落拓读书人，再加上生活贫困，有一点怪僻思想和行为，是丝毫不足为怪的。

《登狼山绝顶望海》诗写道：
　　　　积水合乾坤，崩涛日夜奔。
　　　　天吴穿石罅，灵若倒云根。
　　　　蛟蜃楼台迥，鱼龙窟宅昏。
　　　　滔滔何所住？极目一销魂！

此诗气势磅礴，用典精确，句句铿锵有力。特别是尾联，将江水奔腾东去的景象与诗人炽热的情怀熔铸为一体，令人涵咏不尽。

又如《登狼山值大雨雷电》诗：
　　　　风鸣江雨至，天地昼冥冥。
　　　　龙过云光冷，鲸翻水气腥。

　　　　　疾雷蟠绝壁,掣电谽重溟。
　　　　　莫测玄穹意,山魈好避形。
　　　前六句写江面山头雷雨闪电交加的情景如电影特写镜头,使人身临其境,不觉神惊目呆。而尾联却展开丰富的联想,猜想老天爷如此作为,原来是为了让"山魈好避形"。如果说前六句是用实笔描写客观实景的话,末两句则是用虚笔抒写诗人主观虚拟的情。其虚实搭配得多么出色啊!
　　《登狼五山》:
　　　　　足蹑罡风不自危,芙蓉片片镇相随。
　　　　　势蟠楚尾开天柱,形控吴头转地维。
　　　　　林霭千重迷北极,江涛万折固东陲。
　　　　　乾坤极目宽如许,白首乡关何所为?
　　《登萃景楼》:
　　　　　倚空杰阁郁崔嵬,爽气凭阑面面来。
　　　　　隔岸烟花分楚甸,连天云树接苏台。
　　　　　微茫海色晴飞雨,合沓江声昼起雷。
　　　　　谁复登高能作赋,元与千古擅雄才。
　　其中"势蟠楚尾开天柱,形控吴头转地维""林霭千里迷北极,江涛万折固东陲""隔岸烟花分楚甸,连天云树接苏台""微茫海色晴飞雨,合沓江声昼起雷",以及他处"风清岛屿还今日,云拥楼台异昔年。贾舶晴飞天堑雪,人家秋老海门烟"等联,不仅气势磅礴,写狼山与长江的景色如画,而且均属对精工,音韵铿锵,琅琅上口。由此可见,钱谦益诗序中的话,绝不是虚誉之辞。

冒襄的登狼山诗

老预仙流坐，寻山到海隅。
旷眠窥日早，峭拔入云孤。
白辨吴门练，青瞻楚甸蒲。
看君有飞舄，带水藐江湖。

首联写年老了想访求仙人，寻山来到海边。颔联写为了看日出，起得很早，看到狼山孤立于海角，峭拔入云。颈联写长江似白练，横躺于吴地的门口；遥望楚地，像一片青濛濛的菰蒲。尾联是说，狼山真像一只可乘以飞行的仙鞋，所以能带水藐视其他江湖。此诗奇就奇在尾联，既改变了人称，直接对着狼山呼告，又有奇想，将狼山写得充满活力。

坼堠净无烟，携宾藉草芊。
四贤同羽盖，十里转花田。
尚望兹游续，归盘片石悬。
长教后来者，读罢意飞骞。

坼堠，也写成"斥候"。指用以侦察、候望敌情的土堡。因为看不到战争的烽烟，所以带着宾客友人，坐在绵软的草地上。看到范仲淹等四贤在同一个羽盖下（指四贤祠），再过去十里，就是一片开满棉花的田园了。还希望能继续游览，盘腿坐在高悬的岩石上。要让后来的旅游者，读到我写的诗以后，能够意气飞扬。

柳应芳的《梦游白狼山》

客中一夜归心发，明河渐向斗间没。
千里乡关度若飞，分明梦见山中月。
白狼既是复疑非，倚杖苍茫辨翠微。
转入翠微才十步，少年游处尚依稀。
依稀记得曾游处，别殿红楼但烟雾。
野草莓苔依旧青，新花还发前年树。
悬崖飞磴杳难攀，双展迟回便欲还。
山灵怪我无留意，到处闲云为上关。
四山如屏屹相向，浮图覆岭干云上。
江光海色错山岚，幻出金银万千状。
峭壁巉岩劈面迎，层峦迭嶂回头生。
晓猿夜鹤愁来往，如御天风绝顶行。
俯身下瞰蛟龙宅，海日欲生潮水赤。
岷峨渤海交吐吞，精卫空悲填木石。
飒飒风帆快鸟翔，随波一日经扶桑。
海门东下不得控，河伯应须笑大方。
背倚春城十万户，前峰映带江南路。
平沙虚驻秦皇军，蔓草谁披骆丞墓？
山中住人别来久，相见殷勤问亲故。

嗟余亦是山中人,长年不到山中住。
临水登山三十秋,可怜无地不淹留。
那知故国佳山水,今夕翻从梦里游。

这首梦游诗,将狼山之美景写得历历如绘,且充满了浓郁的思乡之情,诗句畅达,韵味悠扬,令人百读不厌!

范国禄精彩的狼山诸咏

《狼山漫陟》：
仄径不成路，躐步防潦倒。往来山中人，弃置复何道？
我来洽众游，一意求杳渺。险欹任山性，攀援缘石脑。
树色资喘息，年光积深草。荒坡不受安，纡折沉幽讨。
长风挟素涛，惊听神光悄。肘腋无慢伸，天影覆枝杪。
饱咽众危情，精灵出意表。小语山半空，澄江自渺渺。
心力岂徒戮，所得在怀抱。诸贤何姓名，遗迹想飞鸟。

此诗前十六句四句一层，最后八句一层，共分五层。一层写上山的路极仄极难走，但舍此无他路。二层写游山是为了寻求杳渺的趣味，便不管山路险峻与攀援之难了。三层写山上的树色、深草、荒坡和纡回曲折的幽静境界。四层写长江中的波涛与倒影。五层写经历过危险后所体会到的意境趣味之美，并联想到山上前贤的遗迹。

《同诸公游狼山》：
一江天半宇，山色阅今古。山中松柏多，不识空青处。
万派渺归究，耳目自吞吐。殿角嘘薰风，慈云被华雨。
山水一拂中，高情任携取。湛湛明月心，妙禅终不语。

此诗通过对狼山美景的描绘来显示对佛法的领悟。末二句以"湛湛明月心"来喻示不能靠语言直接表达的禅趣，极其精彩。

《狼山道中》：
>郊原惬游兴，草色自青深。
>山引迢迢路，溪回曲曲林。
>杖头新结伴，驴背旧招吟。
>珍重临江意，风波有道心。

首联写在草色青深（暗示暮春三月）之时充满游兴去郊游。颔联以工整的对偶句描写山路迢迢，溪流回曲，树林青郁。颈联写诗人带着新友旧侣骑着蹇驴边走边吟诗。尾联希望共同出游的伙伴珍重这次出游，从风物中体会出深蕴的哲理。

《狼山坐雨候部使者不至》：
>官阁雨萧萧，山腰待使轺。
>风云愁拍地，江水怒生潮。
>当世非求赋，吾生宁免徭？
>劬劳终自茹，莫谓我宣骄。

在山腰官阁中，面对萧萧不停的雨，等候官府使者不到，不免有些焦躁，故而用"风云愁拍地，江水怒生潮"来渲染当时的心情。同时对苛捐杂税表示怨恨。尾联以向官使解释的口气说，不要说我们骄横跋扈，我们实在太劳累了，当然会自我宽恕。此诗写出了农民的心声。

《苏尚书奉命观海移檄刘大将军，驻师狼山，会郎蔡两制台暨林抚军杨提督俱集》：
>开国规模大，承平策画奇。东南烦庙算，江海重王师。
>司马行枢密，封狼见指麾。遥将千队仗，直向五山涯。
>八骏分黄纛，前星拥大旗。当阅屯虎豹，设帐耀熊罴。
>海不扬波日，兵非血刃时。群公资翊赞，主帅得便宜。
>六月鲲鹏息，九秋雕鹗移。欢呼腾万姓，正率偏诸司。
>父老嗟来暮，书生利见迟。铙歌虚敕勒，鼓吹拟翁离。
>翘首塞民望，仪图巩帝基。

这是一首描写在狼山检阅军队的诗，写得威武雄壮，气概不凡。

《和新安老人〈登狼山观海〉》：

> 狼山苍翠海水赤，万古蛟龙占窟宅。
> 不向洪钧探化根，徒烦乌兔传消息。
> 天吴叱咤巨灵吼，野马行空电光走。
> 虚疑匹练落吴门，弹指登临亦不偶。
> 老人家住黄山湾，日日看山不得闲。
> 元气腾云化海子，岂知身在尘世间？
> 尘世浮沉我与尔，鹿鹿相过千百里。
> 怒涛之上五芙蓉，东映扶桑射眸紫。
> 大界一粒粟，具区一杯水。
> 青齐於越如点烟，何况江淮但培塿？
> 噫嘻！古来游客非不豪，登楼作赋归吾曹。
> 放眼苦不远，立身苦不高。
> 天地自大人自小，日月自闲人自劳。
> 方壶瀛岛复何在，掀髯一笑声陶陶。
> 愿与老人泛醽醁，屣遗浊世如鸿毛。
> 噫嘻！屣遗浊世如鸿毛。

登高望远，海阔天空，俯仰宇宙，浮想联翩，超越时空，最后归结到"屣遗浊世如鸿毛"。大有李贺诗歌之意趣。

《登狼山支云塔》：

> 气溢孤苍回御风，凌空幻影入高穹。
> 似移天近危檐末，渐觉山低回首中。
> 万里此来江有北，一泓之外地无东。
> 森烟碧雨栖灵日，欲辨沧洲不可穷。

支云塔凌空御风，气势雄伟，耸立高空。天似乎低到与塔檐相平，回首一望，狼山也在脚下。浩浩万里长江，北岸有山；茫茫大海之东，再无陆地。这里有森烟碧雨，绿树红日，沧海沙洲，美景难以穷尽。

《冬日游狼山二首》：

雪后积阴欲晴，其晴也，风色微喧，若竟不果晴，风色乃愈寒悚，于山则甚，于山水间则尤甚。游者能旷遇之，高其兴会，则喧寒又无论也。腊月廿又二日，会葬陈子于南郊，先期约詹子天玉及余从子浩人，遂游山，以山仅相去二里而遥也。道遇白子寄园、渭原，成行者五人。宿烟未净，晓烟缕缕起村落林坳间。肩舆策蹇，参差逐突，人在画图中。近山，山家才朝食。云光冉冉，天气渐回，过狮子峰而前，瞥见江水汪汪万顷，淳泓无波，与天一色。出郭十五里，田畴阡陌上下迢递之，五峰拱按于前。自非阅历所经，不知案外咫尺便水。詹子自黄山道出宛上，溯大、小姑，下扬子、采石、燕矶三山，瓜渚之间，岂不洋洋乎大观。然而远者数十里，近者不过十里，未必奇浩至此。虽三□□□，当视五琅如拳石，而江海一览乃得于心目之交、瞬息之顷，能不惊喜失状耶？由演武堂拾级上殿，诣四贤祠，憩息半山亭。林际有一人气岸修爽，盘磴追随而上，则孙子皆山也。山中结伴有人，殊不寂寞，况胜友乎？相与倚山瞰水，陟降于云坡鸟道之中，零星缥缈，真似寒林冻羽。半晌始得一山僧来话，人多不为岁暮之游，空山落木，人静太古，山僧无心问之耳。饭后坐振衣亭，登萃景楼，眺黄泥、马鞍两山。"青葱剥蚀，草树萧森"，此倪高士得意笔也。取道而下，散坐殿前，山僧引詹子东上剑山，历回龙、朝阳诸处，盖诸子不能从矣。设席槛内，剧谈小饮。詹子自乱石上迤逦而来，把酒逡巡，各不厌倦。舆人告曰已下舂，群起放步，延洄江岸，移酌于西麓，汲通江之泉，杯浮数大白。北风乍起，酒力禁寒，衣袂间飒飒欲裂，乃趋故道，蹑狮峰，望峭壁一带，浩浩太空，寒威动地，山似崩走，水则腾怒。渺然之躯与衰车离立，任风僵偃，不可自持。气益寒，酒兴益热，杯斝淋漓，呜呜相啸，壮以春雷数十声，崖谷相应，恍若蛟龙闻之将奔涌瀑沸而起。哭陈子所不尽者，皆于是抒写之。命巨觥，歌长风，分余暖以饮诸仆,潦倒而归,天色忽暝。是游也,胜情豪况不相意而相遭,迥然在寻常登临之外,而悲欢之缔感、聚散之禁怀,转似不如此甚寒不足以饫游者。是为记。

寒原衰草外,结客恣幽探。
霜雪看来北,江山振古南。
骑驴惊岁晏,博醉向伽蓝。
吾道尊孤赏,登临信所耽。

雪后江山色,凝寒未破函。
游心禁白草,酒力壮青衫。
徙倚空林鸟,栖栖落日帆。
北风归路远,回首一巉岩。

诗前这篇记写得极为出色,将冬日游狼山的经过,所看到的景色,途中的活动,深切的体会,全记下来了,且文笔清丽,充满诗情画意。不忍割爱,与诗并存。

第一首首联写与友人到寒原衰草之外的狼山来寻幽探奇。颔联写霜雪严寒来自北方,江山美景源自江南。宋孙光宪《北梦琐言》卷七载唐相国郑綮曾说过"诗思在灞桥雪中驴子上"的话,故而颈联写"骑驴惊岁晏",下句是说,欲求得一醉就去游寺庙,因为古代寺庙招待游客饮酒。尾联是说,登山临水有所耽搁是正常的,因为要仔细欣赏啊!

第二首首联写为了欣赏雪后的江山美景,冒着严寒来游山。颔联写游山当然不愿只看到枯草,而饮酒却可消除肃杀的景象所带来的悲伤凄切的情绪(青衫,唐白居易《琵琶行》末句"座中泣下谁最多?江州司马青衫湿",后因用司马青衫来形容悲伤凄切)。颈联是说,傍晚时分,徘徊在树林边上的鸟,伴随着落日缓缓远去的帆船,倒是值得欣赏的。尾联是说,北风愈刮愈紧,归路很遥远,回头一看,只看见山上巉巉的岩石而已。

刘名芳的狼山剑山之咏

《得骆宾王遗墓题名断石》(二首):

　　落莫江淮客思哀,荒天无路自迟徊。
　　义兵戮尽心难死,劫火烧残骨未灰。
　　狐兔窟翻遗碣出,鲸鲵浪打寝门开。
　　携看尺五题名石,堪作唐家砥柱来。

　　千年蝌蚪迹昭昭,唐字全存骆半凋。
　　穷海波涛吞不尽,孤城风雨洗难消。
　　天留玄塚春凄惨,鬼哭青山夜寂寥。
　　白眼横开无限泪,夕阳衰草一魂销。

　　第一首说,当我落泊通州、无路可走、徘徊哀思的时候,发现了这块断石。在扬州起义的士兵都被杀戮殆尽,而骆宾王却没有死(意指他逃匿于白水荡),历经劫难。因狐兔洞被掘而遗碣出现,由鲸鲵巨浪拍打才打开了墓门。这块只有一尺五寸长的题名断石,可以看作有唐一朝的中流砥柱!

　　第二首说,断石上字迹非常清晰,"唐"字是完整的而"骆"只剩了半边。大海波涛和孤城风雨都难以消尽断石上的字。老天留下了这座坟墓显得凄凄惨惨,青山寂寥就会鬼哭狼嚎。我眼中饱含着无限的泪水,面对着夕阳衰草简直要魂散魄消! 由此可见刘名芳对于骆宾王怀有多么深厚的感情啊!

《剑脊山题壁》:
  天低海腹易晴阴,蛟窟龙宫逼翠岑。
  横遏风雷停极浦,倒飞日月上疏林。
  息机鸟抱孤僧梦,归岫云生倦客心。
  古刹半间栖绝顶,荒凉人弃我探寻。

此诗写当时剑山上的古庙已破落荒凉,无人问津,只有诗人,还怀着极大的热情去探寻,真是难得啊!

海门李心松的《登狼山诗》

素节届清秋,凉台生木杪。凭高纵延眺,澄江何渺渺。逶迤亘长天,差池集岛鸟。落日澹孤村,凝烟睹萧条。感往春复秋,嗟来昏复晓。佳辰怅何期,幽情托冥杳。潜濯足亭诗,凌晨蹑巉岏。薄暮未云倦,遵麓指幽亭。徙倚良足恋,依依负云岩。森森俯天堑,残霞鸟际飞。落日波中绚,望美惬幽期。心神率已浣,载赓沧浪歌,实获我所愿。

清秋季节,登上狼山的凉台,看到郁郁葱葱的树林,顿时产生凉意。纵目远眺,长江碧波荡漾,渺渺无际,曲折逶迤,横亘于长空。参差错落的岛屿,聚集着无数鸟儿。澹澹的落日下,孤村烟雾缭绕,显得多么冷落萧条。春夏复秋冬,感到时间过得真快;早晨又黄昏,叹息日月如梭。什么时候才是真正的佳节良辰呢?只好将幽情深藏于心底。凌晨就去攀登险峻的山岩,来到了濯足亭。直到傍晚,并不觉得疲倦,又沿着树木,找到了另一个幽静的亭榭。在那儿徘徊了很久,不愿离开。白云浮悬于巉岩上空,依依难舍。俯瞰长江天堑,水波森森,鸟儿在残霞边飞翔。落日在波涛中荡漾,多美啊!我的心愿已经满足,便唱着起了《沧浪歌》。

画家丁有煜的《狼山诗》

突兀一卷石,直下三百级。东西附四山,浮图矗天立。
面江接江南,江水遥空碧。山灵不受贫,山僧无菜色。
三月桃花开,半腰露滴滴。风雅忆何年,脚下鱼龙涩。

前四句用画笔,画了一幅五山图:一卷突兀的巨石,矗立于江边,直下至平地,有三百多级台阶。东西面附有四座山,山顶的支云塔,直戳云霄。接着写遥遥望去,对面就是江南,碧蓝的天空与湛蓝的江水在那里遥相连接。仍然用的是画笔。由于狼山菩萨灵验,因此山僧都面无菜色。半山腰桃花盛开,灼灼鲜红,艳色欲滴。这还是用的画笔。最后才写游山感想,希望狼山能够更加风雅些。

水绘园里的高水平联唱

水绘园联唱的由来和价值

杨际昌《国朝诗话》卷一："如皋冒巢民襄园林之胜，宾客之美，一时莫并，同人唱和，亦多佳句。余最爱陈其年维崧'十队宝刀春结客，三更银甲夜开樽'，豪气勃勃。若徐方虎倬'人怜沧海遗民少，话听开元逸事多'，更不止流连光景矣。"

冒襄（1611—1693），字辟疆，号巢民，又号朴巢，如皋人。讲气节，与陈贞慧、方以智、侯方域交往，持论正义，品评人物很公正，被人称为"四公子"。《清史稿》卷五百一称："襄既隐居不出，名益盛。督抚以监军荐，御史以人才荐，皆以亲老辞。康熙中，复以山林隐逸及博学鸿词荐，亦不就。著述甚富，行世者，有《先世前征录》《六十年师友诗文同人集》《朴巢诗文集》《水绘园诗文集》。书法绝妙，喜作擘窠大字，人皆藏弆珍之。"据清代李斗《扬州画舫录》卷十记载："家有水绘园，园有逸园、梅塘、湘中阁、洗钵池、玉带桥、寒碧堂、小三吾、小浯溪诸胜。乙巳（1665）春，文简（指王士禛）有事如皋，与邵潜、陈维崧、许嗣隆、毛师柱修禊于是，歌儿、紫云捧砚于湘中阁，杜浚后至，不及会。"

冒襄不仅富有家财，还乐善好施。在饥荒之年，他大力赈济灾民，救人无数。许直的《冒辟疆赈饥诗》写道："皇天蔽视听,虐此无辜民。旱魃吐赤焰,螟蝱拥红尘。平畴一望枯,骸骨化青燐。为富鲜悯恤,闭籴封高囷。吾党有义府,冒子擅嶙峋。倾粮周缺陷,鬻产继全仁。哀鸿数千百,饱暖生阳春。当事询乔岳,倚君如其身。帑发恣出入,节慎见经纶。邻邑望风至,广赍饴苦辛。宁止麦舟助,直与郑公伦。余亦切同体,何独惭斯人。称贷佐毫末,合尖聊相因。君复广同善,冲寒四野滨。务使穷乡远,尽起沟中陈。鸿慈裕经术,真诚贯鬼神。短言代口碑,他年附琪珉。"

水绘园里的高水平联唱,不仅在南通文学史上异常突出,令人赞不绝口,即使在中国文学史上,也是非常令人瞩目的现象。因为不仅水绘园主冒襄风度翩翩,才华横溢,而且像王士禛、龚鼎孳、吴伟业、杜濬、陈维崧等一批著名的诗人都聚集在这里,饮酒观剧,联袂吟唱,写出了一批令人不忍释卷的佳作。

水绘园究竟是什么情况呢?杜濬的《水绘园》诗写道:"萧晨行散罢,沼溪恣回转。屡听白社钟,时遇青林笕。名园构城阿,绮阁俯荒堧。风物果沉潆,襟抱况修缅。去冬花尚开,亭午露犹泫。繁条络危夐,明流挂层巘。而我伫山椒,支筇更登践。沓嶂红灭没,迥冈碧清浅。雨歇邻塘深,日霁遥墟显。下有古钵池,溪毛绿如藓。皎镜一以开,生绡问谁剪?始信境象幽,高下任遴选。我生疲津梁,何能学涊渷。旷识协林峦,高怀薄轩冕。庶几和天倪,幽默获所遣。"

邓汉仪的《水绘园》诗写道:"俨成高士宅,半作老僧居。竹径通禅梵,花窗枕道书。龙蛇忽变幻,烟水定何如。苦忆年来事,飞沙卷白鱼。"

范国禄的《次韵杜宪副〈游如皋冒氏水绘园〉》写道:"杜公当代彦,功名腾天章。冒生吾党英,声华重宾王。出处虽不同,允为朝野光。式庐屏驺从,坐据藤阴床。抵掌谢时氛,击节起颓唐。冰心与玉壶,掩映正相当。园以水为绘,林荫如含霜。境幽景自殊,静理原有常。旷览兹名胜,优优天一方。真人会东行,窈霭照紫琅。邈予下里士,偃蹇徒自尝。生不遇玄晏,负笈难出疆。况复畏多露,道路何瀼瀼?遥忆曲水间,临波流羽觞。行厨荐素羞,移席列清芗。玉山凌影下,抗迹崦嵫旁。回看身所经,历历皆兰棠。摩空眺新月,但愁云树妨。即此数重水,谁谓苇可航?凉飔生远籁,余景耀清扬。尘尾霏碧屑,出之紫翠房。手可摘星斗,意致交轩昂。盛世徵鼓吹,治具已毕张。草莽歌太平,高风千古长。"

水绘园

水绘园里的修禊诗会

修禊,我国古代风俗,于农历三月上旬的巳日(三国魏以后固定为三月初三)到水边嬉戏,以祓除不祥,称为修禊。修禊诗会源自晋代大书法家王羲之的兰亭集会。冒襄仿照王羲之,举办过一次小型的修禊诗会,参加的共有八人。

冒襄的《水绘庵修禊记》写道:

乙巳仲春,阮亭先生以书讯予曰:"其年已来,潜夫无恙,今年三月当过洗钵池作洛水戏也。"盖钵池春水,实闻此言。无何闻先生来,不果,居数日,复闻先生来,又不果,如是者三。二月杪,先生忽来,喜甚,亟出郊迎之。相见首言禊事,先生笑,谓予曰:"所不践此言者,有如此水。"余闻之益喜甚。时毛生亦史则从娄东持梅村祭酒诗文至,与其年读书庵中半月矣。此庵榛芜已久,只剩空濛数十亩,屑瑟可爱,顾春来以早故,少减寒绿,日前数雨,鸭头初染,顿还旧观,则又私心自念曰:"春雨虽佳,得毋少阻游兴乎?"届是日,天色明霁,桃花未落,春泥已干,风日清美,微云若绢,舒卷天际。遂与其年、亦史、山涛、禾、丹两儿步屟以待先生。少顷,先生至,则裌衣芒履,循虹桥画堤而入,晴丝罥路,繁英碍空,菜花蛱蝶俱骀荡缭垣复磴间。坐寒碧堂,堂背林面池,人家园亭,森森鳞鳞,多被水上,风潭黛镜,深不掩鳞。茗罢,径妙隐香林,由一默斋折而入，则为枕烟亭。亭面叠嶂数十仞，下有涩浪坡可绕曲水，十年淤塞不复通，是日以辘轳取山泉。激水奔崩，如白鲦数千万头从石罅琮琤注泻而下，望之憭慄。亭无他物，香茗外几上有文待诏《兰亭修禊图记》一卷，素朱黯碧，隐茂林修竹，羃历婵娟，展玩如与王庾诸子弟捉麈面谈。登舟泛洗钵池，甫解缆，先生曰："兹集也，可无潜夫先生乎？"时先生年八十五，体中小恶者已累月，闻先生语，疾舆至舟中。明窗尽开，水云一色，一小蜻蛉载清吹数部尾其后，歌丝为水声所咽，缭绕久之，掠寒碧而西。由月池抵小浯溪，即客夏与其年赋六忆长歌，叹回环故道不通者，今已通矣。陟小三吾，踞月鱼基，小饮数巡，复回棹枕烟亭。潜夫以谷丸甚先归。先生顾予曰："今日之集，诗不限韵，人不一体，各踞一胜。宾主不相顾。"先生选枕烟之左因树楼，余居寒碧堂，东偏湖中阁，则毛生亦史、许生山涛，而其年与禾儿，则在小三吾，其轻舟委浪往来于烟波云水间者，次儿丹书也。是役也，先生谬以五字见许，命余为五言律，亦史得七言律，丹儿得五言绝，山涛得七言绝，其年与禾儿得五言古，而七言古则属之先生。先生跂脚坐楼上，隐囊侧帽，望若神仙，摇笔俄顷，得七言古十章，一气倾注，首尾无端，大海回风，神龙不测，其兴酣淋漓，几欲乘风而去矣。时日已将暝，乃开寒碧堂，爰命歌儿演《紫玉钗》《牡丹亭》数剧，差复谐畅。漏下二鼓，以红碧琉璃数十枚，或置山巅，或置水涯，高下低昂，晶荧闪烁，与人影相凌乱，横吹声与管弦拉杂，忽从山上起栖鸦，簌簌不定。先生曰："此何异罗星斗而听缑笙！夫胜游之难继，而欢会之不可常也。昔之人已言之矣，子其记之。"并属陈生为之序。

  陈维崧的《水绘庵乙巳上巳修禊诗序》又换了一些角度：

  水绘园修禊诗一卷，共八人：王阮亭士禛、邵潜潜夫、冒巢民襄、谷梁禾书、青若丹书、毛亦史师柱、许山涛嗣隆、陈其年维崧。诗则有五言古、七言古、五言律、七言律、五言绝、七言绝，为体有六，共诗三十有八首。集既成，陈生曰：嗟乎！夫人哀乐之交乘，而友朋聚散之难必也，不亦大可戚哉！余之居东皋，盖七八年于兹矣。此七八年中，每偕皋之数君子以游于兹园，然往往恨不克从王先生。及余来扬州，平山、红桥之间，明帘白舫，欲与皋之数君子者游，而又邈乎其不可得也。因窃太息，以为友朋聚会之乐如是其艰。即余比岁居东皋，而冒先生者，其家实不如平时。始余至东皋，兹园也，风月之晨，烟云之夕，冒先生未尝不至，余未尝不从；其后则岁或十数至矣；又其后则四五至矣，甚者或一二至。噫！何其难也！今幸王先生既按部东皋，而陈生从阳羡来，毛生又从娄东至。邵山人虽老，且善病，然尚健饭，形容固未甚瘦也。东皋数君子，虽晨风零雨，飘散为多，而山涛、谷梁、青若尚竭蹶从冒先生后，以觞咏于兹园也，何其乐耶！然是役也，邵山人实年八十五，且病，恐不获数相见；而王先生又旦夕将及瓜（州），则又为之悄然以思。酒二参，王先生作而言曰："夫哀乐之交乘，而友朋聚散之难必也，诚哉如子言矣。使千秋万载后，知吾与汝今日之乐也，使吾与汝因前日之难而益知今日之乐也，其乐又何如乎？而况于风日之清嘉，禽鸟之歌舞，与夫都人士女之嬉游乎？"陈生曰："唯唯，何敢忘！"若冒先生之茹荼集蓼而忘其忧，以乐其乐也，与谷梁、青若之服劳养志，以博亲一日之乐，则又大可纪者。是集也，盖岁乙巳之暮春三日云。

冒襄《乙巳上巳王阮亭先生同其年、亦史、山涛及禾、丹两儿修禊水绘庵，即席分体限韵》（五律四首）：

风雨连三月，佳辰独丽晴。
握兰临镜水，听鸟杂歌声。
亭在林中静，舟从画里行。
近来游兴减，何意得春情。

岂知王逸少，于此会群贤。
旭日开芳甸，和风上绮筵。

通身追晋代，无语不神仙。
五载虚题咏，从今傲辋川。

漱石通泉曲，疏池抱月回。
水原今日事，诗见古人才。
此会真难继，吾侪共举杯。
柴门终日闭，容易为人开。

按图延处士，逸老系人怀。
古意堪谁语，风光与众偕。
良朋双绝代，儿辈两盈阶。
三十年前侣，应知此日佳。

王士禛《如皋上巳同巢民先生令子谷梁、青若、其年、亦史、山涛，修禊水绘园，即席分体》（七古十首）：

悬溜山前春瀑晴，洗钵池边春水生。
天气殊佳临解禊，酒人兼作摘船行。
延陵子房复不恶，齐瑟吴歈皆有情。
忽忆红桥作寒食，梨花千树照芜城。

前年曾到湘中阁，阁外天寒水方落。
西风飒飒猿啾啾，惜别怀君芳杜若。
今来三月青春深，浯溪窈窕桃花林。
为君一曲答欸乃，写作云山韶濩音。

碧琉璃上双玉壶，兰桡宛转沿春芜。
未传洛下羊酪法，且醉淮南樱笋厨。
射雉城中烟景暮，流莺唤人且须住。
回头笑谢襄阳儿，讵可摇鞭背花去。

平山堂下五清明，草长莺飞无限情。
不怪老颠裂风景，名园上日相逢迎。
银筝初弹阮初擘，此夕留髡应十石。
春衣明岁杜陵游，忆汝狂歌拓金戟。

西豪里中访老友，况复陈生与我厚。
辟疆园敞罗群贤，大儿小儿唱铜斗。
烟际鸬鹚一只飞，吴歌水调欲沾衣。
风光如此不成醉，帽影鞭丝何处归？

陈公家近罨画溪，溪边花草令人迷。
离墨山中一宵雨，竹鸡白鹇相应啼。
先生大隐隐城市，万壑千岩窗户里。
花朝已过上巳来，日坐蜻蛉钓沙尾。

回溪绿净不可唾，碧萝阴中樟船过。
落花游丝春昼闲，独许先生此高卧。
剧怜风物共披襟，萧然丝竹皆清音。
永和三日今千载，坐使清风满竹林。

暮春三月为水嬉，棠梨叶大山禽啼。
田家社酒压缸面，雪白橙香玉练槌。
夜听醉头滴春雨，晓报提壶如泼乳。
醉乡大户百分空，起唤花奴自挝鼓。

崦岈一径略彴红，地肺疑与朱陵通。
沅湘春水蒲桃绿，江蓠兰杜愁烟空。
主人少年登岳麓，祝融峰头几回宿。
七十二峰罗户庭，日汲湘潭然湘竹。

西樵山人剡中去，古盦山人广陵住。
　　渔洋山人来东臯，三日三吾对芳树。
　　人生聚散不可忘，且须痛饮累百觞。
　　名山游罢共归老，笑玩麻姑手爪长。

杜于皇曰："吾于七言古颇窃自负，而独意忌王阮亭。今读上巳十首，益有不及之叹矣。或问此诗妙处，余举成句曰'罗袖动香香不已'，曰"挥毫落纸如云烟"，曰'白云欲尽难为容'，曰'近来海内为长句，汝与山东李白好'也。问余：'七言古自负处何在？'余曰：'但觉高歌有鬼神，焉知饿死填沟壑'，如此而已。此诗既经巢民记中品定精详，余特为议其大意，并发阮亭一笑云尔。乃余至三吾，独在修禊之后，以得避此劲敌，亦属有天幸哉！"

王士禛《渔洋诗话》："余与邵潜夫、陈其年诸名士，以康熙乙巳修禊冒辟疆水绘园，分体赋诗。余戏谓其年曰：得紫云捧砚乃可。紫云者，冒歌儿最姝丽者，为其年所眷。许之，余坐湘中阁，立成七言古诗十章。后一日，杜茶邨自广陵来，亦有补作。或问之曰：'阮亭诗何如？'杜曰：'酒酣落笔摇五岳，诗成笑傲凌沧洲。''君诗何如？'曰：'但觉高歌有鬼神，谁知饿死填沟壑？'"

邵潜《修禊诗》（七律一首）：
　　山园曲曲恣寻幽，不减兰亭昔日游。
　　年似永和饶丽景，客同大令自名流。
　　歌声宛转云间出，酒气氤氲水上浮。
　　却怪诸君太无赖，诗成顷刻傲前修。

陈维崧《修禊诗》（五古五首）：
禊堂背城郭，水木纷陂陀。飞絮亦以漫，落花行复多。
幽禽时一鸣，缄情向春华。物理有销歇，贤达将如何？

风光既骀荡,水云相断续。轻舸委明潭,春厨映深竹。
王郎达者流,襟情独高寄。忽忆潇湘波,此时复应绿。

文奏讵能牵,邱壑或堪置。凤眈印渚游,暂出洛滨戏。
风日既清佳,宾徒悉韶令。泠泠鸾凤音,奕奕烟霞气。

晴光荡兰畦,瀑水滴萝径。愍度过江来,竖义一何胜。
王裴善清言,靡靡亦堪听。而我嗒忘言,前林响疏磬。

禁烟一以过,清和又将至。四节讵复停,邈然发遐思。
今朝王法护,定到寒山寺。

毛师柱《修禊诗》(七律二首):

　　春园花柳傍山城,春竹阴阴春水生。
　　不尽流光惊上巳,无边风日喜初晴。
　　飞泉斜挂孤峰迥,横笛闲吹画舫轻。
　　修禊若应传胜事,右军千载最知名。

　　绿荫空庭夜色迟,春灯照影乱山陂。
　　坐来亭榭清于昼,何处笙歌细若丝?
　　岸帻几人重秉烛,流觞今夕更临池。
　　乡心忽忆吴阊路,三月风光绝妙时。

许嗣隆《修禊诗》(七绝十首):

　　花明柳暗织轻烟,共解春衫坐水边。
　　只有右军能作序,风流人说永和年。

　　水面茅亭似镜浮,山容天影漾空流。
　　寻春最爱春深处,红板桥西一叶舟。

　　高楼隔岸影空濛,艳冶春光宛转通。

茶后香前闻按板，歌丝缕缕百花中。

才从小石藉烟莎，冉冉春云水上多。
纨扇书成修禊帖，羡他池畔有群鹅。

轻绡淡荡写丹青，画里衣冠见典型。
一自题诗披鹤氅，枕烟亭子是兰亭。

莫绣平原买素丝，群贤此会胜南皮。
相随步屧桃花路，领略春风绝妙时。

翠兰红药过春分，高会山阴自昔闻。
柳幕风含春似海，花堤气暖水如云。

弹琴送酒同金谷，点笔成诗让右军。
听尽莺声天欲暮，添衣石上坐斜曛。

一时才调总无前，卜昼还看敞夕筵。
花映帘光迎夜月，灯浮水影隔春烟。

尊移晚兴藤萝屋，曲谱新词拉杂弦。
竟日淹留饶胜事，三更星斗落歌船。

冒丹书《修禊诗》（五绝四首）：

忆昨风雨多，寂寞寒食节。
今朝交暮春，临水濯新洁。

林塘恣游豫，竹树匝芳荟。
风流王右军，重作兰亭会。

时有桃花飞，流入桃花水。
苔钱石上生，钓丝风中起。

稍待新月横，流光上春衣。
旦日洛水戏，薄暮讵忽归。

  这次修禊诗会，规模虽不及兰亭，兰亭有四十多人集会，水绘园只有八人集会，但兰亭集会每人只留下一二首诗，二十六人只留下三十四首诗，而水绘园集会每人好几首，最多一人达十首，八个人共留下三十八首诗。当然，看诗不能仅看数量，而水绘园修禊诗总的质量超过了兰亭，这真是水绘园的骄傲，如皋的骄傲，南通的骄傲！

水绘园

冒襄与王士禛的唱和

王士禛（1634—1711），字子真，又字贻上，号阮亭，又号渔洋山人，山东新城（今属山东省桓台县）人。王士禛在清顺治十五年（1658）中进士，出任扬州推官，一生仕途顺达，历官至刑部尚书，直至七十一岁始罢官回乡。王士禛是清代著名诗人兼诗论家，在清初，他的诗歌创作以"神韵卓绝"自立坛坫，又以"一代正宗"的形象独领风骚，开一代诗风。《四库全书总目提要》说："当我朝开国之初，人皆厌明代

王士禛

王、李之肤廓，钟、谭之纤仄，于是谈诗者竞尚宋元。既而宋诗质直，流为有韵之语录；元诗缛艳，流为对句之小词。于是士禛等以清新俊逸之才，范水模山，批风抹月，倡天下以'不著一字，尽得风流'之说，天下遂翕然应之。"康熙朝，王士禛主盟诗坛数十年，其创作及所倡导的"神韵"诗论深刻地影响了当时乃至有清一代。王士禛一生著述等身，主要

著作如《带经堂集》《渔洋诗话》《香祖笔记》《居易录》等久享盛名，而其诗歌选本《渔洋精华录》，作为反映诗人创作基本面貌的最简洁读本，影响尤著。它几乎是清人诗歌别集中刊行最多、流传最广者，因之成为谈清诗创作不能绕开的著名典籍。

《秋柳四首》：

秋来何处最消魂，残照西风白下门。
他日差池春燕影，只今憔悴晚烟痕。
愁生陌上《黄骢曲》，梦远江南乌夜村。
莫听临风三弄笛，玉关哀怨总难论。

娟娟凉露欲为霜，万缕千条拂玉塘。
浦里青荷中妇镜，江干黄竹女儿箱。
空怜板渚隋堤水，不见琅琊大道王。
若过洛阳风景地，含情重问永丰坊。

东风作絮糁春衣，太息萧条景物非。
扶荔宫中花事尽，灵和殿里昔人稀。
相逢南雁皆愁侣，好语西乌莫夜飞。
往日风流问枚叔，梁园回首素心违。

桃根桃叶镇相怜，眺尽平芜欲化烟。
秋色向人犹旖旎，春闺曾与致缠绵。
新愁帝子悲今日，旧事公孙忆往年。
记否青门珠络鼓，松枝相映夕阳边。

王士禛《菜根堂诗集序》："顺治丁酉秋（1657），予客济南，诸名士云集明湖。一日，会饮水面亭，亭下杨柳千余株，披拂水际，叶始微黄，乍染秋色，若有摇落之态。予怅然有感，赋诗四章。"第一首写秋柳摇落时之伤感，即离别的伤感。首联自问自答：秋天到来时何处最令人消魂呢？那就是西风烈烈、夕阳下山时的金陵白下门。江淹《别赋》："黯然销魂者，惟别而已矣。"是为离别而消魂。残照西风，最能令人伤感，而白下门正是有杨树的地方。李白《金陵白下亭留别》诗："驿亭三杨树，正对白下门。"颔联是说，从前在杨柳旁参差飞翔的春燕，已经不见踪影，只剩下令人憔悴的晚烟痕迹了。此联将伤感情绪加深加浓了。颈联用了两个典故。黄骢曲，《唐书·礼乐志》："太宗破窦建德，乘马名黄骢骠。及征高丽，死于道，颇哀惜之，命乐工制《黄骢迭曲》。"乌夜村，范成大《吴郡志》："乌夜村，晋穆帝后，何准女，寓居县南，产后于此。将产之夕，有群乌夜惊于聚落，尔后乌更鸣，众共异之。及明大赦。"这两个典故更增加了感伤的程度。所以尾联说，不要去听临风吹笛，因为吹奏的是《折杨柳》曲，跟"羌笛何须怨杨柳"的玉关怨一样，总使人觉得难堪。以下三首立意差不多，只是用的典故不同。通过许多典故的层层渲染，因离别而感伤的情绪显得极浓。实际上，这组诗寓有极深的兴亡之感。

冒辟疆《和阮亭秋柳诗原韵》：
南浦西风合断魂，数枝清影立朱门。
可知春去浑无迹，忽地霜来渐有痕。
家世凄凉灵武殿，腰肢憔悴莫愁村。
曲中旧侣如相忆，急管哀筝与细论。

红闱紫塞昼飞霜，顾影羞窥白玉塘。
近日心情惟短笛，当年花絮已空箱。
梦残舞榭还歌榭，泪落岐王与薛王。
回首三春攀折苦，错教根种善和坊。

无复春城金缕衣，斑骓蹀躞是耶非？

张郎街后人何处？白傅园中客已稀。
　　誓作浮萍随水去，好从燕子背人飞。
　　误传柳宿来天上，一堕风尘万事违。

　　台城隋苑总相怜，忆昔紫堤并拂烟。
　　金屋流萤俱寂寞，玉关鸊雁苦缠绵。
　　十围种就知何代？千缕垂时已隔年。
　　最恨健儿偏欲折，凉秋闻道又临边。

钱仲联《梦苕庵诗话》："渔洋《秋柳》，当时和者至众，散见于各家集中者已不多。巢民四首，寓感兴亡，略同原唱，神韵亦无多让。"王士禛的《秋柳》，以含蓄、雅致、用典贴切见长，冒襄的和作，也体现了这些特色。

王士禛《洗象行》：
　　水关苍苍柳阴碧，宝马流苏纷络绎。
　　日中传呼洗象来，玉河波射珊瑚赤。
　　须臾钲鼓干云霄，万夫声寂如秋宵。
　　虎毛蛮奴踞象顶，丘山不动何岧峣。
　　岸边突兀二十四，直下波涛若崩坠。
　　纵横欲蹴鼍鼍宅，腾踏还成鹅鹳队。
　　乍如昆明习斗战，万乘旌旗眼中见。
　　又如列阵昆阳城，雷雨行天神鬼惊。
　　奴子胡旋气逾壮，忽没中流狎巨浪。
　　撇波一跃万人呼，翻然却出层霄上。
　　今年丞相收夜郎，扶南盘况求王章。
　　远随方物贡天阙，屹然立伏金阶旁。
　　圣朝自不贵异物，致此亦足威遐荒。
　　黄门鼓吹暮复动，海立山移浩呼汹。
　　大秦师子多威神，山林岂是天家珍。

王士禛《傅侯天马歌》：

傅侯天马身八尺，风鬃卓立双瞳方。
赤毛朱翼信龙种，神姿磊落形昂藏。
来从流沙涉西极，玉山之禾偶栖息。
意气生能轻虎兕，骁腾未屑循羁勒。
四蹄乌爪如钢钩，经过千里风飕飕。
虎身壮士控不得，仰视阊阖浮云愁。
昔日湖南始征战，军中骅骝号百万。
此马振鬣始一鸣，欻如天上惊雷电。
一从罢战归中原，三年不复从橐鞬。
渔阳落日下白草，壮心更欲穷河源。
安得此马飞上天，不须万里遮穷边。
即看郊祀陈天马，何减登歌太乙年。

王士禛的这类七言古体诗，其艺术特色既如冒襄所说，是"长歌短律飞嶙峋"，是"盘空硬句落天外"，是"磊落千言何绝妙"，又如杜濬所说，是"酒酣落笔摇五岳，诗成笑傲凌沧洲"。想象丰富，气势豪迈，诗句雄健有力，音韵铿锵悦耳。

冒辟疆《客邗上，王阮亭使君以〈洗象〉〈绣鹰〉〈天马〉〈双松〉诸古风见示，歌以赠之》：

燕台雪花大如尺，金张宝马夜相索。
此时王侯无酒钱，不识城南与城北。
袖中十丈红珊瑚，琼瑶翡翠隋侯珠。
煜如海客贩鞑靼，丽若贵主垂流苏。
五月金河绿波漾，赤栏桥畔人相向。
象奴不动如山来，喷沫腾波蘸烟浪。
王侯此时笔有神，长歌短律飞嶙峋。
盘空硬句落天外，崭绝森秀罗天真。
云间针神古无比，细缉吴绫如虮子。
角鹰绣出三尺长，翠距愁人镇相视。

傅家白面称小侯，雕鞍宝镫成春游。
骎骎天马汗流血，不数昔日琬马骝。
王侯酒酣据地叫，磊落千言何绝妙。
有如六博成枭卢，掷帽自言袁彦道。
君不见幽州马客红氍毹，滑台仪同绣螯弧。
长安城中十万户，谁人能作湖就姑？
又不见南朝子弟好丝竹，轻衣夜过五陵宿。
谁数挥毫陆士衡，只怜傅粉何平叔。
那知王侯骨格奇，赋诗往往吹壎篪。
盘中中央周四角，何用索米长安为。
官闲晨起金门里，屏幛千岩与万水。
翠鬣霜皮饱十围，谁人笔下落松子。
更欲赋之鹅溪纸，杜陵歌行自兹始。

　　冒襄这首七古，极像王士禛的七古，王的七古特色，本诗可以说是有过之而无不及。

冒襄关怀陈维崧诸作

好友陈贞慧去世后,冒襄对其子陈维崧极其关爱,让陈维崧在水绘园中生活了十多年,对他的感情甚至超过了对儿子。

《冬夜水绘庵读书,诸子招陪,其年时小,季无誉,禾、丹两儿在侍,即席限韵三首》:

> 同人今夕集,无异照清藜。
> 共发交章焰,能令星斗低。
> 酒醉看如意,西风任取携。
> 极天谁正气,彻夜听边鼙。
>
> 何人搴艺苑,巨手驭班麟。
> 旧失梁园雪,今归义府陈。
> 乾坤僧有腊,岁暮履无新。
> 莫叹相逢晚,霜天指翠筠。
>
> 鹍弦横铁拨,花笔赋芝房。
> 午夜酬知己,高歌更一觞。
> 月侵一庭碧,人衣百蕴香。
> 每惊风雨句,今日减清狂。

这组诗写冒襄让陈维崧跟他两个儿子一起喝酒、看戏、吟诗,对他的诗才特别欣赏,称之为"每惊风雨句"。

《其年暂返阳羡,出戴梅屋新画小像,索赞,即席走笔题赠》:

陈子与我形神相接几三月,才锋意藻交相竭。别归手剪一幅云,索题小照见毫发。陈子陈子尔岂面貌交,何难写尔玉树千寻干云梢。但恐异才天授鬼神泣,异书读尽参沉寥。斯非才尽所能述,徒令神龙老鹤空夭矫。请与聊径述,小言詹詹不厌质。我与尔四世六十年,年谱盟书难尽言。爱尔利笔追风如陈俊击铜马,短兵所向无敌也。又如陈蕃欲与天争汉鼎归,扫除天下毫端泻。置君百尺楼上头,文才胆志传者寡。一朝撞碎千金琴,变雅文章山水深。短褐风尘走江左,吾亭顾我称知音。长髯过腹三四尺,丰背峨肩如截壁。戴生年少妙传神,飞天仙人下瑶碧。岂但文章莫比伦,受电甘霜一寸心。江湖万古多才子,星斗蟠胸是钜人。我之貌尔仅如此,尔试视余何所似。荒天老日东海滨,独立苍茫掷书史!

这是题陈维崧小像的一首七古,句式参差,气势磅礴。冒襄与他接触才三个月,就对他如此倾倒,如此关爱,不仅以"长髯过腹三四尺,丰背峨肩如截壁"之句刻画他的外貌特征,还以"扫除天下毫端泻。置君百尺楼上头,文才胆志传者寡。一朝撞碎千金琴"之句高度赞赏他的诗才。这种知遇之情,真乃旷世罕见!

《除夕前一日,同其年、孺子诸君茶话,孺子诗成,即席递为倡和得三首》:

腊尽江天暮,吾亭万境幽。
梅花香战雪,茗椀碧于秋。
金石全真气,冰雪薄古愁。
明年余一日,千载此悠悠。

峥嵘留岁暮，四海此茅堂。
　　　不是怜诸子，谁能厌老狂。
　　　鼎彝生夜色，泓颖泄春香。
　　　主客浑无定，何人复望乡。

　　　西阁精茗理，孤松掩白云。
　　　兔瓷清梦断，花月怨离群。
　　　病渴谁能慰，埋香杳不闻。
　　　今宵拂炉火，鼎沸涌千军。

冒襄与陈维崧一起过年，品茶，聊天，完全是一家人！
《戏赠其年》：
　　　陈子奇才乱典坟，陈子痴情痴若云。
　　　世间知己无如我，不遗云郎竟与君。

金埴《不下带编》："陈其年检讨，布衣时馆于冒氏，与歌童紫云甚昵……辟疆戏与其年一绝句云云。"陈维崧喜欢书童紫云，冒襄毫不吝惜地送给了他，难得，难得！

《送别陈其年》：
　　　城角苍凉夜如水，江干北风一千里。
　　　故人驾言欲遄征，薄暮呼童具行李。
　　　慷慨握手出城隅，欲别不别歌《骊驹》。
　　　酒酣相顾各叹息，仰天熟视西飞乌。
　　　须臾月落孤城堞，茫茫万里江涛叠。
　　　挥手河梁归去来，孤帆六幅轻如叶。
　　　吁嗟聚散何太悲，人生自有别离时。
　　　去年惜别寒江畔，今年又作送君词。
　　　君归勿复伤迟暮，世人谁爱扬雄赋。
　　　铜官山头百草枯，好向霜天猎狐兔。

　　送别时冒襄自己那么伤感，还反过来安慰对方。爱护之情，几欲跃出纸面！

《戊戌仲冬九日,陈其年初过寒庐,宴集即席限韵》:
　　异代论交风雪寒,飘然书剑泪痕看。
　　楼松化石今余几,风雨如期古所难。
　　对尔须眉堪共照,问他薇蕨许谁餐。
　　霜天片月当年白,萧飒西风夜未残。

　　首联写不同世代的人结交气氛更浓,感情更深("飘然书剑泪痕看"是渲染感情的浓度)。颔联用比喻说明守信乃是真诚结交的基础。颈联写结交须真心实意。须眉共照即肝胆相照。尾联兴兼比,霜天月白指心地清白坦荡,同时与下句一起切题中"仲冬九日"的节令。

冒襄

冒襄哀感顽艳、萧寥跌宕的词作

徐世昌《晚晴簃诗汇·诗话》:"龚芝麓曰:(冒襄诗词)如理幺弦,如扣哀玉,如幽兰之过雨,如秋城之送砧。盖其结习豪情,铲除净尽,故拨弃一切,披写天真。杜于皇曰:声诗之道,天七而人三,惟天人合而无迹,始接混茫而追风雅。吾选辟疆诗,以是为程。巢民高才任侠,与侯朝宗、陈定生、吴次尾诸人标榜南都坛坫,晚为遗民。诗益萧寥跌宕。刘公㦄谓读其集如听绣岭宫前翁唱开元曲,哀感顽艳,足以动人。"

《一剪梅·和吴园次题染香阁贴瓣梅花》:

香玉霏微雪泛尘。月下单身。梦里单身。闺中小妇弄精神。妍手偷春。老笔藏春。　折来看去总如新。写出真真。唤出真真。古苔绿萼碧烟昏。香草还魂。蜂蝶销魂。

词藻清丽,情韵柔美,写贴瓣梅花如画。

《沁园春》:

筑匡峰庐初成,有维扬女校书适至,周屺公赋二阕,次和。

馨竭平生,幕天种树,拔地成峰。想结巢古朴,凭虚万顷,移山水绘,涛响孤松。五十年间,两番清浅,一枕蘧庐付晓钟。重来此,与老农老圃,策杖相逢。　衰年人外疏慵。奈山鬼睨迎无处容。听犬声如豹,狺狺吠日,蟾蜍掷秽,口口当风。介葛难明,情词并绝,惟有逃之不与从。匿峰处,喜天空云淡,五岳心胸。

绝似瓜牛,依然土室,埋照风尘。许南阳逸叟,过桥一笑,东冈高士,促膝无痕。浪说如花,羞称依竹,容易吾庐酒半曛。询前梦,只秦淮花月,妙气氤氲。　　无端剩我巢民。受万态千波数十春。思人龙文虎,今留谁在,山魈水客,逼处宵晨。息影离群,耕云钓月,广漠无何避此人。欣同调,更听莺柑酒,叠和三君。

这两首词,不过写水绘园中一处建筑,竟如此情韵绵渺,不仅写出匿峰庐环境的优美,还抒写出了词人的心境,堪称填词高手。

《百字令》(选一首):

甲寅三月既望,犬马之齿一周,散木首倡词为寿,屺公、桐初、介臣诸兄和之。余素不娴此,勉和情事得四阕。

莺花三月,际生辰良日,眉黄无皱。欢喜萱堂开九秩,莱子舞斑衣绣。儿进流霞,孙扶鸠玉,子弟同瞻就。当杯满饮,寿亲兼以为寿。　　畴昔妇子双双,齐眉并祝,此日殊非旧。举目悲凉良友失,方晓从前邀厚。镜听无词,钗函难叩,荀令谁为偶。碧天黄壤,茫茫弱息曾购。

冒襄自己过生日,朋友提倡写祝寿词。看他怎样写法?先是"杯满饮,寿亲兼以为寿",借自己祝寿向九十岁的母亲祝寿,既出人意料,又很得体。接着又写过去与妻子双双向母亲祝寿,现在只剩自己单独祝寿,借祝寿来悼亡,也是既出人意料,又很得体。

《浣溪纱·答和澹心先生见寄韵》(四首):

秋雨秋风山路斜。真娘墓畔客为家。开樽曾共醉琵琶。

天洒雪霜偏点鬓,眼经丧乱只看花。羸躯连日怯单纱。

莫问人中虎与龙。此身拼倒醉千峰。说来往事惯愁侬。
傀儡登场双泪尽,邯郸入梦万缘空。任他日月走西东。

一别茫茫又一年。别时蒲艾吊江天。相思江上水悠然。
君自亭前看放鹤,我于岸上学牵船。不妨酒肉伴金仙。

旱涝频仍苦索居。区区徒甭爱吾庐。那能安稳驭蓝舆。
往日已经酣懒慢,此时何必苦驰驱。后来应有寄君书。

　　第一首以秋雨秋风怯单纱写感伤。第二首写万事皆空,不如拼却一醉。第三首写离别后的相思之情。第四首写随遇而安。

　　《鹊桥仙》:

　　己巳九日,扶病、招同、闻璋诸君,城南望江楼登高,演阳羡万红友《空青石》新剧,《鹊桥仙》三阕绝妙,剧中唱和关健也。余即倚韵和之,以代分赋。

　　巢居覆却,三吾乌有,结构一生胡乱。今朝空上望江楼,觉南北、烟林全换。　　新谱重翻,丽句三和,一字一声偷看。海枯石烂万千年,销不得、余愁小半。

　　此词借望江楼演戏抒写穷愁潦倒的心境。

董小宛的三首词

董白,字小宛,一字青莲。生于明天启四年(1624)。秦淮名妓,后事如皋冒襄。清顺治八年(1651)卒,年仅二十七岁。

《西地锦》:

玉束霞衣川锦,金盘云髻宫妆。凌波微步铺红湿,风回阵阵花香。

此词先写美人衣着、装束,再写美人姿态,最后以景色来烘托其美。

《西江月·七夕》:

镜里双蛾时蹙,枕边香泪长抛。邻姬无事爱吹箫。不管傍人病倒。 露下野莲有子,风凉秋燕离巢。银河千尺也填桥。天上原来恁巧。

上片写闺妇的愁思与病态,并以"邻姬无事爱吹箫"来烘托。下片野莲有子、秋燕离巢两喻,希望中寄托着伤感。歇拍鹊桥相会正是诗人的希望。

《河满子·柬辟疆夫子》:

眼底非关午倦,眉间微带秋痕。惹上心头推不去,凄凄黯黯消魂。试问清宵倚枕,惟余被冷香温。 酿就蕉声夜雨,幻成柳色朝云。欲说依然无可语,此情还许谁论。待对明灯独坐,偿他泪渍罗巾。

将思夫之情写得活灵活现,有李清照之风神。

董小宛

陈维崧对水绘园的吟唱

陈维崧

　　陈维崧（1625—1682），字其年，号迦陵，江南宜兴（今属江苏）人。祖父子廷，万历进士，官至左都御史，是东林党的中坚人物。父贞慧，万历间廪生，是一位具有正义感、坚持民族气节的明代遗民。陈贞慧早年与桐城方以智、商丘侯方域、如皋冒襄并称四公子。还与吴应箕、顾杲草拟《留都防乱檄》，申讨阉党阮大铖。党祸起，贞慧被逮捕，后经侯方域营救，方得解脱。南明既亡，即埋身土室达十年而卒。维崧早年生活于这个崇尚大节、累代书香的环境里，受到了良好的教育。

　　陈维崧十七岁时，补诸生。后来参加乡试，落选。三十岁以后，离家浪游南北，曾在如皋冒辟疆水绘园客居好多年。冒辟疆非常喜爱他的诗词，特地为他准备声伎。他身体清瘦，又长了一脸络腮胡子，人多称他为"陈髯"。陈髯之名满天下。后来他到了北京，得到合肥龚鼎孳尚书的赞赏，龚鼎孳常与他酬唱终日，还为他的词写题记，其中有"君袍未锦，我鬓先霜"之句。他还常与汪琬、王士禛、王士禄、宋实颖、计东等人交往唱和。他的词名震动京师，与当时另一词人朱彝尊齐名。有人将他们两人的作品合刻为《朱陈村词》，并传入皇宫；康熙皇帝读过后，还曾问起他的情况。但他直到五十岁，还是一个诸生，到处奔波，靠人接济为生。又由于他个性倜傥，对钱财不甚珍惜，常常是到手即尽。一到没钱时，就只好典卖衣物；到了连衣物也当光之时，就只好抱着书本饿着肚子躺在床上。他特喜读书，古代典籍无不涉猎，即使在舟车之上，也照样吟诵不绝。

康熙十七年（1678），陈维崧年五十四岁，经大学士宋德宜的推荐，他以诸生身份参加博学宏词科考试，名列一等，授翰林院检讨，参与修《明史》。在馆四年，后以头痛卒，终年五十八岁。临终前，还一边振手作推敲，一边吟诵诗句："山鸟山花是故人！"

陈维崧留下的著作有《湖海楼全集》，包括诗集八卷，散体文集六卷，骈体文集十卷，词集三十卷。他的骈文，才气横溢，气脉雄厚，哀艳流畅，俯仰顿挫，当时颇为有名，号称大家。他的骈文风格受六朝庾信等作家影响较深。清代号称骈文中兴，他就是开创中兴局面的重要作家之一。他自称"吾胸中尚有骈文千篇，特未暇写出耳"。汪琬曾说："唐以前不敢知，自开宝后七百年无此等作矣。"对他的骈文评价相当高。

不过奠定陈维崧在文学史上的地位的主要还是他的词。他是清初词坛的领袖，是豪放派词人的代表。谭献《箧中词》称："锡鬯（即朱彝尊）、其年出，而本朝词派始成……嘉庆以前，为二家牢笼者十居七八。"这足以说明陈、朱二人在清代词史上的地位。由于他有着广阔的生活视野，坎坷的身世遭遇，他成为唐宋以后最杰出的诗人之一。他的词作，流传下来的有一千六百多首，词调四百多个，创作之富，为历代词人之冠。

徐乾学《湖海楼集序》："其年检讨……著述甚富，诸体毕具。其骈俪之工，颉颃徐庾；倚声之妙，排突苏、辛。久为世所称艳。至其沉思怫郁，尤一往全注于诗。近体似玉溪，歌行之运笔顿挫，婉转丰缛，前少陵而后香山，不足多也。"

杨伦《湖海楼集序》："集中诸体，涵今茹古，奄有众长。观其摇笔散珠，动墨横锦，洵可为惊才绝艳。至于慷慨悲歌，唾壶欲碎，又使人流连往复，感喟歔欷，而不能自已也。盖先生之诗文，以气为主，故虽镂金错采，绝无堆垛襞积之痕，此其所以独胜于诸家者欤？"

宋荦《筠廊二笔》："王考功西樵（士禄）语子弟曰：……陈其年维崧短而髯，不修边幅，吾对之只觉其妩媚可爱，盖以伊胸中有数千卷书耳。"

徐釚《本事诗后集》："其年尊前酒边之作，别具一种柔情凉思，怊怅缠绵，令读者魂销欲死。"

本书主要关注他有关冒襄与水绘庵的作品。先请看他的《戊戌冬日同诸子过水绘庵》：

　　此庵名水绘，筑者冒先生。
　　为看芙蓉落，忽闻钟磬清。
　　野航穿绝壁，积水上孤城。
　　何限沧浪意，迢迢一片明。

此诗首联平平而起，后半首却以一片神行，再现了当年水绘园的真实情景。

《赠冒巢民先生》：

　　当年灯火隔江繁，回首秦淮合断魂。

十队宝刀春结客,三更银甲夜开尊。
乱馀城郭雕龙散,愁里江山战马屯。
今日凄凉依父执,乌衣子弟几家存?

杨际昌《国朝诗话》:"如皋冒巢民襄园林之胜,宾客之美,一时莫并,同人唱和,亦多佳句。余最爱陈其年(维崧)'十队宝刀春结客,三更银甲夜开樽',豪气勃勃。"而尾联"今日凄凉依父执,乌衣子弟几家存"则不胜今昔兴亡之感。此诗对父辈诗人冒襄和他的水绘园怀有多么深厚的感情啊!

再看他的词:

《忆江南·寄东皋冒巢民先生并一二旧游》:

如皋忆,最忆小三吾。隔水红墙春冉冉,拍波绿箬雨苏苏。隐几一愁无。

如皋忆,忆得暮云天。著醋红蛭经酒脆,带糟紫蛤点羹鲜。日日醉花前。

如皋忆,记坐得全堂。几缕椒鸡闲说饼,半罂花露静焚香。弦索夜枨枨。

如皋忆,如梦复如烟。满院嫩晴歌板脆,一城纤月酒旗偏。过了十多年。

如皋忆,犹忆看春人。夹巷帘栊空胜水,后街香粉碾成尘。看煞不曾嗔。

如皋忆,曾记卧湘中。万点水花笼夜碧,半岩火树落春红。飐起妓衣风。

如皋忆，忆看小桃花。水绘园门通小寺，春堤一道不曾斜。千树烂晴霞。

如皋忆，往事倍盈盈。水郭题名新怅望，板桥话别旧心情。双鬓可怜生。

如皋忆，数子总疏狂。刚中酒时思许掾，恰伤春处念曹王。香茗记张郎。

如皋忆，按谱砌香词。传语东君须婉转，此情莫遣外人知。除说与杨枝。

这组《忆江南》将水绘园中的建筑、景色、宴饮、歌舞、吟诗、夜游等等，如数家珍，都一一写到了，并且那样地留恋难忘。

《夜行船》：

月下泛舟水绘园，同冒巢民先生赋。

兰桡轻点春流碧。蘸垂杨、丝丝无力。百顷簟纹，一泓香黛，人在短篷吹笛。　更爱月华墙上白。影娥池、水禽飞拍。醉吸玉鳞，狂呼霜兔，可认骑鲸仙客。

此词将在水绘园中夜游泛舟的情写得如同电影的特写镜头，历历在目。

《齐天乐·重游水绘园有感》：

园丁不认曾游客，嗔人绕廊寻玩。红板桥倾，绿杨楼闭，谱出荒寒一段。看棋柯烂，算往事星星，酒旗歌馆。深悔重来，不来也省鬓毛换。　风前又成浩叹，说此间萝屋，有人羁绊。恨极卖珠，缘悭捣药，赢得啼鹃频唤。扁舟故国。只浩月魂归，清江目断。今古劫灰，付日斜人散。

来了又悔重来，从曲折中进出无限深情。末段由园及人，更觉凄凉。原词有注：吴门吴蕊仙曾客此园，归死梁溪，故后段及之。

《八归》：

二月十一夜，风月甚佳，过水绘园听诸郎弦管灯下，因遣家信，凄然不成一字，赋此以寄闺人。

弹得弦清，飘来笛脆，曲室诸郎歌管。他乡风月佳无比，只是中年以后，心情顿懒。遥忆故园妆阁上，镇玉臂、云鬟凄断。伤心处、何事尊前，听一声河满。　却是绛河欲没，珠绳乍转，画角谯楼哀怨。旧事如尘，新愁似梦，可惜一场分散。奈天涯滋味，瞒不过、南归鱼雁。吮霜毫、才提还倦，莫虑春寒，罗襟红泪暖。

回忆水绘园中音乐，哀怨缠绵，悱恻旖旎，真是抒情高手！

《百字令·水绘园舟中偶赠新婚者》：

重阳过也，渐风凄云老，秋深段段。瞥见扁舟闲泛好，晴日平波贻岸。木叶如人，中年以后，发向头颅换。小桥城曲，轻烟忽聚还散。　最喜茶灶诗瓢，停桡系缆，柳下拈清砚。乌鹊河边刚得意，镜里芙蓉同看。今日何维携朋临水，也觉清闲善。画眉人忆，快催取棹头转。

在泛舟时观景赋诗，何等雅兴。特别是"最喜茶灶诗瓢，停桡系缆，柳下拈清砚"，连河边乌鹊也得意！可惜如今，人已白发，"木叶如人"，频频换发，真是无可奈何！

冒禾书的诗词

冒禾书,字谷梁,号珠山。后改名为嘉穗,江苏如皋人,冒襄长子,生于明崇祯八年(1635)。有《寒碧堂稿》。

《长安杂兴》:

飘飘歧路竟何之,饱历风尘感鬓丝。
槛外流莺春寂寂,枝头红杏实离离。
关心岁月瞻云泪,惆怅空闺揽镜悲。
更忆家园因树屋,秋蝉疏柳月明时。

白发高堂感慨增,盲风噩浪总难胜。
廿年贫贱依司隶,两世家门托信陵。
大纛高车劳羽翰,衡茅菽水藉吴绫。
感恩自比春湖阔,扬子江头绿几层。

繁华消尽防人面,入眼难堪生事违。
频笑任教随薄俗,悲歌且自慰庭闱。
翩翩少俊争横绶,落落吾曹合布衣。
燕市荒台憔悴甚,弓刀好趁打围归。

于今谁复念闲关,粉署风流纵往还。

官重樊川诗卷盛，名齐北海酒杯闲。
十年梦绕珠江水，万里人依粤秀山。
闻道岭南风景异，梅花可以昔时闲。

生计迂疏自昔年，那堪沦落益萧然。
三闲剩有看山屋，二顷生憎负郭田。
谁识往时曾结客，堪怜此日饱风烟。
遥闻玉笛罗江怨，袅袅愁声到客前。

金台争羡稻香楼，无数春晖座上收。
从古才人清似玉，由来高士淡于秋。
帘疏松影伤今昔，帽压飞花感胜游。
庾信江南多少泪，对君不复动深愁。

第一首抒写怀才不遇之悲哀，因而更加怀念家乡。第二首抒写对帮助他的世家友人的感恩戴德之情。第三首写世情淡薄，他深感心力交瘁。第四首抒写渴望悠闲的心境，希望能到南方去游览一下。第五首抒写生计艰难、潦倒沦落之感。第六首小结，高士才人都淡于功名利禄，但都有庾信《哀江南赋》中那样深沉的悲哀。总之，这组诗写得悲慨沉郁，颇似杜甫的七律。

《菩萨蛮·闺怨》：

蝉筝雀扇香尘细。柳丝多被春烟醉。新恨上眉尖。妆成不卷帘。　　庭前莺未老。花片微风扫。妾貌果如花。凝眸觑绛纱。

这首代言体词设身处地，深刻体验到闺妇的怨情，写得细腻柔婉，悱恻缠绵。

冒丹书的诗词

冒丹书,字青若,号卯君。江南如皋人。冒襄之次子。生于明崇祯十二年(1639)。诸生,考授州同。有《枕烟堂集》《西堂集》。

王豫《江苏诗征》引《荻汀录》:"丹书,起宗之孙也。起宗易箦时,呼两孙嘉穗、丹书至榻前,手敕十字曰:'尔父天生孝子,不可不学。'两孙敬受教。庚申秋,贼挟利刃突入襄家,丹书身护父,贼不能进,身受四创,父因得脱,人称至孝。"

徐世昌《晚晴簃诗汇·诗话》:"青若为巢民幼子。与兄谷梁并能文章,有联珠双璧之目。"

《菩萨蛮》:

金铃送响秋风至。来鸿淡写长天字。字写不成书。塞劳度碧虚。　井梧飘断梗。素月横清影。照影可曾双。含羞掩绿窗。

这是一首代闺妇抒写寂寞心境的词,与乃兄同调词有同样的特色。

《莺啼序》:

同人泛舟水绘庵,用彭骏孙先生闺情韵。

检点春光,啭不尽、千声春鸟。惊心甚、偷送流年,报春又呼春杪。浓绿烟拖花是梦,残红雨过香生晓。爱吾庐城北,不用较、春多少。　　曲曲荒林，瀰瀰春涨，四面银波缟。向中流、拏引葱鹭，烦襟濯空如扫。指斜阳、树挂愁些，易黄昏、天连青了。笑频年，碧草炎枯，白鹇才到。　　昼长卜夜，尽待月上乌飞，任鱼游春沼。想多感多情，人世拘牵，难逢嬉笑。舞爱溪前，歌听尘外，纵饶耳目成怡悦，只中年、欢处心神悄。破除万事，须知饮莫留残，便醉也、还萦搅。　　陡来心上，往日今番，一样春风裊。端的年随春逝，弄花攀柳，几同荣落，几争媸好。灯火楼台，笙箫尊酒，廿年胜事难重问，喜白头、健饭青天照。临流几个知心，剩数晨钟，星稀月小。

一段写惜春心情。二段写泛舟时所看到的景色。三段写应豁达地看透世上万事，沉饮为快。四段写星月下夜游的心境，虽已白头，依然健朗，不如任兴去游览。此词景与情水乳交融，密不可分。

《六忆歌》：

> 阳春三月东风起，灼灼桃花吹秾李。
> 屈曲长堤乱早霞，行人错认桃源里。
> 今年花似去年红，去年人醉桃花中。
> 自谓年年颜色好，碧桃花底还相逢。
> 忽然春水三五尺，春花飘泊娇无力。
> 桃叶桃根绝可怜，万树春鲜空艳色。
> 人生盛衰各有时，莫惜花前进酒卮。
> 昔日繁华更何处，遮莫桃花知不知？
> 　　　　　　（忆画堤夹岸桃花）

> 亭亭孤松何郁苍，托根此地年久长。
> 密叶离离作铁色，虬枝偃盖餐风霜。
> 严霜凛冽风簌簌，岁寒不复凋寒木。
> 始知劲节竞崔嵬，只许奇材老岩谷。
> 一朝雨雹堆巉岏，十围古木惊凋残。

苍皮崩剥翠鬣死,令我搔首增长叹。
百年此树今已矣,夜听风声悲莫止。
手抚孤松唤奈何,我今愁作忆松歌。
(忆小三吾古松)

西邻有垂杨,曲岸依依婀娜长。
柔条低拂鹅儿黄,春风掩映画楼傍。
倚阑一望何轻扬,忽然斫去生悲凉。
丝牵系回柔肠。吁嗟乎,西邻婀娜之垂杨。
(忆隔岸垂杨)

水绘庵前一池水,沉潭月出深见底。
大鱼小鱼千万头,繁鳞翠尾何悠悠。
长汀短沼纵游泳,红阑碧杜相沉浮。
一朝桔槔水倾竭,长鲸暴腮游鯈绝。
须臾四面沉大网,一拥数百横相截。
扬鳍喷浪今已穷,须臾夜捕尺泽空。
噫吁生物有谁惜,俯首相看长太息。
河伯含愁对豫且,谁诵枯鱼过河泣?
(忆救生池鱼)

悬溜山前古云碧,悬溜山后高百尺。
前连叠嶂干青天,后削悬崖崩大石。
截流半壁势莫撑,扪壑交藤路不识。
登临半醉睨巉岏,尚忆孤亭俯青壁。
(忆悬溜山后峭壁)

平池阔水回圆绿,浮天万顷生烟玉。
寒碧堂前两派分,右是浯溪回九曲。

日落烟青白月轻,小池如月转东城。
孤舟摇曳不知处,渚浅沙虚更有情。
如今地缺如月蚀,潆洄损却玻璃色。
海阔天空鱼鸟归,局促此中惟太息。
(忆小浯溪回环故道)

这组诗写了水绘园中六处景点,细致地描绘了各处景点的特色,还染上浓厚的感情色彩,具有浓郁的诗情画意,亦可以作为研究水绘园的重要资料。

南通闺阁诗人

幽惋沁心、慧光饫目的陈洁

陈洁，《清代闺阁诗人征略》卷一："洁，字无垢，通州人大司马大科孙女，孙安石室。有《茹蕙编》。无垢幼而颖慧，好读书。适同里孙太学安石，家饶裕不善持筹，遂中落。以洁无子，不相得，挈妾婢异居。洁乃归母家，久之落发，即司马旧业所谓鸿宝堂者，事焚修，然不废吟咏。"

范凤翼《女郎陈无垢小传》："无垢名洁，崇川少司寇尧曾孙、大司马大科孙也。性聪敏，好读书，适同邑孙太学。家素饶，不善持筹，遂中落。以洁无子弗相得，挈妾婢异居。乃归母家，依兄孝廉世祥。久之削发，即司马旧业所谓鸿宝堂者，事焚修，然不废吟咏，所著甚富。先光禄尝序其《茹蕙编》四卷行世。晚而益贫，至并日食，不以告人，隐忍而病。病数月不起，起数日，涤砚窗前，脱手坠楼而死。州人怜惜之。余为调《雨霖铃》以致伤焉。"

范国禄《〈茹蕙草〉序》："五山诗人有女郎陈无垢者，秉山川之秀，生于名阀阅之家。幼而颖慧，出阁读书，留心声偶之学。其仲氏善伯，才华英上，与余唱和最多，每出一言，无不压倒元白，顾尝称其女兄有班史之才。间从善伯闻其诗，感荡心神，令人折服。大要卸铅华而不御，振风雅以高骞，居然名下士焉。余一日携《纫香草》过顾氏甥受业，甥故不为诗而深于诗，与无垢又为中表，手《茹蕙》一编以请曰：'蕙亦香草也，彼之为茹，无亦此之为纫乎？或者趋有不同而所托则一。'余受而读之，且竟读之，幽惋沁心，慧光饫目，云阳道上殊愧离乡矣。夫晕天之璧不如彤徽，缕夜之珠不如缃管，以彼其才远驾前哲，近揖来许，当亦操觚之家景慕丰采以旷感于古人而异地相望也者。即余之所为景慕十余年，惶惶不遑下而顾相遇于偶然之遭，立谈之顷，不亦所贶甚奇而所衷甚快乎？余尝选《五狼诗存》，自公卿大人以及旁流下士，备载二百三十家，独闺秀阙焉。掩卷搁笔，慨然叹才之难。无垢出而诗道备，借光芸茁，赞成一代之书，则余之上下二百年间谓即存于无垢可也。而无垢之诗乃不得不传于世。抑余闻之，无垢之为人也，敦素抱朴，善文章，工技巧，深于古典，究心二氏家言，而词品杂著尤臻极诣，诗又其余事耳。嗟乎，余事且如此，而况不为余事者乎？"

陈维崧《茹蕙集序》："吾宗无垢者，曹则大家，左为娇女。描鸾刺凤，空北部之胭脂；绣虎雕虫，压南朝之粉黛。十三织素，宛尔无双；二八称诗，居然第一。驳婆馆内，宁夸巧笑之名；道政坊前，不尚新妆之号。若夫品第清华，门风绮丽。红牙作笔，则刘氏之三娘；白玉为堂，乃卢家之少妇。霍骠骑卯金巨族，张尚书典午名流。天边列宅，处处铜街；春日乘驹，人人玉垮。屈大夫之骚赋，常说姊婴；卫庄姜之比兴，时称戴妫。于是弱即知书，生而习礼。东邻美女，争传咏絮之篇；西邸佳人，竞仿簪花之格。琉璃砚匣，既绣阁之庚徐；玳瑁笔床，亦香闺之潘陆。加以性情道素，靡事铅华；仪度幽贞，壹遵礼法。青牛帐卷，绝无累德之篇；朱鸟窗开，时录缘情之作。当春而感杨柳之绵，入秋而怨芙蓉之粉。冬釭𬊈靆，映雪弥勤；夏簟氤氲，囊萤不辍。凡彼燃脂如是而已，其他弄墨略无闻焉。然而命实不犹，人兮鲜淑。蘼芜道左，愧手爪之难如；磐石塘前，识钱刀之可用。青年织锦，悲窦氏之机残；玄夜熏香，怅秦嘉之镜远。凿邻火以肠回，揽嫁衣而泪落。则又卫洗马所以言愁，江醴陵于焉赋恨者矣。嗟乎！羲和沉湎，剪鹑首以何辞；玉女飘飖，怀鸩媒而终老。离家公子，命已俪夫纤腰；失路才人，恨终齐于龋齿。古人之怨千年，地下之愁万里。沉之碧海，累累鲛妾之珠；镌以青天，历历娲皇之石。"

《书怀》：
青翠入帘栊，永日驻幽阁。愁紫芳草生，静觉桐花落。
奁镜网蟏蛸，庭柯巢鸟鹊。梦去不关愁，晓来心自恶。
独坐只书空，微雨益萧索。

整天关在深闺中，透过窗帘看到户外青翠的景色，萦绕的芳草，仿佛全是愁绪，幽静得梧桐的花瓣凋落时都能听到声响。梳妆镜上都蒙上了蛛网，庭树上鸟鹊筑了巢。连做梦都在发愁，天亮醒后心中当然不快。只能像殷浩在空中写字，外面下着濛濛细雨，更增加了萧瑟寂寞的气氛。此诗将幽深的愁绪与细密的景象打成一片来写，情景像水乳一样交融无间。

《雪后登山》：
滕君似妒青山翠，万里峰峦铺玉碎。
苍凉四望野云低，江天静与茅亭对。
此时谁是景中人，王恭鹤氅难为绘。
我爱江天积雪幽，朗吟《雪赋》寄中流。
寒江寂寞鱼龙没，坐向孤寒月影浮。

一、二句用拟人手法，说老天爷在妒忌青山苍翠的颜色，用碎玉将万里峰峦全盖住了。三、四句写向四处一望，野云低垂，景象苍凉，江天幽静，茅亭对峙着。五、六句写这时谁是这幅雪景中的人物呢？晋王恭曾披鹤氅涉雪而行，孟昶窥见之，叹曰："此真神仙中人也。"事见《晋书》。意指谁也画不出这种绝美的图景来。七、八句写诗人极爱这江天积雪的美景，便高声朗诵起南朝宋谢惠连的《雪赋》来抒发感情（《雪赋》，曲尽梁苑大雪景色之美，是著名的妙文）。九、十句写这时寒江寂寂无声，鱼龙潜藏，诗人孤独地坐着欣赏这幅雪景，天上还有一轮明月在浮动。这首诗给我们描绘了一幅绝美的江天雪景图。

《扬州早雁》：

才离塞北忽江东，岭岸萧疏树未红。
数点云间谁系帛，一行天外自书空。
安栖邗水犹乡土，远过迷楼感故官。
别有孤鸣沉别浦，高风欲借起泥中。

在树木开始萧疏枫叶尚未变红的季节，雁儿就早早地从塞北飞到江东来了。看到云间有几个黑点，是谁让雁儿带信了？你看那雁群在空中写出了"一"字和"人"字，真美啊！我安心住在故乡一样的邗水上，经过迷楼时为此而感叹（迷楼，隋炀帝所建楼名，故址在今江苏省扬州市西北郊）。这时有一只离群的孤雁在港汊中哀声鸣叫，正想借着大风从泥中飞上高空。此诗尾联所写孤雁，可能是诗人自喻。

《秋柳》：

黄昏细雨断疏烟，弱不禁风素自怜。
楼头指冷谁吹笛，塞上身单欲寄绵。
一任啼乌翻子夜，直须飞雪送穷年。
攀枝信堕英雄泪，残照萧条灞水边。

首联写细雨濛濛的黄昏，弱不禁风的秋柳在自我怜惜。颔联以楼头吹笛、寄衣塞外来烘托凄凉的气氛。颈联写任凭吹笛者吹奏《乌夜啼》也好，《子夜曲》也好，反正柳树始终站在岸边，一直到飞雪送走了穷年。尾联写夕阳照射到灞水岸边萧条的柳树，攀折柳条赠别时英雄也会掉泪。此诗通篇写秋柳的孤独与感伤，实则为诗人自喻。

《悼小婢素梅》：

年只十龄余,幽花色亦如。怜伊明慧甚,独遣理琴书。

以疾性逾洁,时时拂卧床。犹然觅芳卉,斜插髻鬟旁。

每识予悲叹,温言慰寂寥。深期共朝暮,何事彩云飘。

十余岁的一位小姑娘,姿色像花一样美。诗人喜爱她的聪慧,让她整理琴书。由于经常生病有了洁癖,不断掸拂卧床。她很爱美,常常采摘鲜花斜插在鬓角。每当诗人悲叹时,她常用温言款语来安慰。本来希望能与她长期相伴,没料到她竟像彩云一样飘得无影无踪!诗人对这个小丫鬟怀有多么深厚的感情啊!

《玩月》:

秋气晚余寒,清光万里宽。

天风如可惜,吾意欲乘鸾。

欲乘鸾去玩月,闺妇亦有潇洒之时。

《春闺》:

院冷梅花玉蕊流,晚风偏助落花愁。

侍儿知我无情绪,不把珠帘上玉钩。

这位侍儿,大概就是上面诗人悼念的小丫鬟素梅吧!如此体贴主人,真要再为她掬一把同情之泪!

《点绛唇》:

春色撩人,闷来闲步苍苔径。花阴踏尽。倦向阑干凭。

试看雕梁,紫燕时相并。教人恨。飞花成阵。又惹芳心困。

全词都以落花来写愁恨。

《菩萨蛮》:

兰膏收拾芙蓉匣。杏腮红雨春纤雪。羞绾合欢裳。偎郎抱玉躯。　香微烟穗灭。漏促琼签彻。残梦正迷离。寒鸡背月啼。

此词从女性的角度写新婚之夜的温馨,绮丽柔婉,旖旎缠绵。

《菩萨蛮》:

今生浪拟来生约。从今悔却从前错。腰带细如丝。思君君不知。　　五更风又雨。两地侬和汝。着意待新欢，莫如侬一般。

此词妙在歇拍两句，"着意待新欢，莫如侬一般"，究竟是吃醋语，还是体贴语？颇耐人寻味。

《菩萨蛮·山居回文》：

乱流溪树烟横岸。岸横烟树溪流乱。桥断接峰遥。遥峰接断桥。　　焙茶山雨细。细雨山茶焙。秋到等闲鸥。鸥闲等到秋。

这是两句顺读、倒读的回文体，除了说明诗人的文字功夫外，没有太多的价值。

《满庭芳》：

湛碧池塘，空青户院，清霜又已深秋。绕篱香韵，黄菊伴人幽。怪是重阳佳节，凭阑处、吹帽风稠。思前古，渊明此际，淡漠几曾愁。　　江山无异感，悲深语涩，志壮身柔。惟图书经卷，凤社新修。忆昔云鬟藕服，菱镜里、未展眉头。时暮矣，数声哀雁，叶落满沙洲。

此词上片写，在重阳佳节，面对着青空的庭院，清湛沉碧的池塘，篱边盛开的黄菊，诗人想到了陶渊明。诗人说，陶渊明在这种情况下，恐怕情怀很淡泊，不会发愁吧？言外之意，诗人正在发愁。下片即写诗人之愁。尽管江山无异，但诗人志壮身柔，悲哀很深，语言謇涩。虽有新修的图书经卷，也难使一向皱着的眉头展开。歇拍又以"时暮矣，数声哀雁，叶落满沙洲"的写景句进一步烘托其愁之深。由此看来，此词构思，非常独到。

诗文清丽的袁九嫄

《乾隆南通州五山全志》卷十载:"袁氏名九嫄,(四川)左布政(袁)随女。诸生钱良胤偶也。胤擅文,嫄能诗,一时称为佳偶。"《列朝诗集》载:"(九嫄)少读经史,尤深内典。诗文清丽,书法遒媚。王孙故世家,好文,家有绛雪楼,君嫄之所栖止。供具精良,几榻妍寂,中悬所绣大士像,玉毫绀目,华鬘俨然,左右图史,诵读移日,清晨良夜,焚修习静。每自谓易迁宫中人也。归王孙者一年而卒,年才十八。所著有《伽音集》,东海屠隆为序。"

《春日斋居杂书》:

> 妆成出幽阁,芳径寂无哗。
> 林润涵朝雨,窗明带曙霞。
> 鹤栖醒酒石,鸟啄睡香花。
> 长笑耶溪女,春风自浣纱。

春日,景色那么迷人,心情那么淡定,此时此刻,闺中人连一向充满诗意的美女在耶溪浣纱的情景都否定了。

《闲居杂书示王孙》:

> 操杵力不任,当垆心自鄙。
> 花时掩关坐,焚香读《秋水》。

向丈夫敞开心扉,花开季节,在深闺中焚香读《庄子》,

何等乐趣!

《秋日楼居》:
高楼一骋望,秋林何冥冥。金飚飒然来,拂拂吹轩楹。
严霜凋蕙草,竹根莎鸡鸣。落日凄以黄,照此朱槿荣。
房栊郁窈窕,芳树纷葱菁。低枝触锦瑟,泠然激清声。
境寂意自惬,虑淡心寡营。因悟静者远,而多遗世情。

此诗前八句描画秋景,清丽而不感伤。接着写诗人在这幽静氛围中弹琴,泠然而清远。最后四句写自己淡泊的心情,水到渠成。

《山中感梦》:
大道本鸿蒙,神化亦叵测。恍然梦境中,千里自顷刻。
初游化人居,穹窿洵异域。青林抱远岫,岩窦转深黑。
行行倏开朗,咫尺紫霄逼。仙卉郁葳蕤,幽禽炫五色。
灵妃笑相引,来往山之侧。饮我沆瀣浆,啖以天厨食。
投赠碧琅书,璀璨不可识。临别示玄秘,拳拳戒努力。
妙理贵希夷,葆真在靡慝。神气诚不亏,红颜生羽翼。
共返上清躔,庶几吾念息。

此诗写梦境如真境,历历分明,令人心胸惬爽!而最后写到"红颜生羽翼",欲成仙升天,则未免俗套。

吴师韫的《闺中曲》与《钱塘弄潮词》

吴师韫,字慧弇,候选州牧吴方村的女儿,罗定州牧吴尚友之姊,武林诗人施槃的妻子。有《焦雨轩遗稿》。

《闺中曲》(三首):

  日高人已罢梳头,淡淡眉山画便休。
  怕见陌头杨柳色,一春从不上妆楼。

  袅袅炉烟春昼长,水晶帘外柳花香。
  院墙隔不东风断,吹过琴声到玉堂。

  揭起珠帘下玉阶,落花如绣满苍苔。
  朱门不解关春色,放出一枝红杏开。

三首诗各具特色:第一首从唐诗"忽见陌头杨柳色,悔教夫婿觅封侯"翻出新意。第二首以柳花香、琴声悠来烘托闺妇的闲散心情,很精彩。第三首以春色关不住、一枝红杏开来描绘闺妇开朗的心情,很形象,很逼真。

《钱塘弄潮词》(五首):

  分棚逐队聚吴儿,共看秋江斗水嬉。
  白马银涛千古恨,谁将杯酒酹鸱夷?

冲风送浪气如云,生小乘潮迥出群。
要与天吴争上下,横江不数水犀军。

斩齐舴艋戏中流,却似平沙点点鸥。
没入潮头看不见,空江万里白云秋。

日落长城鼓角豪,天风吼断起银涛。
平分翠浪千余迭,一叶轻舟似剪刀。

半是吴音半越音,菱歌袅袅出波心。
西兴渡口钱塘岸,夕照苍茫对闪金。

　　钱塘弄潮儿,史上有名,写的人也不少,这组诗堪与许多名作媲美。第一首写观看弄潮儿斗水的表演,由白马银涛联想到伍子胥的千古恨,慨叹无人祭奠他。《史记》:"(伍子胥)乃自刭死。吴王闻之大怒,乃取子胥尸盛以鸱夷革,浮之江中。吴人怜之,为立祠于江上。"这样写,就拓宽了诗境。第二首赞扬弄潮儿胆技超群,敢与水神(天吴)一比高低,简直就是一队水军劲旅。第三首、第四首将弄潮儿的小船(舴艋)出没潮头比喻成"平沙点点鸥","一叶轻舟似剪刀",极写其技高胆大。第五首写弄潮儿多才多艺,还会唱菱歌。最后以夕阳映照钱塘江涛,发出闪闪金光来烘托气氛,作为小结。整组诗构思独到,描写精彩,颇为耐读。

姊妹诗人丛禧、丛祁志

丛禧,邑庠生丛长茂之女,候选县丞石升的妻子。

《春景》:
>池塘绿柳听莺新,万树桃花一片春。
>莫道村居佳趣少,十千沽酒醉芳辰。

《夏景》:
>茆亭避暑绿溪边,荷叶荷花荇藻牵。
>常有香风来小座,不殊湖上采莲船。

《秋景》:
>金风阵阵透窗纱,篱菊丛丛尽绽葩。
>四壁虫吟如叹息,几声霜杵起谁家。

以上三首写景诗都能抓住显示季节特征的景物来写,显得很真切。

《牧》:
>漠漠春阴柳带烟,数声牧笛过前川。
>风吹箬笠随花舞,雨洒蓑衣跨犊眠。
>有志何须歌扣角,无心且自任垂鞭。
>几多名利奔驰客,那识逍遥不用牵。

《渔》:
>闲来一叶向江湖,七尺丝纶一尺鲈。

潇洒生涯云水里，桃源莫问有还无。

《樵》：

携将柯斧入嶙峋，满担青松月一轮。

若遇仙棋休恋着，恐防老却世间人。

将牧人、渔父、樵夫的生活写得那么逍遥自在、闲适轻松，与为名利而奔竞者相比，赞牧人、渔父、樵夫而鄙弃奔竞者。

丛祁志，号舒卿，**丛长茂**之女，谢鱼池的妻子。有《芳韵楼存稿》。

《春景》：

眺遍春园景物幽，枝枝花朵过墙头。

黄蜂若解诗人意，带得余香入画楼。

妙在黄蜂能解诗人意，使整首诗都活跃起来。

《暮春》：

纷纷暮雨过窗纱，消尽残红满架花。

惟有诗怀消不尽，又看芍药斗年华。

花儿虽残，诗情不减，惟其不减，才能再斗年华。

《夏景步何大仙韵》：

庭院沉沉日渐长，松风琴韵满书堂。

池边芳草沾天绿，水面荷花拂袖香。

日暖风轻水色清，双双鸂鶒浴浮萍。

荷香尽有西湖意，碧水红桥夏木青。

日暖风轻，松风琴韵，树木青翠，芳草逼绿，荷花飘香，鸂鶒浴水，真绘画手，善于摄景，善于着色，风光旖旎中透发出一股浓郁的愉悦之情。

《秋景》：

一天凉月晚风深，开绽黄花满地金。

遥望丹山谁劝醉，连宵青女过枫林。

凉月，青女（传说中掌管霜雪的女神，亦借指霜雪），枫林,丹山,劝醉(酡颜),抓住这些,秋神无处藏身!

《南乡子·九日》:

佳节拟登高。一望寒山木未凋。菊酒才斟枫已醉,谁浇。摘叶题诗字有糕。　　风急搅林梢。何处游人帽欲飘。且插茱萸篱下饮,逍遥。夜静霜钟带月敲。

韵字响亮,稠密,从朗朗的声韵中透发出逍遥愉悦的情怀,真乃抒情高手也!

顾志的雁序体诗

顾志,字鹤园,罗他山的妻子。

《雨中感怀》(五首):

昼掩书斋觉日长,门前草色任荒凉。
人无可语琴横榻,我正枯吟燕入梁。
百事其如千叠恨,十年常是九回肠。
怪他儿女娇痴态,遍绕庭阶扑蝶忙。

及时新雨逼肌凉,昼掩书斋觉日长。
檐葡润开花百本,梧桐洗净树千章。
如珠米贵难餐字,似锦诗工柱挈囊。
无那双亲含泪眼,强沽杯酒慰昏黄。

竹簟绨衣五月凉,多缘雨气类潇湘。
夜添溪涨闻涛涌,昼掩书斋觉日长。
墙不加高留嫩藓,篱方编密绕新篁。
未吟白露蒹葭句,谁探伊人水一方?

睡魔不敢入愁乡,遣夏新添赋几行。
乏食饥禽鸣竹坞,思乡人远盼河梁。

时开镜匣惊颜老,昼掩书斋觉日长。
赖有生徒多解意,清泉烹就润枯肠。

笑煞秦妆与汉妆,一时几换斗轻狂。
顾余独有焚香坐,与俗曾无挈伴行。
即使贫真同阮籍,尚容懒更学嵇康。
自怜故态惟安素,昼掩书斋觉日长。

原诗题有注:"用唐句,仿雁序体。"查阅汉语大词典,只有"雁序",释为:"有秩序飞行的雁群"或"形容整齐有次序"。顾志《雨中感怀》组诗,共五首,将"昼掩书斋觉日长"句分别用在第一首第一句,第二首第二句,第三首第四句,第四首第六句,第五首第八句。这组诗排列下来,重复句显得整齐而有次序,故称"雁序体"。至于"用唐句",是说这句原是唐代诗人独孤及《同皇甫侍御斋中春望见示》之作中的一句:"望远思归心易伤,况将衰鬓偶年光。时攀芳树愁花尽,昼掩高斋厌日长。甘比流波辞旧浦,忍看新草遍横塘。因君赠我江枫咏,春思如今未易量。"但原句是"昼掩高斋厌日长",顾志改动了两个字,变成"昼掩书斋觉日长"。

这组诗除了上述这一特色外,还有如下两个特色:一是每首的"昼掩书斋觉日长"起到了不同的作用。第一首靠此句加深了愁恨的浓度。第二首靠此句加强了生活之苦难熬的程度。第三首靠此句加深了对"伊人"的怀念。第四首靠此句加深了叹老嗟卑的感情的抒发。第五首靠此句加深了我行我素、不同流合污感情的抒发。二是每首首句入韵,朗诵时更觉韵味悠长。

姊妹诗人钱令晖、钱令娴

钱令晖、钱令娴,《清代闺阁诗人征略》卷四:"令娴字幼靓,通州人。诸生岳女。有《珠唾集》。姊令晖,字亚芬,亦工诗。著有《纫兰草》。并颖慧,举止有则。女红暇倡和相属。先后字人不十年,相继卒。(《通州志》)"

钱令晖《春日游狼山》:

芳州新绿长蘼芜,连袂山行石径迂。
云绕曲岩开画阁,天连绝顶挂浮屠。
松鸣仿佛人吹笛,浪卷依稀女弄珠。
闲憩幽亭舒眺望,江花冉冉映红襦。

此诗首联写春天,大地绿遍之时,诗人与女伴联袂攀上迂回曲折的山路。颔联以工整的对偶句写白云浮绕着曲曲的山岩,展开了一幅天然的画卷,巅峰连天,耸立着一座宝塔。颈联再以工整偶句写松涛和江浪:松林发出悦耳的声音,仿佛有人在吹笛,江中卷起层层浪花好像仙女在戏珠。多么生动贴切的比喻,将松涛与江浪写活了!尾联写诗人在幽静的亭榭中悠然远眺,灿烂的江花映照着红色的夹袄!诗人愉悦的心情尽在画图中。

《题画上红白桃花》:

武陵春色满城开,赚得渔郎洞口猜。

道是彤云千片里,嵯山何处雪飞来?

以"彤云"和"飞雪"比画上红白桃花,信手拈来又贴切形象。

钱令娴《楼居偶成》:

> 一竿晴旭上帘钩,点点寒山翠入楼。
> 多病懒裁鹦鹉赋,薄寒初卸鹡鸰裘。
> 香浮竹叶杯中影,吹彻梅花笛里秋。
> 平楚苍茫惊欲雪,淡烟如织迥生愁。

首联写一轮晴日,光耀帘栊,点点寒山,送翠入楼。颔联写因病懒于吟诗作文,天气渐暖,刚脱下鹡鸰裘。颈联写杯中飘出竹叶青酒的浓香,笛里吹出梅花三弄的悠韵。妙在以一个"影"字写出酒在杯中晃动,以一个"秋"字写出笛声哀怨。这就为尾联的写愁作了铺垫。尾联又以苍茫的飞雪和如织的淡烟来烘托愁绪,使虚幻的愁绪具象化了。

《水仙花傍竹》:

> 水仙花傍竹垂枝,绿影空蒙浸月池。
> 似赠洛神螺子黛,供他对镜画双眉。

以洛神对镜梳妆写水仙在月光下的美,极为生动逼真。

姊妹诗人王璐卿、王兆淑

王璐卿，《清代闺阁诗人征略》卷一："璐卿字绣君，号仙嵋，江南通州人。孝廉马振飞（字杏飙）室。有《鸳鸯社》《锦香堂》诸集。绣君天姿颖异，览文过目成诵。所绘禽鱼花鸟，极得北宋人法。自于归后，时励夫子读书，脱钗典衣以佐膏火，有不足则篝灯刺绣以继之。每遇月候花朝，贺酒为欢。闲制小词，彼此酬和。有女弟，名兆淑，字仙畹，亦能诗。"

《江苏诗征》："璐卿善绘禽鱼花鸟，恒脱钗典衣，佐马读书。马文战偶北，慰之曰：'丈夫补衮作霖乃分内事，渥水神驹宁终厄辕下哉！'"

《妇人集》："绣君闺房唱和，时以小幅行世，风调绵整，人甚称之。尝见其一绝句云：'青草湖头花正妍，绿莎汀畔水连天。轻舟载得春多少，无数飞红到桨边。'盖咏舟前落花者，笔情波媚，与题颇称云。又尝见绣君一绝云：'春寒日日雨如丝，草满离亭水满陂。寄语东君须着意，惜花人去未多时。'亦自成调。"

《晚晴簃诗汇》卷一百八十六："绣君绘禽鱼花鸟，得北宋人法。于归后，脱钗典衣，佐马读书，有不足则篝灯刺绣以继之。每遇月夕花朝，闺房唱和，佳句流传。有女弟名兆淑，字仙畹,亦能诗。"

《浣溪沙》:

风落残红栏槛多。墙阴袅娜紫骝过。牡丹和露湿轻罗。
闲把鸳针穿蝶翅,戏抛蝇拂引狸奴。昼长捱得绣工夫。

栏槛上残红多是因风而"落",墙阴袅袅移动像紫骝经过,牡丹打湿轻罗衫是因为花上面有露水。上片写景细腻入微。下片通过闲穿鸳针绣蝴蝶和戏抛蝇拂戏弄猫这两个动作,使闺妇的愁绪盎然而出。真乃赋情高手!

《柳含烟·本意》:

容婀娜,意轻盈。一抹淡烟深锁,灞桥攀尽又还生。惹离情。
东风吹得春无主。搅乱半天飞絮。王孙马上不思家。奈何他。

上片写闺妇因离情而发愁。以"容婀娜,意轻盈"写她的美,以"一抹淡烟深锁"形容她的愁,绝妙!下片写丈夫不思念她,真是无可奈何!而"东风吹得春无主。搅乱半天飞絮"两个景句,既是丈夫不回来的借口,又是烘托闺妇愁绪的妙笔。一笔两用,真精彩!

《玉蝴蝶·咏梦》:

怪尔庄生何事,勾人别思,惹我离魂。十二画栏深处,依旧黄昏。月溶溶、桃花满地,烟淡淡、柳絮盈身。正氤氲。香浮翠幕,雾锁重门。　殷勤。忽听天际,数声横笛,一曲阳春。凝望琼楼,素娥如雪乱红云。似依稀、莺牵绣带,还缥缈、蝶绕罗裙。羡巫神。凌波来去,不动芳尘。

上片用庄生梦,下片用襄王梦。梦境既惝恍迷离,又具体真切,柔婉旖旎。

《阳关曲·舟前落花》:

青草河头花正妍,绿莎汀畔水连天。
扁舟载得春多少,无数轻红画桨边。

残红无数舟边过,落花流水春去也,诗人愁绪知多少,隐含画中不明言。

《答杏飙简稿》：
　　　　满囊文赋焕青雯，半欲珍藏半欲焚。
　　　　宿有才名惊谢朓，岂非时数忌刘蕡。
　　　　美人日暮怀香草，帝子中流倚碧云。
　　　　翘首才知天自阔，沧浪歌罢酒初醺。

　　首联赞友人的诗文能焕照青天，那为什么"半欲珍藏半欲焚"呢？这必须与颔联将友人比成谢朓与刘蕡联系起来看，谢朓是南朝的著名山水诗人，连李白都极为佩服，"半欲珍藏"大概是指类似他的这一类作品；而刘蕡是晚唐诗人，怀才不遇，愤世嫉俗，最后因悲愤而过早离世，"半欲焚"的大概指类似刘的这一类的作品。不是这类作品无价值，而是担心这些作品对友人身心不利。颈联"美人日暮怀香草，帝子中流倚碧云"是比喻友人诗文的美好境界。所以尾联说"翘首才知天自阔"，表示对友人的仰慕与尊崇。

《登万松岭赋得冬岭孤松》：
　　　　清标不觉冰霜冷，远盖参天蟠翠影。
　　　　空山独立岁寒心，白云斜挂巉岩岭。

　　此诗借颂孤松来称颂独立不畏艰难困苦的精神。

《狼山》：
　　　　山色苍茫水拍天，楼台隐隐望中悬。
　　　　红生枯洞花容丽，绿上平畴草色妍。
　　　　解渴炉烹千嶂雪，濯愁毫洒一江烟。
　　　　游人尽日迷金粉，谁向松坡听石泉？

　　前四句写山水、楼台、红花、草坪，用的是一般的写景手法。五、六句就比较奇特了：将千嶂雪烹茶来解渴，把一江烟挥写来濯愁。将现实与想象结合起来写。七、八句通过对比，是说在游客中，迷恋于金粉（可能指表面色彩鲜艳的花草）的人较多，而到松坡下去听山泉声（指欣赏幽雅景色）的人较少。

《乾隆南通州五山全志》卷十载:"王兆淑,字仙琬,可近之少女。性聪慧,所为诗及诗余皆秀丽典赡,与女兄璐卿量碧裁红,敲金戛玉,才女而有埙篪之乐也。江北词家一时称为二王云。"

《秋况》:

樵有丁丁声,木落生虚明。殊意为炊爨,奚得因热名。
掀彼白云叶,怜翠分枯荣。见景获旷志,弃斧看棋枰。
所以山中人,不解贪溢情。

此诗写山中樵夫旷达悠闲,不贪求名利。

《新秋山中杂咏》:

物候莫虚逾,非惟更古今。好花驯鸟性,明月素人心。
石淡苔灵秀,溪回树色深。苍松修竹里,小隐惬幽寻。
欣放在山目,无闻入市哗。鹿耕年种术,鸟启夜开花。
远树罗云密,轻舟荡水斜。朝来复何况,风雨暗僧家。

无论古今,事物都不会不遵守其生长发展规律。好花开放时,鸟性更驯;明月可使人心恬静;山石色淡,上面的青苔更灵秀;溪流回环曲折,树色显得更加郁郁葱葱。隐居在苍松修竹丛中,很幽静惬意,可以欣然放眼眺望优美的景色,再也听不到市井中那种喧嚣的声音了。通过鹿耕,每年种上白术;鸟声启动了某些植物夜里开花(瓠瓜,植物名,夜里开花,实圆长,首尾粗细略同,可食)。远树上空,笼罩着密集的云;轻舟在山溪中荡漾。早上景物有什么变化呢?寺庙被笼罩在暗淡的风雨中。总之,此诗全部是秋山中的景句,写得较为细致逼真。

《春日马鞍山》:

石磴迂延引,春山分外娇。
晴岚开绣嶂,新翠染轻绡。
谷鸟啼还歇,岩花落更飘。
仙姑如可访,注瑟一相招。

石阶逐渐延伸上去,春天的马鞍山,显得格外娇美。晴岚像披上了彩绣,又像披上了新染上青翠色彩的轻绡。山谷中鸟声断断续续,山岩上花瓣飘飘洒洒。仙女如可采访,我将用优美的琴瑟之声招她前来。前六句都是现实的写景,结尾改用浪漫的想象,增强了诗意。

如皋闺阁诗人

《清代闺阁诗人征略·序》说:"昔吾孔子采风十五国,选诗三百篇,以思无邪为指归,以乐不淫为准则。家庭教育,尤注意于诸侯大夫,闾巷歌谣,居多数者妇人女子。盖治莫先于门内,化必起于闺中。是以《雎麟》《驺虞》,留两大间之十分春气;《虫螽》《蟋蟀》,写三代上之一片秋声。而尤以周之太任、太姒,卫之共姜、庄姜,为一朝宫壸之仪型,千古闺襜之楷式焉。肃庙雍宫,播徽音于彤管,长门永巷,赋幽怨于绿衣。《柏舟》与苦节同坚,《芣苢》因恶疾而采,可群可怨,可兴可观,猗欤盛已。"由此可见,我国古代闺阁诗人,代不乏人。而《清代闺阁诗人征略》,从顺治至光绪,有清一朝,竟收集到一千二百六十多位女诗人的事迹,可谓盛哉!而如皋虽是小小一个县,却是诗礼之邦,闺阁诗人亦复不少。

情景交融的吴夫人诗

吴夫人,如皋人,生平事迹不详。《东皋诗存》收了她三类诗。第一类是咏花诗。如《种兰》:

>弱腕自移兰,幽香怯晓寒。
>芳情谁得似,秀色已堪餐。
>带土披根易,含葩入俗难。
>繁华消歇后,幽梦倚阑干。

首联即扣题写诗人亲手种植兰花。以"幽香怯晓寒"五字写兰花的姿质与芳香,实际上暗含诗人自我形象在内。颔联承首联之意以议论句赞扬其"芳情"与"秀色"。颈联继续赞扬兰花带土易于种植,但却不比寻常之花,不同于流俗。尾联写兰花凋零后,梦中仍在怀念它。爱兰之心,跃然于纸上!此诗不仅写出了种植兰花的过程,还逼真地写出了兰花的色香以及诗人对兰花的感情。

《雨后咏虞美人花》:

>江东遗恨化芳薪,浥露含姿未减春。
>艳质淋香垂玉砌,娇魂流涕衬纤尘。
>蝶过为惜红裙湿,蜂散应怜翠黛颦。
>旧恨不须频堕泪,相亲谁是楚宫人。

此诗采用拟人手法,将虞姬之恨与花的色香之美打成一片来写,生动活泼,别具一格。

第二类是一般的即景抒情之作。

《送春》:
　　年年此日送春归,无计留春与意违。
　　病眼还看佳景去,愁心忍逐落花飞。
　　残红未尽香余细,嫩绿初生阴乍肥。
　　独惜韶光容易老,空庭寂寂对书帏。

《春阴》:
　　花明春正好,风雨忽相残。
　　移步芳尘软,裁诗小阁寒。
　　莺声啼细叶,蝶粉湿雕阑。
　　任尔韶光转,禅心好独看。

这两首诗将诗人的惜春心情写得非常深刻。"病眼还看佳景去,愁心忍逐落花飞"与"任尔韶光转,禅心好独看"颇耐人寻味。

《晓望》:
　　春去空庭寂,开帘望影斜。
　　不愁今日暗,只怕雨交加。

《野望》:
　　山居频怅望,几处暮鸦啼。
　　落日江涛吼,归云古渡迷。
　　虚舟天际近,平野树头低。
　　满目干戈里,偷生何处栖?

《晓望》写怕阴雨天的到来,《野望》写怕战争对和平生活的破坏,都写得极自然、极深透。

《村居晚作》:
　　又复孤村暮,群鸦噪夕阳。
　　水流荒径冷,花发草堂香。
　　处处烟波渺,家家砧杵忙。

干戈浑不定,何日驾归航?

《村居逢中秋》:

茅舍逢佳节,秋灯暗草堂。
盘餐畦菜美,篱落野花香。
忍负邀明月,还愁念故乡。
笙歌今夜少,鼙鼓正茫茫!

这两首写村居的作品,生活气息很浓,而在结尾都写到了战争对和平生活的破坏,反战、厌战情绪很浓。

《十五夜坐月》:

玉镜今宵满,闲庭白昼同。
推窗怜素影,学拜动离衷。
竹叶烟中碧,莲房露下红。
平生无一事,多病怯囊空。

《秋夜病坐》:

扶病支颐坐,更残烛影微。
瓶花低不语,窗月静偏辉。
药减因囊罄,诗成觉意违。
霜飞寒自耐,寂寂掩柴扉。

以上两首诗均在写景中寄寓着生病的痛苦,情景交融,读来令人心酸。

第三类是抒写亲情之作。如《初夏日酿酒怀夫子》:

黍酿青梅映小池,迷人何事尚羁迟。
双眉久淡怀君意,斗酒深藏待子时。
柳内金蝉声欲起,枝头杜宇恨无期。
徘徊花翠惟怜影,香袭衣裾强自支。

这首诗通过酿酒的细节写出诗人对丈夫的深切思念之情,全诗采用第二人称,仿佛直接面对丈夫,更显得悱恻缠绵。首联写在梅树上挂着青梅、树影倒映在池塘里的时节,就已酿好美酒等待你归来,可是你被何事迷住,迟迟未归?

一起笔即紧紧扣题。颔联"双眉久淡怀君意",即古诗"自君之出矣,明镜暗不治"之意。你外出后,我再也没有心思去画眉、去梳妆打扮了,而是深藏着美酒,等待你回来。这一联承接首联,深化了怀念的情意。颈联以蝉声和杜鹃声再次渲染诗人的愁绪。尾联以顾影徘徊、强支病体的诗人憔悴的自我形象敦促丈夫早日归来。

《初夏检书,妹有〈画兰〉一幅,感赋》:

枝头梅子乍黄时,恍把幽芬动所思。
绣笔裁芳常伴我,朱颜远嫁久怀伊。
蹉跎岁月轻舟杳,怅望流云过雁迟。
只恐归来容顿改,相逢遥忆去时姿。

《忆妹》:

吾妹经年隔,干戈况未休。
一书悲雁断,几度对花愁。
人远千峰暗,家贫四季秋。
思伊常夜坐,寒月上帘钩。

《和妹七夕怀归韵》:

梧桐坠叶早惊秋,浣葛凉生起暮愁。
廿四桥头明月夜,踏歌女伴尚娇羞。
青灯兀坐夜沉沉,终日遥思独尔深。
玉露侵花寒抱影,相思两地泪沾襟。
明妃当日和番时,似尔思乡一段诗。
曾记海棠花下事,联吟小阁笑声迟。

这几首诗都是通过具体事物或细节描写写出了姐妹情深。具体事物是画兰和书信;细节描写是梧桐坠叶、青灯兀坐、小阁笑声。有了这些,感情就显得十分深挚而细腻了。

吟唱怀夫深情的范姝

《清代闺阁诗人征略》卷一载:"姝字洛仙,如皋人,诸生李延公室。有《贯月舫集》。洛仙为雉皋诗人范献重侄女,早失怙,夙慧性成,九岁时辄能咏新月。祖盟鸥公极爱之,为择配以李君延公名家子,且善属文,将许婚焉,或有尼之者阻,不听,途赋于归,琴瑟谐甚,闺门倡和,极笔墨之乐。然秘不示人,人亦鲜有知者。亡何,婴家难,洛仙则布衣椎髻长斋绣佛前,与延公风雨相慰劳,不少辍。集中所云'埋名驱薄俗,把卷卧衡门',真实录也。然性既好文,喜与名媛之能诗者相接,周羽步、吴蕊仙先后客雉皋,皆与洛仙称莫逆交,诗简赠答不绝。"《名媛诗话》赞其诗:"气格直逼中唐。宜其脍炙人口也。"

《和延公过旷庵看菊》:

> 独坐深秋夜,东篱羡尔过。
> 菊花应不少,竹叶苦无多。
> 残月依苍藓,寒灯射丝萝。
> 诗成霜露急,衣薄奈君何。

《慰延公夫子》:

> 尔我伤心事,凄其不忍言。
> 埋名驱薄俗,把卷卧衡门。

终有风云会，休云愁恨繁。
　　况君诗思健，相对好同论。

《新秋雨窗卧病兼怀延公》：
　　惆怅连宵雨势淫，相思无那病来侵。
　　草亭乍逼蛮啼急，药饵难攻愁思深。
　　团扇懒挥魂莫定，疏帘不卷独微吟。
　　劳君慰我书频寄，何日能宽别恨心。

《秋夜怀延公》：
　　谁道新秋好，何曾暑气微。
　　夜阑浑不寐，只是减腰围。

《次寄延公秦淮》：
　　自从人上木兰舟，为尔新添万斛愁。
　　明月一帘花满路，秦淮虽好莫贪游。

　　以上五首诗，都是抒写诗人跟丈夫的感情的，但构思各不相同。《和延公过旷庵看菊》，以和丈夫赏菊诗的行为，抒写了对丈夫的挚爱，"诗成霜露急，衣薄奈君何"一联更集中而突出地表达了对丈夫的崇敬与关切之情。《慰延公夫子》，写夫妻二人，生活虽苦，但喜欢读书作诗，爱好相同。诗人用"况君诗思健，相对好同论"来安慰丈夫。真是知心之论，温馨至极！《新秋雨窗卧病兼怀延公》，写卧病思夫，再加上秋雨绵绵，情怀更加难堪，但"劳君慰我书频寄"，诗书对诗人来说，是最好的慰问品了！《秋夜怀延公》，以五绝的形式，以"浑不寐""减腰围"等极简洁的语言，表达了对丈夫的刻骨相思之情。《次寄延公秦淮》，以七绝的形式，写诗人的"万斛愁"是担心丈夫贪游秦淮。真是矢口而出，此心可鉴！

《浣溪沙·月夜怀延公夫子》：
　　庭竹潇潇弄晚风。月光如洗露华浓。瑶阶花影自重重。
　　非爱良宵清不寐，因怜归燕思无穷。夜深独倚画楼东。

《夏初临·药名,闺怨,和周羽步》:

<u>竹叶</u>低斟,<u>相思</u>无限,<u>车前</u>细问归期。织女<u>牵牛</u>,天河水界东西。比似<u>寄生</u>天上,胜孤身、<u>独活</u>空闺。<u>人言</u>郎去,<u>合欢</u>不远,<u>半夏</u> <u>当归</u>。 徘徊<u>郁金</u>堂北,<u>玳瑁</u>床西,香烧<u>龙麝</u>,窗饰<u>文犀</u>。<u>藁本</u>拈来,缃囊<u>故纸</u>留题。<u>五味</u>慵调,恹恹病、<u>没药</u>能医。从容待,<u>乌头</u>变黑,枯柳生稊。

以上两首词,也都是怀念丈夫的,但角度和写法极不相同。《浣溪沙》以庭竹潇潇、月华如洗、花影重重的良宵不能入寐来写诗人的刻骨相思之情,缠绵悱恻,情深似海!《夏初临》这首词是诗人和闺友周羽步之作,内容是抒写闺中怨情。词中嵌入了近二十味中药(加线字),在词中大多用了普通含义,语意双关,极其巧妙。开篇三句,写夫妇离别之时,诗人喝着竹叶青酒,送丈夫出行,在车前柔声细问,何时归来。接着用牛郎、织女故事,说丈夫好比牛郎,去到天上,自己独自生活于空闺。上片结尾写估计丈夫在外,夏天过了一半就会回来欢会。过片写诗人独守空闺的情景:整天在堂前、床边徘徊,炉烧麝香,窗饰文犀,都无法排除寂寞难耐之情。病得没精打采,饮食无味。结尾说,还是从容等待吧,白头一定会变黑,枯柳也会发芽的(意思是丈夫一定会回来团聚的)。

宫婉兰的咏花诗

宫婉兰,泰州宫紫元先生女,如皋诸生冒褒的妻子。她极擅长咏花。著《梅花楼诗》行世。

《仲夏同八嫂韩夫人于溪湖看荷》:
　　于溪湖口采莲香,并坐烹茶泛野航。
　　谁道娇红难比艳,名花不让美人妆。

《新荷》:
　　点溪小叶正田田,绿净香清碧浪牵。
　　风动露珠光不定,烟迷月色影初圆。
　　鸳鸯未许留深盖,鸥鹭难栖贴水边。
　　待得高枝堪进酒,纳凉时候采红莲。

以上两首咏荷诗写法不同。前一首用拟人手法单写荷花色泽之美:"名花不让美人妆。"后一首则写了荷花不同时期的多种美:小叶田田时"绿净香清碧浪牵"之美;风摇叶上露珠之美;月下荷叶圆影之美;"鸳鸯未许""鸥鹭难栖"荷满池塘之美;一边欣赏擎盖高枝一边饮酒之美;一边纳凉一边采摘红莲之美。

《看芍药》:
　　夜深残月转回廊,轻掩纱窗忆故乡。
　　记得去年今日里,翻阶芍药怨红香。

此诗从回忆的角度写故乡芍药之美。但与其说这首诗是吟诵芍药之美的，倒不如说是抒泄回故乡不得的怨情的。尾句"翻阶芍药怨红香"中的"怨"字是诗眼。

《庆余堂蜡梅》：

　　莫向穷冬怨独开，孤芳原自绝尘埃。
　　檀心似与春相避，素影偏宜月共来。
　　历尽冰霜标冷韵，耻随桃杏点苍苔。
　　酒温炉热疏窗下，为爱幽香首重回。

此诗中间两联是点睛之笔，不仅立意新颖、精警，且注意炼字，"似与""偏宜""历尽""耻随"四个词语，都移换不得。

《冬日画梅花》：

　　独坐幽窗下，寒风透碧纱。
　　染毫浑不觉，为爱一枝斜。

此诗通过画梅人浑然不觉寒透窗的细节来表现其爱梅之心，可称运笔独绝！

《见杜鹃花忆先慈》：

　　斜风细雨送春光，病骨阑珊懒下床。
　　记得慈亲劳远寄，杜鹃花发更悲伤。

此诗通过吟花来忆母，又是另一样笔墨。

贞静勤敏的冒德娟

《晚晴簃诗汇》卷一百八十三载:"冒德娟,字嬿婉,如皋人。褎女,同县石巨开室。有《自怡轩诗集》。"

《中秋》:

秋光清爽自年年,病体支离懒向前。
丛桂开残香欲冷,塞鸿飞急影还连。
更残稚子犹相戏,月转高堂想未眠。
此夕万家同促膝,嫦娥应不受人怜。

此诗句句切中秋之月,尾联构思独到,以万家团聚之乐与嫦娥无人同情对比,寓闺怨之深,为一篇警策之句。

《病中寄家大人》(四首):

屈指沉疴已十旬,归期不定日思亲。
新齐芳草盈阶绿,细雨凄凉又送春。

残书闷展掩柴扉,独对晴空盼落晖。
安得身如新燕子,随风常绕北堂飞。

似我曾谁话至情,自怜形影耐长更。
添愁最是终宵雨,挑尽残灯梦不成。

>鸿鹄襟怀志未忘,遭逢何事不神伤。
>欲知眼底无穷意,一首诗成泪万行。

这组思亲七绝情意深挚,诗思入微。第一首以盈阶草绿和细雨送春两个细节写沉疴之久与思亲之深,形象鲜明,缠绵贴切。第二首以闷展残书、切盼落晖写心绪之落寞,以身如新燕、绕飞北堂写思归探亲之迫切,如见其形。第三首以宵雨添愁、灯残失眠写长夜之难熬,如见其心。第四首以何事不伤神、诗成泪万行来总结,恰到好处。

《春闺》:
>风动帘栊春昼长,莺声催起整残妆。
>独行亭畔拈花朵,不觉罗衣怯晓凉。

《夏日》:
>芭蕉深绿映疏窗,高柳蝉鸣昼景长。
>闷卷珠帘看日影,鸳鸯相并立池塘。

《秋夜》:
>飘来红叶忽成秋,又见双星两地愁。
>阶下细虫喧不歇,檐前紫燕语难留。
>空庭砧杵催长夜,远寺钟鱼逼戍楼。
>薄醉欲眠犹未得,绮窗遥望月如钩。

《春闺》以整残妆的动作显示嫌昼长的心理,以拈花朵的动作显示怯晓凉的心理,动态描写与心理描写密切配合。《夏日》以绿蕉映窗、蝉鸣声长、鸳鸯并立的客观景象来烘托闷看日影的主体情怀,将抽象的情思具象化,主意突出。《秋夜》首联写睹红叶而悲秋,见牛女而生愁。颔联写秋虫叫不停,檐燕难留住。颈联写砧杵敲击声响彻长夜,钟声木鱼声逼近戍楼。尾联写薄醉难眠,遥望初月。全诗全是景语,亦全是情语。

她的词也写得清新柔美,如《望江南·晚步》:
>闲晚步,跫迹印苔深。蕉响疏风来别院,
>烟迷宿鸟语幽林。明月出花阴。

晚间散步，脚踏在青苔上印出深深的痕迹。芭蕉叶子发出响声，原来是院子里刮来一阵凉风。烟雾弥漫，幽林中宿鸟发出悦耳的鸣叫声。月儿从花阴空隙间露出脸来。全词都是写景，但愉悦之情已盎然于其中。

《虞美人·初夏》：

钩帘满院萋萋草，睆睆流莺好。亭亭榴叶未舒花，袅袅游丝，撩乱逐风斜。　　碧阑干外徘徊久，绿树清阴逗。青阳顿去晓窗空，拂拂薰风吹尽一庭红。

此词写初夏景象生动逼真，末句"拂拂薰风吹尽一庭红"更是点睛之笔。

《如梦令·和三叔父闻笛原韵》：

谁弄山阳古调，历历暗飞声到。折柳最关情，惹起离愁多少。烦恼，烦恼，留得月儿相照。

以景衬情，以情传声，手法高超。

《浣溪沙·春雨》：

帘外东风带晓烟，湿云酿雨做春天，余寒迷退小窗前。
初润花梢知节候，助人娇困耐人怜，鸳鸯波上羽纤纤。

细雨苍苔锁碧烟，丝丝初洗惜花天，愁心滴碎晚风前。
堤柳嫩芽难系恨，江梅春信早相怜，凭阑闲对影帘纤。

第一首上片，"做"字将春雨拟人化，"迷退"将余寒拟人化，是词眼，精彩至极。下片抓住经细雨润湿的花梢（蓓蕾），助人娇困，耐人怜爱，将春雨的功能写得生动形象，再用在碧波上翔游的鸳鸯一烘托，使诗情更加浓郁。第二首上片写细雨笼罩着的苍苔仿佛锁住了一层碧烟，丝丝细雨洗出了惜花天气，一阵晚风过后，诗人忧愁的一颗心好像被滴碎了。"锁""洗""滴碎"这三个动词精彩至极。下片以嫩柳、江梅、闲静的身影继续写春雨的作用，将春雨写足。

《满江红·咏并蒂虞美人》：

窗外幽花，开遍处、这枝奇绝。染猩红、带雨拖烟，倚阑娇怯。似为当年亡国恨，至今犹吐同心结。爱迎风、款款并香肩，迷蝴蝶。　　心未冷，情还热。叹玉碎，怜簪折。羡一丘荒土，苗生英烈。一叶半花堪再拜，同生同死无分别。笑青青、吕雉戚姬坟，难言说。

此词开篇，写窗外开遍了虞美人花，惟有这枝并蒂的，显得奇绝。接着写它的色泽、姿态。然后突然转笔，以霸王别姬的典故，渲染出悲惨、壮烈的气氛。"似为当年亡国恨，至今犹吐同心结"，亡国恨跟同心结有什么关系呢？诗人偏偏让它成了因果关系，从而使之成为警句。结句继续以并肩、迎风、迷蝶的姿色写出此花之动人。下片转头用四个三字句，继续顺着以花比人的思路，写虞姬宁可玉碎、不愿瓦全的刚烈精神。"羡一丘荒土，苗生英烈"，将花与人绾合在一起来写，含意深沉，耐人寻味。接着，同生同死的描写，仍语意双关，既指花的并蒂，亦指虞姬与项羽的情爱。歇拍以吕后戚姬遗臭万年之坟墓来烘托，更显示出虞姬之美。这首词是咏花呢还是咏人呢？对于诗人的慧心，真要叹为观止！

《念奴娇·五日》：

莺憨蝶舞，绿阴浓、佳节却逢端午。似火榴花庭院寂，阵阵蒲风酿雨。对景思亲，衔杯忆弟，剩有愁千缕。天涯欲到，几回魂梦何处。　　荆楚风物依然，五丝重续，此日情谁诉。薄命孤忠如一辙，漫说悲同狐兔。不醒年时，澜翻世路，任韶光催暮。人生失意，从来无问今古。

此词开篇，以榴花似火、蒲风酿雨的浓烈氛围，宣示端午佳节的到来。"每逢佳节倍思亲"，接着顺势写出思亲忆弟的愁思，再用远在天涯，魂梦难到一强调，使愁绪更浓。转头处从端午风俗依旧的角度，继续写愁绪。最后的"人生失意，从来无问今古"看似自慰，实则更自悲。

思亲情深的邓繁祯

邓繁祯,字墨娴,篮田令谦谷公的女儿,冒禹书的妻子。著有《思亲吟》《静漪阁诗草》《静漪阁词草》等。

《庚辰仲春侍家大人游西湖》:

　　名游自古说西湖,唐宋于今有钜儒。
　　太守风流堤号白,眉山诗酒人称苏。
　　低昂岳墓云横石,南北高峰水满渠。
　　花柳六桥摇画舫,楼台数仞耸名都。
　　隔林飞盖花千树,夹道沙笼烛两株。
　　布幕晨张弹穆护,罗帏晚唱听吴趋。
　　雕阑鹦鹉偕人语,碧沼鸳鸯交颈呼。
　　走马池塘青袖窄,斗鸡山涧翠林纡。
　　一家欢聚天涯乐,二月风光淑景娱。
　　乳燕雏莺飞暖谷,桃红梨白灿城隅。
　　徘徊我已游仙境,恍惚身疑在画图。

此诗前六句历数西湖名胜,中间十句具体描绘西湖优美风光,最后六句抒写合家游湖之乐。此诗景象鲜明生动,语调铿锵谐和,风格清新优美,层次清晰,对仗工整,虽是排律,却自然流动,毫无堆砌之弊。

《秋雨思亲》:

秋宵成兀坐，细雨被风侵。
愁绪怨长夜，幽怀深素琴。
最怜毛里句，空负蓼莪吟。
蜡炬垂红泪，难灰一寸心。

此诗前两联写在细雨绵绵的秋夜，不能入寐，枯坐着思念双亲。因愁绪太深失眠而埋怨夜长，干脆起来弹琴，以抒泄幽怀。颈联用了两个典故："毛里"，喻父母之恩。语本《诗经·小雅小弁》："不属于毛，不离于里。"毛传："毛在外，阳为父；里在内，阴为母。""蓼莪"，见《诗经·小雅·蓼莪》："蓼蓼者莪，匪莪伊蒿。哀哀父母，生我劬劳。"孔颖达疏："以己二亲今且病亡，身在役中，不得侍养……"莪，蒿之一种，茎抱根而生，俗称抱娘蒿。后遂借指对父母的悼念。尾联本于李商隐诗句："春蚕到死丝方尽，蜡炬成灰泪始干。""春心莫共花争发，一寸相思一寸灰。"这两联诗写思念父母，彻夜难眠，哭干眼泪，寸心成灰。用典自然贴切，如盐入水，不见痕迹。

《长相思·忆先大人》：
恸难支，苦难支，抱恨终天永日思。蓼莪废咏时。
心如痴，意如痴，伶仃余息已如丝。伤心只自知。
思亲之痛，深入骨髓，令人不忍卒读。

《惜分飞·秋日送穀诒二弟出游》：
怅望秋云还似旧，黄菊依然清瘦。闷折亭前柳，伤心泪湿罗衫袖。　　记得高堂同载酒，极目湖山明秀。往事难回首，新愁旧恨空消受。

送弟出游时又在思亲，这位女诗人对父母的挚爱，真是难得。

泪雨淋漓的范贞仪

范贞仪,《清代闺阁诗人征略》卷四记载:"贞仪字芳筠,号一柏,如皋人。贡生高佩兰室。有《愁丛集》。贞仪女红之暇,潜心经史,时有女中颜闵之目。未十年,姑死、夫死、翁死,并庶姑、长子死,遗幼叔三、幼子二,茕茕孤子,丧葬婚嫁,措置得宜,课叔教子,皆黉序而登仕籍。以嫂比母,以母代父,无忝厥德矣。(《如皋县志》)"

《营葬逢雨》:

飒飒西风旆影寒,将孤扶榇葬江干。
苍天一似怜嫠妇,泪雨淋漓滴未干。

十年之间,公公、婆婆、丈夫、小姑、长子,五个亲人相继谢世,诗人内心的深创巨痛,可想而知。故而诗人说:老天爷也在可怜我这个寡妇,"泪雨淋漓滴未干"!真是椎心泣血式的诗句!

《重九先夫子忌辰》:

遍插茱萸句忍忘,最伤心日是重阳。
空闺多恨秋先老,辽鹤无音梦正长。
半世凄清同皓月,廿年辛苦历繁霜。
楚词读罢招魂句,未见乘风返故乡。

首联写丈夫死于重阳日,临终时还读着王维"遍插茱萸少一人"的诗句。原诗首句后有注："临终诵王摩诘'遍插茱萸少一人'之句。""每逢佳节倍思亲"，对于诗人来说，当然"最伤心日是重阳"了！颔联写诗人独守空闺，愁恨绵绵，日见衰老。又用丁令威之典故：辽东人丁令威，学道后化鹤归辽，徘徊空中而言曰："有鸟有鸟丁令威，去家千年今始归。"事见晋陶潜《搜神后记》。丁令威能化鹤返乡，而丈夫的魂魄不知归于何处，连梦中都难以见到。颈联写她受这种煎熬时间之漫长，以"皓月"与"繁霜"一烘托，其凄苦之情即跃然于纸上。尾联用读罢楚辞《招魂》的诗句，仍不见丈夫魂魄归来作为小结，进一步展示诗人内心的惨痛，已达顶点。

《省墓》：

> 野草茸茸绿正柔，浪花千点泛孤舟。
> 塚中人隔烟霞冷，闺里愁催鬓发秋。
> 化石未成清泪溢，丸熊无效壮心收。
> 多情不及天边月，夜夜流光照陇头。

首联景物中已蕴含孤寂的心绪。颔联"塚中人"与"闺里愁"对举，进一步点题并写出扫墓者的愁绪。颈联用了二典："化石"，比喻妇女对丈夫的坚贞和思念。典出《初学记》卷五引南朝宋刘义庆《幽明录》："武昌山上有望夫石，状若人立。古传云：'昔有贞妇，其夫从役，远赴国难，携弱子饯送北山，立望夫而化为立石，因以为名焉。'""丸熊"，用熊胆和制的药丸。《新唐书》卷一百六十三："（柳公绰）子仲郢，字谕蒙。母韩，即皋女也，善训子，故仲郢幼嗜学，尝和熊胆丸，使夜咀咽以助勤。"后以"丸熊"为母教的典故。这联意思是说：我虽未能像古代贞妇那样望夫化石，但也已泪水盈眶了；我也未能像柳仲郢母亲那样教子有成，望子成才的壮心也已收敛（大概这时她的长子已有病）。尾联以不如天边月自责，显得无理而有情。

《秋日郊南扫墓》：
　　　　江澄天阔片帆来，烟草斜阳极目哀。
　　　　愁倚云根人未化，忍持松树手亲栽。
　　　　霜华荏苒侵蓬鬓，心铁销磨尽劫灰。
　　　　却看荒山念华屋，只凭清泪落泉台。

首联以哀景衬哀情。颔联以栽松写思夫的愁绪。颈联以霜华侵鬓与心铁磨尽比岁月难熬之苦，极其形象，也极其惨烈。尾联以丈夫生前住华屋、死后留荒山对照，自然是清泪滚滚而下了。

《点绛唇·月夜哭如山妹》：
　　娇小香闺墨花，同染遥山翠。于归犹记，泣别吴江沥。
　　闻说今秋，玉碎花残矣。如山妹，月明似水，环佩归来未？

悼完夫家人，又来悼妹，伤心人偏遇伤心事，真是痛上加痛！上片回忆娘家事，下片写妹亡后不见环佩归来，以"月明似水"一烘托，悲情盎然而出！

《采桑子·悼衡阳夫人》：
　　当时偕任衡山署，月满潇湘。香暖琴堂。侍女吹箫引凤凰。
　　攀髯人去西风早，宦海沧桑。旅梦凄凉。回雁峰高望故乡。

　　归来绿暗荒村草，冷雨风飘。短梦香消。缌帐灯昏伴寂寥。
　　箕裘有子才堪继，画荻晨朝。续绩中宵。苦志辛勤论逸劳。

　　盈盈娇女闺中秀，咏絮吟风。玉佩玲珑。绕膝承欢笑语融。
　　年来远嫁他乡去，泪雨常濛。凝睇吴峰。此后应从梦里逢。

　　早春抱病鱼轩至，榻拂轻埃。径扫苍苔。幽阁重门此日开。
　　而今冷落西阁路，剩粉遗钗。香暗尘埋。夜夜西风堕老槐。

　　隆恩百岁浑无报，握手江干。恨罨征帆。病眼朦胧仔细看。

暮秋驾鹤游蓬岛，佩冷云寒。长夜漫漫。泪洒吴江树树丹。

重思往事情难已，德语犹温。环佩如闻。不见当年锦帐人。北邙松柏埋香处，烟暗孤村。月冷黄昏。泉下谁来慰断魂。

悼完妹妹，又悼友人，且写了六首内容连贯的《采桑子》。第一首上片，吹箫引凤，用典，传说萧史善吹箫作凤鸣，秦穆公以女弄玉妻之。后两人俱乘凤仙去。意思是说，衡阳夫人生活本来很美满，跟着丈夫赴任，琴瑟相和。下片"攀髯"，用典，传说黄帝铸鼎于荆山下，鼎成，有龙下迎，黄帝乘之升天，群臣后宫从上者七十余人。余小臣不得上龙身，乃持龙髯，而龙髯拔落，并堕黄帝之弓。百姓遂抱其弓与龙髯而号哭。此词下片写衡夫人逝去，魂魄不得返故乡，极其悲哀。意思是说，她丈夫去世后，夫人朝思暮想，但即使在梦中，也不见其魂魄归来。第二首上片，以哀景衬托衡阳夫人"灯昏伴寂寥"的哀痛心情。下片用了二典："箕裘"，《礼记·学记》："良冶之子，必学为裘，良弓之子，必学为箕"。孔颖达疏："积世善冶之家，其子弟见其父兄世业镕铸金铁，使之柔合以补治破器，皆令全好，故此子弟仍能学为袍裘，补续兽皮，片片相合，以至完全也……"意谓子弟由于耳濡目染，往往继承父兄之业。后因以"箕裘"比喻祖上的事业。"画荻"，宋欧阳修四岁而孤，家贫，母郑氏以荻管画地写字，教其读书。见《宋史·欧阳修传》。"画荻"后为称颂母教之典。意思是说，丈夫去世后，衡阳夫人辛勤教子，盼其继承祖业，往往纺织到半夜，忘记了劳逸。第三首写衡阳夫人有娇女，极有诗才。"咏絮"，用典，南朝宋刘义庆《世说新语》："谢太傅寒雪日内集，与儿女讲论文义。俄而雪骤，公欣然曰：'白雪纷纷何所似？'兄子胡儿曰：'撒盐空中差可拟。'兄女（谢道韫）曰：'未若柳絮因风起。'"后因以为女子有诗才之典。但后来此女远嫁，夫人"泪雨常濛"，只能梦中相逢。第四首写衡阳夫人生病、去世,以"剩粉遗钗,香暗尘埋"写其去世,以"夜夜西风堕老槐"烘托她去世后的凄惨情景,极其逼真。第五首上片写诗人与衡阳夫人在江边握手告别的情景。这是她们的最后一次见面了,下片就写到夫人驾鹤西归,诗人只能"泪洒吴江树树丹"了。第六首写对亡者的思念。上片以"德语犹温,环佩如闻"两个四字句写出夫人的音容犹在,但其人却永远不见了!下片再以"烟暗孤村,月冷黄昏"两个四字句写墓地的凄冷,将悼念之情写足。

《满庭芳·悼闺友》:

镜里同妆,花前连袂,与君记在髫龄。研朱洒墨,秀句每先成。怪早西风萧瑟,穿帘幕、一片秋清。惊相报,故人仙去,残月冷空庭。　　星星悲往事,辟纑夜火,藜藿朝羹。恨封侯难觅,辜负卿卿。绣谱机床犹在,蟏蛸挂、蛛网交局。人何处?暮云惨淡,环佩悄无声。

又是一首悼亡的佳作。全词写了两个细节:上片写髫龄研墨一起做诗,下片写深夜一起织布刺绣,如今物在人亡,叫诗人怎能不伤怀?

《百字令·怀母氏故居》:

拈花弄蕊,记绿荫庭院,清幽如许,一带浓阴遮翠幕。绿映黛螺眉妩。红豆抛莺,春纴扑蝶,憨做娇儿女。珠帘晴卷,画堂春暖如雾。　　回首易换沧桑,而今重忆,总是伤情处。月转回廊,花影飐、谁在儿家窗户。春草池边,可娱轩里问,东风谁主。铜仙多感,露和铅泪如注。

此词上片回忆自己在娘家做娇女时,景色清丽、温暖如春的感觉。下片用对比手法,写娘家如今已是人去楼空,故结尾用李贺《金铜仙人辞汉歌》诗意,连金铜仙人都会"铅泪如注"了!

《沁园春》:

麻姑冥寿,戚里命优演剧,示诸叔。

百感填胸，千端交集，泪眼能睛？处危崖欹树，谋存完卵。弱弓微箭，强护孤城。心力俱疲，惊魂几断，为问重泉知未曾。凭谁报，只孤忠苏武，卧雪餐冰。　　笙歌此日闲庭，对烛影炉烟怕不经。任春娇妙技，翻澜蝶翅，王乔仙谱，脆炙鹅笙。笑语空喧，欢容莫睹，未若当年菽水承。歌须止，有中山在座，涕泪横生。

发端即以重笔抒写痛悼小姑之情。接着就用危崖欹树难存完卵、弱弓细箭难护孤城两个比喻，抒写了自己难以护持这个破碎家庭的苦衷。接着追问丈夫在九泉底下知不知道自己的这一苦衷。上片歇拍活用苏武之典，既写了无人报与泉下信息，又进一步抒写了诗人之苦甚于"卧雪餐冰"！下片转入对观看演剧的感受：任凭演技再怎么高超，都激不起诗人任何欢乐之情，只能使"涕泪横生"！

《沁园春》

己酉冬日，扶舅姑及亡夫长子之榇，葬于郊南，抚儿、顾叔血泪千行，因占一阕。

霜老疏林，泪洒冰天，冻合层云。有糟糠新妇，血泪和土，伶仃幼子，篝石成坟。瞻仰亲茔，如依膝下，笑语慈颜杳不闻。从今后，痛墓门悄闭，谁侍晨昏？　　十年屡断惊魂，纵百炼千磨我代君。叹寒烟冷月，空闺人老，疾风暴雨，世事谁论。长子何辜，又遭短折，湘竹无多染泪痕。空肠断，看慈鸦万点，归绕江村。

埋葬四位亲人的灵柩，又有幼子和小叔在旁痛哭流涕，诗人的心情可想而知。起笔三句，以自然界的肃杀景象，烘托诗人悲痛至极的心境。接着，写自己泪血滴土，幼子垒石成坟。公婆的笑语声再也听不到，墓门紧闭，早晨黄昏当媳妇的再也不能侍奉问候了。下片开头两句转换口气，诗人对着丈夫的灵柩诉说：十年当中，家人亡故太多，使我屡断惊魂，都是我代替你经受百炼千磨。空闺中我越来越衰老，长子又夭折,能有多少湘竹供我挥洒泪痕啊?末尾三句,以乌鸦万点归绕江村的黯淡景象来烘托诗人的深创巨痛,极其形象,极其生动。

《鹊踏花翻》:

予生不逢辰,既于九月九日丧夫婿于十年前,复于五月五日折长子于十年后。嗟乎人生,佳节偏尔伤心,因成一阕。

楚竹书完,湘江洗遍,也应未尽柔肠迸。怪他度厄空言,续命虚传,人间何事称佳节?重阳既彻断鸿声,蕤宾又迸啼鹃血。　恨结。地老天荒难灭。可怜竟作如斯别!每到紫艳茱萸,绿肥蒲草,瘦骨镕成铁!悠悠梦冷已经年,时时心碎何由说!

杜鹃啼血,瘦骨成铁,这形象中包含着诗人多少怨愁苦恨。如果跟另一首直接抒写诗人心绪的词对读,当可更加深入地理解她的痛苦。《苏幕遮·感怀》:"恨如丝,心似水。恨结心牵,教我如何理。剔尽残灯仍不睡,有梦堪寻,魂也知来未?　履春冰,含血泪。历尽颠危,蜀道平如坻。瘦骨强支霜雪里。悄悄忧心,搅得常如碎。"

《绝命词》:

疾病缠身已再春,棱棱瘦骨半非人。
悬崖撒手吾诚愿,谁补孤儿未了因?

这首《绝命词》,仿佛是对以上诗词的总结。诗人竟想结束自己的生命了,可又舍不得孤儿,徒唤奈何!

高氏三姐妹

高蘩，字亚兰，如皋人，高赞两的长女，生员吴开泰的妻子。著有《笼烟集》。

《过朴巢故址赠次妹縈》：

髫年同习鹊巢诗，偏尔聪明记不遗。

今日朴巢人已去，多才却让尔居之。

此诗写诗人与妹妹幼年时曾一起学习冒辟疆的诗，其妹记性特好。由此可见高家与冒家关系特好。此诗不仅夸赞其妹聪明，还有追悼冒辟疆的感情在内。

《晚集绿雪山房即事感赋》：

故园曾记昔年春，今日相看赏复新。

归燕来时犹识垒，秾花开处竟忘贫。

却怜月是闺中月，可惜人非镜里人。

流景暗伤天又暝，绿杨烟锁翠眉颦。

此诗将物是人非之感抒写得异常深切。

高縈，字纫兰，如皋人，高赞两的二女，冒辟疆曾孙国学生冒维楫的妻子。著有《逸园集》。

《寄嫂氏梅花二首》：

三吾往事总堪哀，水绘春风尽劫灰。

犹有老梅一株在，强支霜雪近人开。

寄将憔悴与君看，人共梅花正一般。
只恐深闺还自惜，冰霜姿格有余寒。

第一首写水绘园中的老梅，第二首写将这枝老梅寄给她嫂嫂，希望她珍惜。其中深意当从结句"冰霜姿格有余寒"中去体会。

《望江南·同嫂氏过绿雪山房感赋》：

山房里，往事足追寻。晓阁校书同问字，午窗斗茗罢拈针。一局向花阴。

山房里，此日总伤神。门闭秋千空挂月，香埋金粉遍生尘。憔悴昔年人。

绿雪山房是诗人父亲的书房。第一首回忆同她嫂嫂在书房中校书、问字、品茶、拈针、下棋的乐趣。第二首写书房如今的冷落。通过对比，含蓄地写出诗人对往事和父亲的思念。

高紫，字季兰，如皋人，高赞两小女，通州马澄的妻子，早卒。

《望江南·寄雨船兄》：

归思切，空使梦魂劳。可是地荒遍少雁，其如河广不容舠。想念到今朝。

既无雁，不能传书；河虽宽广，又无法用小船来航行（此活用《诗经·卫风·河广》之典），故尔"想念到今朝"。

多少思念之情，尽在不言中。

酷肖唐人的范毓秀

《清代闺阁诗人征略》卷四："毓秀，如皋人，诸生徐人俊室。有《媚川集》。毓秀诗俊逸可诵。《春雨》云：'绣阁香初暖，连朝风雨斜。非关寒食近，春意在梅花。'二十字尤酷肖唐人。(《江苏诗征》)"

《暮春》：

花事萧条草渐肥，鹧鸪声里唤春归。

残红莫要相留恋，好把风光让绿衣。

一般惜春诗词总是感伤的，而此诗却写得轻松愉快。

《玉钩斜》：

碧血宫人草，荒园帝子家。

琼花同一哭，千古玉钩斜。

玉钩斜是埋葬宫女的地方，此诗言短情长，真要千古同哭！

《南乡子·湖中泛月》：

薄暮泛轻桡，万顷清波映碧霄。一片浪花，随月泻滔滔。暗傍荷香过小桥。　清夜景萧骚，把酒临轩明月邀。望里云山，浑似画堪描。收拾风光付彩毫。

明月朗照下，湖中景色优美，诗人闲适恬美的心情，尽寓其中。

《清平乐·立春》：

风风雨雨,又早催年暮。屈指光阴能几许,转眼春回冬去。　　妆成对镜徘徊,重帘几度羞开。生怕梅花笑我,依然裙布荆钗。

"生怕梅花笑我,依然裙布荆钗"写得活泼可爱,这位女诗人的开朗性格,跃然纸上。

《如梦令·秋闺》：

妆罢阑干独倚,飒飒西风乍起。帘外更濛濛,一片芭蕉如洗。如洗,如洗,不管海棠憔悴。

濛濛细雨,打在芭蕉叶上,更显得碧绿可爱。女诗人别具赏美眼光。

《蝶恋花·暮春》：

花光渐上荼蘼架。春睡恹恹,淡淡梳妆罢。绿窗人静悄无声,惟闻燕语帘栊下。　　香消慵去添兰麝。寂寞空闺,满地残红卸。枝头小鸟也怜春,声声只把东风骂。

此词虽也有一点怨春归去的情绪,但更多的是诗人的活泼与俏皮。

性格巧慧的石学仙

《清代闺阁诗人征略》卷六载:"学仙,江苏如皋人。进士为崧女,诸生沙又文室。有《冰莲绣阁诗钞》《绿窗遗稿》。学仙善琴精弈,性巧慧。近世剪彩贴绒为人物花鸟自学仙始。(《正始集》)"

《晚泊邗江》:

> 一片苍烟拂水生,孤帆夜落广陵城。
> 城楼谁个吹长笛,落尽梅花江月明。

傍晚,烟雾濛濛之际,诗人泊舟于邗江上,听到城楼上悠扬的笛声,吹奏的曲子是《梅花落》。不明写,只用"落尽梅花江月明"一句,既写曲子,又写背景,一举两得。

《暮春绝句》:

> 石泉槐火试新茶,风袅茶烟上碧纱。
> 小立空庭人寂寂,销魂一架紫藤花。

此诗塑造了一个优美的境界:诗人一边品茶,一边欣赏紫藤花,悠闲至极,也恬美至极。

《夏日园居杂咏》:

> 为折花枝步碧苔,荆扉独傍野塘开。
> 晚风一陈縠纹起,无数蜻蜓侧翅来。

野田水阁最多情,面面芙蕖沸水清。
日落凭阑倾白堕,流萤掠过苇丛明。

第一首写漫步时看到蜻蜓点水,第二首写诗人喝着白堕美酒(刘白堕,南北朝时善于酿酒的人),欣赏着荷叶拂水、流萤掠过苇丛的美景,真可谓诗中有画。

《梅影》:

最爱横斜明月下,一枝冷映小窗孤。
凭谁乞得徐熙笔,写向鹅溪作画图。

由爱梅而想画梅。诗人要让自己获得名画家徐熙学的高超画技,并用四川省盐亭县所产鹅溪绢来绘画,这有多美啊!

避难如皋的周琼

周琼,字羽步,吴江人。其夫为人所中伤,陷囹圄,羽步避难如皋,与闺友范洛仙、吴蕊仙相唱和。

《秋夜读书同吴蕊仙赋》:

上莲月影动帘疏,挑尽兰膏读史书。
未许须眉推绣虎,谁怜巾帼逐文鱼。
角摧朱辨还须尔,颐解匡言每顾余。
南面百城无此乐,一樽促膝漏将除。

此诗写读书之乐。首联写闺中挑灯夜读。颔联表达了对不重视妇女读书的男权思想的抗议。上句用了"绣虎",《玉箱杂记》:"曹植七步成章,号绣虎。"绣,谓其词华隽美;虎,谓其才气雄杰。后遂以"绣虎"称擅长诗文、词藻华丽者。文鱼,本指有花纹的鲤鱼,这里借指文坛能手。这联的意思是说,为何女子中就不能出现曹植一样的雄才呢?为何不喜欢女子成为文坛能手呢?颈联中的"角摧",指摧败披靡。"匡鼎解颐"出自《汉书》:"无说《诗》,匡鼎来;匡说《诗》,解人颐。"后以"匡鼎解颐"指讲诗清楚明白,非常动听。这联是说,通过论辨摧败论敌要靠你(指吴蕊仙),将诗讲得清楚明白而动听要靠我(指周琼)。尾联是说,这种乐趣简直超过南面称王,因此往往通宵达旦地边饮酒边谈读书体会。

《赠冒巢民》：
> 天涯浪迹几年春，此日何期青眼频。
> 赠药为怜司马病，解衣应念少陵贫。
> 惭非骏骨逢知己，羞把蛾眉奉路人。
> 听雨不堪孤馆夜，感今追昔信沾巾。

首联写冒辟疆对诗人很看重。颔联用了两个典故："司马病"，司马相如多病，这里借指诗人自己。"少陵贫"，杜甫常以"杜陵"表示其祖籍郡望，自号少陵野老，世称杜少陵。他的一生，贫病交加。这里也借指诗人自己。"解衣推食"，慷慨赠人衣食，指施惠于人。语出《史记》："汉王授我上将军印，予我数万众，解衣衣我，推食食我，言听计用，故吾得以至于此。"这联是说，冒辟疆经常赠药和从经济上接济自己，因此十分感激。颈联先用"骏骨"之典，战国时，燕昭王要招揽贤才，郭隗喻以故事：从前有国君欲以千金求千里马，三年未得。有人花五百金买一死千里马的头回报，国君大怒，此人对曰："死马且买之五百金，况生马乎？天下必以王为能市马，马今至矣！"不久果然买得三匹千里马。见《战国策》。意思是说，我并非骏马，却遇到你这样的知己。后用"蛾眉"之典，蚕蛾触须细长而弯曲，因以比喻女子美丽的眉毛，借指女子容貌的美丽或即代称美女。意思是说，我很羞愧，你将我当美女看待了，我实际上不过是普通的过路人。尾联写诗人在孤馆卧听夜雨，感今追昔，不禁泪下如雨，多么感激这位像长兄辈的冒辟疆啊！由此可见，冒辟疆对于这位避难女子，是多么关心和照顾啊！

《水绘庵即事和冒巢民》：
> 禾黍离离玉树寒，故宫车辇梦中看。
> 凋伤始识人情异，丧乱深知历世难。
> 绝塞烽沙双目饱，首阳薇蕨几人餐。

五湖烟月虽无恙,回首西风落照残。

此诗颔联"凋伤始识人情异,丧乱深知历世难"仍历世多、感悟深之警策句。

《留别吴蕊仙》:
　　一身飘泊御风游,岭上闲云水上鸥。
　　锦字怕随江雁断,诗魂还逐晓莺流。
　　野塘孤椁黄花晚,香谷寒宵杂树秋。
　　只恐重来仙路迥,烟迷雾阻武陵舟。

首联以"水上鸥"比喻诗人的漂泊身世,非常贴切。颔联用了"锦字"的典。锦字,指晋窦滔妻苏蕙所作织锦回文《璇玑图》。滔仕苻坚为秦州刺史,获罪远徙流沙,蕙作回文七言诗织于锦上以寄滔,辞甚凄楚。这里借用。"诗魂",诗人的灵魂、精神。意思是说,给对方的诗担心传不到,而我的诗魂却要随着黄莺飞向对方。颈联用野塘的黄花与香谷的杂树来渲染气氛,"晚""秋"二字带着惨淡的色彩。中间两联对仗精工,诗思细密。尾联复用典,"仙路",借用,指通向对方的路;"武陵舟"借用李清照《武陵春·春晚》:"风住尘香花已尽,日晚倦梳头。物是人非事事休。欲语泪先流。　闻说双溪春尚好,也拟泛轻舟。只恐双溪舴艋舟。载不动、许多愁。"意思是说,由于路途邈远,信息不通,担心对方,愁思深重。

《春居》:
　　小榻参差竹影斜,衡门芳草锁烟霞。
　　崚嶒傲骨诗为友,淡泊禅心画作家。
　　暖日不须来燕子,春风争肯迷桃花。
　　凭阑细雨潇潇夜,慷慨悲歌抚莫邪。

诗人逃难来如皋,心情十分复杂,既有"崚嶒傲骨",又有"淡泊禅心",平时幽雅闲静,激动时又会"慷慨悲歌"。

劝夫看淡名利的徐应坤

徐应坤,字淑媛,人俊女,诸生邹恭士配。著有《红余集》。

《雁阵》:

风冷吴江霜露清,玉关征雁一行鸣。
回风巧结凌波阵,渡月斜穿细柳营。
声乱寒烟孤鹤避,影沉秋水众鳞惊。
无端惹得金闺妇,忽忆良人事远征。

此诗为代言体,代闺妇思念征夫。前六句写景中阑入"细柳营"之典:汉周亚夫为将军,治军谨严,驻军细柳,号细柳营。暗示其夫在前线,所以尾联水到渠成地点出了对征夫的思念。

《赋得四更山吐月》:

雨过疏林夜已阑,又看残月出云端。
半环乍吐青山晓,一黛斜明碧水寒。
远树淡笼烟漠漠,断云轻染露浸沾。
西风淅沥桐花落,江上渔翁倚钓看。

此诗句句扣题,具体而逼真地写出了"四更山吐月"的景象。

《虞美人》:

>　　君王意气尽江东，贱妾何堪入汉宫。
>　　碧血化为江上草，花开更比杜鹃红。

此诗全用拟人手法，将霸王别姬的典故融化入诗，特别是第三、四句更加精警动人，亦人亦花，人花已打成一片了！

《秋闺》：

>　　自汲清泉自煮茶，闲消长日少喧哗。
>　　晚天雨过烟初霁，一架凉阴扁豆花。

>　　浮云吹尽晚天开，凉露娟娟点绿苔。
>　　稚子不须勤秉烛，让他明月上窗来。

就眼前景缓缓写来，意趣盎然！

《点绛唇·春暮》：

>绿渐成阴，春光九十都虚度。落红如雨，阵阵随风去。
>蝶少蜂稀，紫燕频频语。春何处，恼人情绪，青草斜阳路。

惜春之情，跃然于纸上矣！

《浪淘沙·元宵夜雨》：

>门外又黄昏，望断前村。愁云不放月华明。火树银花光暗淡，雨打风倾。　　结伴踏红灯，没甚心情。凤楼何处奏瑶笙。试数罗衣无限泪，半是思亲。

上片用唐代苏味道的名篇《正月十五夜》："火树银花合，星桥铁锁开。暗尘随马去，明月逐人来。游伎皆秾李，行歌尽落梅。金吾不禁夜，玉漏莫相催。"极现成，极贴切。但著上"雨打风倾"四字，韵味与苏诗迥然不同。所以下片写观灯思亲掉泪，极自然，也更凄凉。

《点绛唇》：

>妾命如斯，妾心如醉愁如寄。问愁不语，愁到何处去。
>十载惊魂，愁也知何许。心碎矣，可怜梦里，清泪浑如雨。

《点绛唇·闺怨》：

螺髻慵梳,双眉镇日为谁扫。离怀未了,羞听莺声小。

谱就新词,又合阳关调。春光少,愁肠暗抱,辜负红颜老。

上片写无情绪梳妆,也怕听鸟鸣。下片说自己做的诗词,都是抒写离别之苦的,故而红颜易老。写得情景交融,自然真切。

《梦江南》:

深夜雨,做作已凉天。有雁冲寒云影外,个人剪烛雨窗前。长夜不成眠。

深夜雨,滴滴更潇潇。绣阁灯残人影瘦,罗帷香冷梦魂消。寒结一庭蕉。

孤独的身影,寂寞的情怀,全靠深夜雨来烘托。

《沁园春·题夫子小照》:

烟柳低迷,鹤唳猿啼。怪矣先生,笑衣冠不整。扁舟欲渡,俯观鲛室,仰啸苍冥。日月纵横,乾坤浩荡,谁更昏昏谁更醒?长江里、纵波涛拍岸,稳坐休惊! 翛然把酒孤斟。且莫怨青袍误此身。有山川秀色,时堪娱目,性灵佳句,尽可陶情。莫问东吴,何分西楚,斜挂征帆缓缓行。前途邈、待风云万里,任意寻春!

开篇以鹤唳、猿啼写她丈夫潇洒不拘的个性。接着写他种种表现:衣冠不整,扁舟欲渡,俯观鲛室,仰啸苍冥,而冠以一"笑"字,并非讥笑,而是自豪也!下面更提出,在这茫茫宇宙之中,"谁更昏昏谁更醒"呢?答案当然是"众人皆醉而我独醒"(屈原《渔父》)。故尔上片结句用"长江里、纵波涛拍岸,稳坐休惊"来鼓励他。换头处两句,诗人劝丈夫尽管喝酒,不要抱怨官小误身。因为有美丽的风景可以享受,有诗词佳句可以陶冶性情。不要问前程如何,稳稳地走前去吧!歇拍更以"待风云万里,任意寻春"说明前程远大,一片光明!一位女人,有如此见识,真乃巾帼须眉!

出家为尼的吴琪

烟宗,姓吴,名琪,字蕊仙,一字佛眉。夫死,薙发为尼,名烟宗,晚驻如皋洗钵池。

《山中早梅,雪后喜闺友任归见访》:
与君别江树,十年滞行迹。忍使田园芜,可怜秋水碧。
遁远梦何繇,雁促音难绎。一朝顾柴关,白云惊艳客。
涧松青若故,野人贫似昔。午饭供新葵,晚香论周易。
早梅覆屋红,积雪映峰白。一溪鸟语溶,四壁琴书泽。
任运有虚舟,放闲无火宅。相对绿樽开,起舞南山石。

开篇六句写闺友阔别多年,音信不通。接着用"一朝顾柴关,白云惊艳客"的夸张手法,写闺友突然到来时的惊喜之情。"涧松"四句写招待客人的饭菜极简单,但晚上讨论《周易》却兴味极浓。"早梅"四句,写用早梅、积雪、鸟语、琴声招待客人,其乐融融。最后四句,用在急流中放舟比喻任运委命;用无火宅比喻放旷闲适就不受尘世之累("火宅",佛教语。佛教认为入世就是居住在火宅,多用以比喻充满众苦的尘世)。那就对着南山起舞饮酒吧!喜用佛典,正是她在夫死后削发为尼的契机!

教读为生的熊琏

熊琏,字商珍,号澹仙,又号菇雪山人,《如皋县志》有传。生于乾隆年间。祖籍江西南昌。祖父来如皋游幕,移家于此。父大纲,工诗文,早逝。琏幼年由父母做主,许配给陈遵。陈遵生痴呆症,其父同意解除婚约,而熊琏却执意遵守"从一而终"的古训,嫁到陈家,侍奉公婆和痴呆丈夫。后来公婆和丈夫先后去世,她贫苦无依,不得已以教读为生。

《清代闺阁诗人征略》卷六载:"琏字商珍,号澹仙,又号茹雪山人。江苏如皋人,有《澹仙诗文词钞》。伤其苤苢,兼以业中落,舅姑既下世,乃常归依其母,晨夕侍养,如未出室。课弟,甘清苦,时时以吟咏自娱。性情旷达,近仙释之旨,故诗词多了悟语。母卒,澹仙述母生平,为挽词十首,其至性过人远矣。"又说:"弟诸生瑚,肄业雉水书院。令赏其五言诗,询所师,以女兄对,使呈所作,以为思深骨秀,宛然霞上人语也。年四十,梓其《澹仙集》以行。尝著诗话四卷,其略云:诗本性情,如松间之风,石上之泉,触之成声,自然天籁。古人用笔,各有妙处,不可别执一见,弃此尚彼。又云:诗境即画境也,画宜峭,诗亦宜峭;诗宜曲,画亦宜曲;诗宜远,画亦宜远。风神气骨,都从兴到。故昔人谓画中有诗,诗中有画也。澹仙诗词俱妙,出于性灵。《题黄溪乞食图》借题发挥,骂尽世人。"

《金缕曲》:

薄命千般苦。极堪哀、生生死死,情痴何补?多少幽贞人未识,兰消蕙香荒圃。不了、茫茫黄土。花落鹃啼凄欲绝,剪轻绡、那是招魂处。静里把,芳名数。　　同声一哭三生误。恁无端、聪明磨折,无分今古。玉貌清才凭吊里,望断天风海雾。未全入、江郎《恨赋》。我为红颜聊吐气,拂醉毫、几按凄凉谱。闺怨切,共谁诉。

《清代闺阁诗人征略》卷六载:"澹仙有感悼词数十首,曰长恨篇,皆为金闺诸彦命薄途舛者作。"这是其中的一首。劈头一句,直抒胸臆。接着写,面临生死,痴情又有何用?特别是关锁在深闺中的"未亡人",譬如荒园中的兰花蕙草,最终都被茫茫黄土埋葬!在"花落鹃啼"的时候招魂吧,可那又有何用?所以转入下片即直呼"同声一哭三生误"!不论今古,都被聪明误!连江淹的《恨赋》中都未能写到我辈"玉貌清才凭吊里,望断天风海雾"的情景!只有我熊澹仙聊为红颜吐气,唱出这凄凉的曲调。可是又有多少人能理解和同情这深闺之怨苦呢?真是"千红一哭"啊!

《鹧鸪天·纪梦》:

暂避愁魔有睡乡,宵清如水簟生凉。醒风吹远魂疑断,蕉雨惊回夜正长。　　参幻景,惜流光,空帏明灭映银釭。安能尽是邯郸境,冷逗人间富贵场。

"安能尽是邯郸境,冷逗人间富贵场"乃是警句,体会多么深切!

《浣溪沙·秋况》:

冷境谁将冷笔描,愁人百感鬓先凋。构回一缕篆烟飘。

荒砌风凄虫语碎,海棠红惨蝶魂消。催寒疏雨又潇潇。

前人评曰:"清疏之笔,雅正之音,自是专家格调。视小慧为词者,何止上下楼之别!"

《蝶恋花·咏刺绣美人》：

二八红闺春似水，几日金针，抛却奁箱里。贪睡朦胧慵不理，帘前鹦鹉频催起。　手展鲛绡重着意，鸳谱拈来，几朵花争丽。绣到双飞私自喜，背人笑向红窗倚。

此词将闺中女儿情态逼真写来，不是个中人，如何体会得？

《嘉靖海门县志》中的诗

《嘉靖海门县志》是明朝嘉靖年间海门知县吴宗元特邀余东探花崔桐撰写的。吴宗元在《书海门县志后》中写道:"爰以志事请诸太史东洲公焉,公搜遗采往,论议公严,登载不苟以泛,足称一邑之信史也。行将达上下,遍远迩,阅之者宁无感动而恻然于中乎?庶几有宽斯人而弗急于赋者也。至或复田租(指恢复以往较少的田租),省庸调,不日有望……宗元于此,得藉以少逭其责;而太史之功则日昭如也。"原来吴宗元修县志的目的是为了减轻人民的租赋劳役负担,真是用心良苦啊!而海门教谕朱衣在《题海门志末》中写道:"兹惟县尹吴公,民牧之良也,急先务以启图;太史崔公,文学之英也,爰制居而秉笔。旷时缺典,越季告成。往迹前闻,焕昭耳目。其事核而详,其文赡而则,其笔直而隐。其间之可以考、可以观、可以风、可以法而戒、可以感而伤者则备矣。故斯志之刻,虽百年机会之适乎,实二公交相与以有成也。厥功之裨益于海者,岂其微哉?"在县志中,崔桐搜集了宋、明两朝五十几首诗,使我们能读到海门先辈的作品,其功不可没。而更为重要的是,崔桐对入选标准掌握很严。他本人是明代一位较为著名的诗人,他的《崔东洲集》中收了几百首诗,而他在县志中只收了自己一首感慨家乡遭大水官府仍要逼农民交租税的诗。由此可见朱衣的赞美之辞是极确凿的。笔者将其中最精彩的诗摘录于下,以飨读者。

王安石的《送海门沈尹监察湖南》

课书平日皂囊中,朝路争看一马骢。
汉节饱曾冲海雾,楚帆聊复借湖风。
皇华命使今为重,直道酬君远亦同。
投老承明无补意,得为湘守即随翁。

王安石(1021—1086),字介甫,号半山。北宋著名的政治家、思想家和文学家,"唐宋八大家"之一。至和年间(1054—1056),当过海门县令,县志上说他"治声藉甚"。并留下了一些诗文。海门知县沈起,字兴宗,明州鄞(今浙江宁波)人,是王安石的前任。县志载:"海门负海地卑,间岁潮作,冒民田舍,民至弃业以避。起为筑堤七十里,引江水以灌其田,民遂复业,为立祠以报。御史中丞包拯荐为(湖南)监察御使。"王安石为他送行,写了上面这首诗。此诗勉励沈起,这次去湖南,是实现他平时"课书皂囊"刻苦读书目的的最好机会,应当"朝路争先","直道酬君",效忠于皇家,干一番事业。年老时如果天下太平,可以根据您的志愿,不妨留在湖南当一个地方官。

杨万里的《扬子江》

只有清霜冻太空,更无半点荻花风。
天开云雾东南碧,日射波涛下上红。
千古英雄鸿去外,六朝形胜雪晴中。
携瓯自汲江心水,要试煎茶第一功。

杨万里(1127—1206),字廷秀,号诚斋,吉州吉水(今属江西)人。南宋著名诗人。曾在海门游览过。此诗写长江景象,构思颇为独到。江面微风不动,只感到寒霜凝结在太空,一片肃杀景象。忽然云雾散开,遥望东南方,天空碧蓝如洗,一轮红日照射着江涛,上下一片通红。遥念千古英雄已像鸿雁一样飞去,无影无踪。金陵(南京)只剩下六朝形胜,展现在雪晴后的背景中,更令人感慨不已。真想亲自到江心汲上一壶水,煎上好茶,品尝一下那独特的清香!表面上全是写景,却蕴含令人回味不尽的情思。

明代庶吉士黄干的《扬子江》

> 岷岭西头乍发源,当年疏凿禹功存。
> 地分南北横天堑,山列东西枕海门。
> 滚滚波涛涵日月,迢迢脉络贯乾坤。
> 千流万折朝东去,物理皆知仰至尊。

这首写长江的诗,与杨万里那首写法截然不同,全诗都采取了叙议结合的手法。首联从长江发源地写起,夸赞大禹的疏凿之功。颔联以工整对偶句写这道天堑,将大地分割成江南江北;大江东西两边的山以海门为枕,可见海门地势多么险要!颈联景象磅礴,气势宏阔,大江的滚滚波涛涵孕着日月,大江的迢迢脉络贯通着乾坤!尾联写长江千流万折朝东去奔向大海,这是长江的归宿。而又以"物理皆知仰至尊"作为结句,一方面表现了黄干的忠君思想,另一方面也包含着更深的令人思索的哲理。

司马垔三首有关海门的诗

司马垔，明代提学御史，浙江人。他有三首有关海门的诗，一并录下。

《海门道中》：

> 东至海门程，迢迢一日行。
> 浮云苍海湿，细雨白沙清。
> 渔舍菰蒲满，田家木槿明。
> 太平荒辟处，光景亦娱情。

《海门夜雨》：

> 壮岁离家今一翁，心劳才拙愧无功。
> 世途饱历风波恶，行止聊凭造化功。
> 野兴短筇山色里，乡心孤枕雨声中。
> 闲来自叹当年志，疏懒于今自不同。

《海门回棹》：

> 破晓扁舟返归溪，西风淅淅露凄凄。
> 天边残月半痕在，海面阴云一字齐。
> 野店鸡鸣门未启，小桥人渡路何迷？
> 微动欲藉资神化，惭负稽山旧杖藜。

《海门道中》起首平平，写在海门赶了一天路程。中间两联写景：大海上空，漂浮着白云，著一"湿"字，仿佛这些浮云,都被大海的水气蒸得湿淋淋的;海中的沙洲,闪着白光,濛濛细雨像笼罩在上面的一层薄纱,真美啊!渔民房舍的周围,长满了碧绿的菰蒲,农家的木槿花开得洁白一片,耀人眼目。结尾的议论水到渠成:在太平年代,即使海滨的荒僻之处,景象也如此令人喜爱!

《海门夜雨》前半篇以议论抒怀:壮岁离家,今成老翁,心劳力拙,功业无成。世途险恶,饱经风霜,命运不济,造化弄人。颈联"野兴短筇山色里,乡心孤枕雨声中"为警句,将苍凉的心境和思乡的挚情,寄寓在景色的描写中。尾联慨叹,当年壮志,消磨殆尽,如今疏懒,心灰意冷。诗中怀才不遇之情,跃然纸上!

《海门回棹》前三联写诗人乘船返回浙江家乡时在海门途中所见景色:残月如钩,挂在天边,海面上空,阴云弥漫,野店鸡叫,门还未开,人过小桥,迷路踟蹰,景物中已暗藏抑郁暗淡的情绪。尾联写诗人拄着手杖行走在家乡的会稽山上,感到惭愧,便水到渠成了。

朱冠的《海门道中》

骢马东巡二月春，海人指点看江津。
人家半徙邻非旧，县治濒危望作新。
概说扬州为乐土，谁知向隅有斯民。
风光满目都成惨，次第收来拟上陈。

朱冠，明代御史，河南固始人。这首诗当是海门江岸大坝塌时朱冠因官务经过海门时亲目所睹凄惨景象而作的。首联写他在二月东巡时经过海门。颔联写因江岸坍塌有一半人家已经搬家，连县治衙门都已濒危，将另外新建。颈联议论道：一向传说扬州为乐土（当时海门属扬州管辖），谁知这里的百姓竟向隅而泣。议论中饱含同情。尾联说，看到这满目惨景，他将向当朝上奏。看来朱冠是一位关心民生疾苦的官员。

崔桐的《丙申岁归省感故里入江》

十年乡梦白云涯,归日残墟欲泛槎。
野哭有人悲税役,春农无地种桑麻。
鱼龙水阔通层汉,雁鹜烟深影断沙。
心折可堪回皓首,啸歌酤酒醉渔家。

此据《嘉靖海门县志·集》之六,《崔东洲集》中标题与此不同,岁次作庚辰(1520),应为正德年号。但海门长江岸大坍塌应在丙申,故从县志,诗中文字亦从县志。且《嘉靖海门县志》乃崔桐撰写,应当是可靠的。嘉靖丙申岁(1536),崔桐回家省亲,海门江岸大坍,《嘉靖海门县志》旧县图后有一段说明文字写道:"江海交噬,月异而岁不同,逼则内徙以避之,分土既尽,借迁余中(在今四甲镇的北边两三公里处,县府衙门已迁到这里,由此可见江岸坍塌之严重),至是凡三徙矣。迄嘉靖二十八年,水泊城下,不得已,复徙金沙……旧县旋即淹没。桑田沧海,鼋黎鱼鳖。赋税之逋负,土木之劳费,可胜道哉!先生(按:即指崔桐)志旧县已不胜其惨悼桑梓之情,迄今患日益深,土日益削,民日益离,几不可支!"余东土地大片坍塌,农民房屋倒塌,颗粒无收,官府不仅不予救济,甚至连被江潮海浪冲掉的土地也得包交租税,弄得民不聊生,哀鸿遍野。

此诗首联写诗人在外当官十年,怀着浓郁的思乡之情回来探亲,没有想到家乡变成了泽国,简直可以泛舟了!颔联写诗人听到了野外的哭泣声,农民已无地可耕,更无办法交纳租税。颈联写诗人放目眺望,水天辽阔,一片汪洋,仿佛与天上的银河连成了一片,烟雾濛濛,鹜雁都飞到沙洲上去了。尾联写诗人痛心至极,作为官员,他也毫无办法,只能"啸歌酷酒醉渔家"了!此诗关心民瘼之情,跃然纸上。

史立模的《八月大风雨》

  此日分明泛海槎，满天风雨欲如何？
  阶前地作江湖涨，屋里人披渔钓蓑。
  暗想鱼龙自掀舞，岂知禾黍为销磨？
  官斋彻夜愁无寐，茅舍逃亡恐复多。

  史立模，明代通州州判，浙江余姚人。这首诗写台风到来的景象。诗人本欲乘海船出行，却碰上"满天风雨"的台风天气，言下只得打消这次行动了。你看大雨滂沱，阶前像江湖涨潮一样，大水汹涌而至，连屋里的人都得披上蓑衣。诗人心想，鱼龙如此掀舞作祟，禾黍岂不遭殃？他虽安然地住在官斋里，却彻夜难寐，担心住在茅屋里的贫苦民众会有更多的人外出逃亡！

海门知县吴宗元的诗

吴宗元，明代海门知县，江西金谿人。嘉靖十四年（1535）至十七年在任。在他任期内，海门江岸坍塌严重，土地锐减，而农民赋税却有增无减，他特地邀请余东探花崔桐撰写县志，使民情得以上达。他的用心可谓良苦矣！县志中收录了他的《咏海门景》六首诗，现录四首于下。

《料角潮》：

　　万派奔回料角东，碧天无际水云通。

　　潮痕不必论分合，江海于兹已会同。

据《嘉靖海门县志·集》之五载："料角嘴，在县东江海交会处。海咸江淡，二水不相混。江水视海较高数尺，古号形胜控拒之所。"此诗具体描绘了当时江海会合处的情景，显得颇有声势。

《吴妃塚》：

　　南北纷争几战余，广陵花柳自荣枯。

　　可怜荒塚多湮没，濒海谁云尚有吴？

《嘉靖海门县志·集》之五载："吴妃塚，按唐史，景福、天祐间淮南节度使杨行密为王，子偓继之，此塚疑即其妃也。"此诗慨叹往事如烟，谁还能知道在五代十国期间，在僻远的吕四海边，还留下了吴王杨行密妃子的坟墓？

《沈公堤》：

捍海功成百代崇，蛇龙区薮尽耕农。

当年不有临川笔，到此惟知有范公。

《嘉靖海门县志·集》之五载："在县治东北。宋至和中知县沈兴宗以海涨病民，筑堤七十里，西接范堤，以障卤潮。"诗中提到"临川笔"，是指王安石写的《通州海门兴利记》，文中写道："以余所闻，吴兴沈君兴宗海门之政，可谓有志矣。既堤北海七十里以除水患，遂大浚渠川，酾取江南，以灌义宁等数乡之田。方是时，民之蛰于海，呻吟者相属。君至，则宽禁缓求，以集流亡。少焉，诱起之以就功，莫不蹶蹶然奋其怠而来也。由是观之，苟诚爱民而有以利之，虽创残穷敝之余，可勉而用也，况于力足者乎？兴宗好学知方，竟其学，又将有大者焉，此何足以尽吾沈君之才，抑可以观其志矣。而论者或以一邑之善不足书之，今天下之邑多矣，其能有以遗其民而不愧于圂之吏者，果多乎？不多，则予不欲使其无传也。至和元年六月六日，临川王某记。"王安石对这位地方官员大加表彰。现在吴宗元对宋代海门知县沈兴宗建筑海堤的事如此上心，可见吴宗元也是一位关心民生疾苦的好官员。

《鱼骨桥》：

鼓鬣如山海上浮，暴腮曾不为身谋。

岂知利涉功弘溥，剩有清光映碧流。

《嘉靖海门县志·集》之五："鱼骨桥，在旧县东北。每闻岁，东海出此鱼，乘潮而上，潮落则涸于沙……乡人取其二鳃骨作桥，长丈五匹余，经百年不朽。"此诗以鲸鱼之骨所造之桥这一本地风光，歌颂了当官者不为身谋一心为民的高风亮节。

以上四首诗，对于我们研究海门历史，颇有参考价值。

明代海门编修崔崑的《观鱼骨桥有感》

海天巨物元神种,生岂吞舟死亦雄。
霜骨作梁瀛岛地,玉虹浮彩水晶宫。
鱼虾尚避双龙影,鸟鹊虚传七夕功。
春暮年年桃浪暖,可能鳞甲动长风?

此诗前六句盛赞鱼骨之贡献,尾联想象鲸鱼活着时在大海中乘风破浪的情景,将死鲸竟写得生气勃勃。此诗与吴宗元的《鱼骨桥》写法和立意完全不同。

朱衣的《学舍春晚漫兴》

茅斋坐无事,轻风吹夕曛。
花香频入几,鸟语自依群。
斗禄还留滞,春事正纠纷。
平生有深愧,吾道岂为文?

朱衣,浙江钱塘人,明代嘉靖十一年(1532)至十七年任海门教谕,办学颇有成绩。此诗前半篇写景,写诗人于晚春季节独坐学舍时身处鸟语花香之中,心情十分舒坦。后半篇抒怀,写自己为了斗米微禄,拘守于教谕之位,不能建大功、立大业,深感怀才不遇。以乐景写哀情,增强了怀才不遇的感慨。

欧阳皋的《谒文丞相祠》

海岳留遗迹,辉光借梵官。
三生缘不尽,千古气还雄。
报宋风尘泪,雠胡砥柱功。
椒浆一登拜,仪范仰人龙!

欧阳皋,明代海门训导,宁远人。此诗抒写了对文天祥的无比崇敬之情。中间两联是一篇之警策,偶对精工,感情浓郁。

海门布衣王伦的《避役复业有感》

归来无处可宁家,南望桑田变海沙。
惟有碧桃三两树,几年无主自开花。

此诗大概也写于海门江岸大圩塌期间,所以诗一开头便有"桑田变海沙""无处可宁家"之叹,接着以"碧桃三两树""无主自开花"写出了家乡的荒僻冷落。寥寥数笔,胜人多多!

明代海门举人潘孜的《观海》

探奇瀛海一扶藜,巨浸茫茫望欲迷。
白雪卷时风正北,黄金涌处日才西。
结成蜃气楼台见,飞倦鹏程羽翼低。
独喜太平通译贡,不闻军垒动征鼙。

诗人拄着拐杖瞭望大海,只见茫茫无边,巨浪滔天,令人迷惘。北风劲吹,海中卷起一堆堆白雪;夕阳西下,海中又涌起一道道金光。以"白雪"与"黄金"为喻,逼真地写出了大海色泽之美。诗人看见了海市蜃楼,想象着《庄子·逍遥游》中"其翼若垂天之云"的大鹏鸟。尾联以天下太平,海上不闻鼙鼓声却能通译贡,表达了诗人的喜悦之情。诗写得自然真切,颇为动人。

崔润的《捍海堰》

霄汉高悬范老名,筑堤千古障沧瀛。
横围翠垒山灵护,倒压银涛海若惊。
已有甲兵为国计,始占忧乐系君情。
至今辟壤还遗爱,试听村歌牧笛声。

崔润,明代海门人,曾任海门同知。据《嘉靖海门县志·集》之五载:"捍海堰,在县治西北,即范公堤。按唐大历中,李承为淮南节度使判官,以海涨卤潮,病民田稼,奏请筑堰以御。自楚州盐城直抵扬州海陵境。后堰圮。宋天圣初,范仲淹为西溪场盐官,白发运使张纶,请迭石固堰,且移稍西。纶以闻,且表仲淹知兴化县。二年役兴,仲淹以忧去,犹移书坚纶。越六年,堰成,长数百里,海民至今赖之。"作为一名地方官,写诗深赞为民谋福利的范仲淹修筑捍海堰的丰功伟绩,可见此人的为官之道。

明代海门举人张皋的《春日游江上得起字》

　　浮阳蔼郊墟，烟花媚红紫。清昼暄以迟，缓步江之涘。江流何濛汜，苍涛郁伏起。俄涌风雷奔，复凝云雾峙。鱼鸟纷翔潜，葭苇蔚披靡。怀哉兹壮观，豁尔彻凡鄙。徙倚侈顾瞻，徘徊念桑梓。昔为耒耜区，今为舟楫所。良盱徒嗷嗷，官租靡底止？喈喈难具陈，忡忡思何已！言归不成寐，呼童覆清醴。

　　此诗前四句写春天温暖的阳光照耀着郊野，烟花纷披，姹紫嫣红，诗人在江边散步。接着六句写长江的景色：江面上雾气迷蒙，江涛郁怒起伏，一会儿像风雷疾速奔涌，一会儿又像云层凝拥簇聚。鱼鸟纷纷翱翔浮沉，芦苇青翠披靡。"怀哉兹壮观，豁尔彻凡鄙"两句既小结了上文，说江景如此壮观，洗涤了我凡鄙的心胸，又开启了下文，为慨叹民生的艰难作了铺垫。诗人在徘徊、瞭望之际想起了家乡的百姓，从前耕种的良田现在成了船只出没的场所，民众嗷嗷待哺，官租何时能停止？喈喈之情，难以具陈，忡忡忧思，何时得完？结尾两句写诗人回家之后，彻夜难寐，只得唤书童取酒浇愁！全诗景真情浓，感人至深。

明代海门太学生崔岳的《闻渔歌》

谁把江头数尺竿，青丝轻漾晓风寒。
人无苏子千金印，闲比严陵七里滩。
一曲和烟歌欸乃，得鱼沽酒乐盘桓。
柳花岸低桃花水，踏月归来夜未阑。

此诗写渔翁的逍遥自在，实际上借此抒写了诗人淡泊于名利、追求隐逸的生活情趣。首联写渔翁捕鱼的乐趣。颔联用不求苏秦金印、只求在严陵垂钓两个典故，进一步抒写了看淡金钱权势、追求闲适的渔隐生活的乐趣。严陵之典，极为贴切。颈联具体写出渔隐之乐。上句蕴含柳宗元《渔翁》诗意："渔翁夜傍西岩宿，晓汲清湘燃楚竹。烟销日出不见人，欸乃一声山水绿。回看天际下中流，岩上无心云相逐。"巧妙无比。下句直接写得鱼沽酒的乐趣，现成而实在。尾联写渔翁在"柳花岸低桃花水"的优美环境中，踏月归来，其乐无穷。全诗用典贴切，情景交融，韵味深长。

王瑛《七律一首》

春山江上闲烟草，古寺城隈抱野阴。
潮落楚帆僧榻近，沙喧吴鸟竹谿深。
鱼龙白日惊风雨，水陆何年变古今。
欲向阳侯问消息，碧空遥倚一愁吟。

王瑛，明代海门隐士。《嘉靖海门县志·集》之五载："王瑛，字伯珍，号野翁。性严重，取与不苟。以国子生应铨吏部，不欲仕，授经历职以归。日惟灌园自给，读书课子而已。乡人有善则喜，恶即面斥之，不少假借。见之者虽顽夫亦为起敬云。"此诗首联写江上烟草萋萋，古寺树阴森森。颔联写在僧塌上可以看到舟行与潮落，在竹溪深处可以听到鸟语与沙喧。颈联写白天鱼龙变幻，会突然出现惊风骤雨；在哪一年会形成古今沧桑巨变？尾联提到阳侯，这是传说中的水神，能兴波作浪。诗人担心什么时候水神会兴波作浪，打破以上所写闲静优美的境界，故而遥倚碧空，发出愁吟之声。这样的诗，正体现了隐逸者的心声。

姜辂《七律一首》

姜辂,明代府同知,海门人。有《七律一首》:
　　薰风吹绿草烟平,约伴登临订旧盟。
　　十里沙村堪走马,百年尊酒共啼莺。
　　窗含浦树晴光蔼,池引江流晓涨清。
　　兴极不知归路晚,满襟斜影月华明。
　　此诗描写了游览一整天的乐趣。薰风微和,吹绿草坪,约伴登览,兑现夙愿。十里走马,观赏村景,莺啼声中,举杯痛饮。窗射晴光,浦树生晖,清池晓涨,引进江流。兴极忘时,归路已晚,月色明朗,满襟斜影。全为景语,情隐其中,不著一字,尽得风流。

明代海门太学生盛伊的《放鹤田》

洞宾几顿羲和驭，云翼飘飘恋海天。
九鼎液添瀛谷水，三山旌拂玉城烟。
秋空寥廓飞龙剑，春草微茫放鹤田。
千载令人倍惆怅，可容凡骨驻颓年？

《嘉靖海门县志·集》之五载："在县东吕四场境，相传吕洞宾四游于此，故以名场放鹤田，即其游处也。"吕四原名白水荡或白水窝，民间传说八仙之一的吕洞宾曾四次到这里来游览，故改名吕四。此诗即吟咏吕仙游览之地。因为是咏神话故事，故首联即用关于太阳的故事。古代神话传说，日神乘车，驾以六龙，羲和为御者。诗意是说，吕仙乘着太阳神坐的车子，从云层中飘飘而下，来到这里，他留恋辽阔的海天。他在九鼎中添注海水，在蓬莱三山中飘拂香烟。你看，他在寥廓的秋空中挥舞着飞龙剑，在春草绵绵的原野上经营着放鹤田。千载以来吕仙的故事令人惆怅不已，能否使俗胎凡骨也长寿活千年？写神话诗展开丰富的想象，真是恰到好处。

明代海门举人李梁的《饮江寺梅下》

二月好风日，言登江上台。
壮游谐所好，覆槛更溪梅。
绝胜山阴棹，兼逢支遁杯。
悠然意不尽，明月约还来。

此诗写在寺庙中梅花树下饮酒的乐趣。颈联用了两个典故，"山阴棹"是王子猷夜访戴逵兴尽及门即返的故事。南朝宋刘义庆《世说新语》："王子猷居山阴，夜大雪，眠觉，开室，命酌酒。四望皎然，因起彷徨，咏左思《招隐诗》。忽忆戴安道，时戴在剡，即便夜乘小船就之。经宿方至，造门不前而返。人问其故，王曰：'吾本乘兴而行，兴尽而返，何必见戴？'"诗中以此说明，梅下饮酒之兴，胜过雪夜访戴。"支遁杯"指晋穆帝永和九年暮春三月三日王羲之集四十一人于兰亭修禊饮酒之事，支遁也参与了曲觞流水的盛事。诗意是说，梅下饮酒之乐，兼有兰亭曲觞流水之乐。

后 记

经过两年的笔耕，终于完成了这部书稿，恰如由山麓攀至山巅，终于松了一口气。

写这部书，有四难。

第一，收集资料难。南通市图书馆古籍部有不少资料，但不许扫描，不能复印，不得外借，只能在馆内阅读、抄录。我曾抄录过一阵，但效率实在太低，又不方便，只好放弃了。于是向亲友求助，获得了少量资料。最后不得已，便上网搜寻。这一搜寻，却出乎意料地解决了大问题。一是从网上购到了线装书的复印本，比如《东皋诗存》《东皋诗余》《海门县志》等。二是下载了许多电子文本，比如《万历通州五山志》《乾隆南通州五山全志》《嘉靖海门县志》《嘉庆如皋县志》《民国如皋县志》《民国南通县图志》《光绪海门厅图志》及周家禄的《寿恺堂集》等。加上我自己的藏书和电脑中的"国学宝典"，资料源源而来。不是嫌少，而是太多。写进书中的，如有挂一漏万现象，敬请读者批评指正。

第二，选择资料难。诗人词人太多，选哪些人呢？这是一。有的大家，一个人就有诗词几百上千的，比如范凤翼、范国禄、冒辟疆，选择哪些作品呢？这是二。

第三，理解分析难。南通这些诗文集，大多没有笺注，有的诗词中所用僻典，查起来很费时费力。

　　第四，安排全书的框架难。现在"南通历代诗人名篇"栏目按时间顺序安排，"吟咏五山之作""水绘园里的高水平吟唱""南通闺阁诗人""如皋闺阁诗人""《嘉靖海门县志》中的诗"五个栏目，按内容性质安排，不知是否妥当？

　　诗无达诂，对一些诗词的理解，仍无太确切的把握，本人将虚心接受读者的批评意见。

姜光斗于汗马斋
2015年8月15日